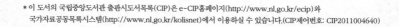

* 이 도서의 국립중앙도서관 출판시도서목록(CIP)은 e-CIP홈페이지(http://www.nl.go.kr/ecip)와
  국가자료공동목록시스템(http://www.nl.go.kr/kolisnet)에서 이용하실 수 있습니다.(CIP제어번호: CIP2011004640)

오싹한 연애

황인호 원작 | 김영은 소설

팬덤

차례

"저는 어릴 적부터 사후세계가 무척 궁금했습니다. 여러분은 사후세계를 믿습니까? 영혼을 본 적 있습니까? 영혼의 존재가 궁금했던 미국의 한 의사가 실험을 했습니다. 임종 직전의 환자의 무게를 저울에 쟀는데요. 사람이 죽는 순간 21그램의 무게가 줄었다고 합니다. 그렇다면 영혼이 존재하는 걸까요? 영혼을 봤다는 수많은 증언들이 다 거짓일까요? 여러분 궁금하지 않습니까? 제가 여러분께 영혼을 보여 드리겠습니다."

남자의 말이 끝남과 동시에 무대의 조명이 꺼지자 불이 난 집과 장롱의 모습이 스크린에 가득 찬다. 관객들이 모두 스크린을 주시하고 있는 사이, 남자가 화면에 보이는 것과 똑같은 장롱과 함께 무대 위로 다시 나타난다.

"이 장롱은 일가족이 불에 타 죽은 어느 집에서 발견됐습니다.

집은 완전히 타버렸지만 장롱만은 불에 타지 않았습니다. 소방대원들이 장롱을 열자, 장롱 안에는 질식해 죽은 여자가 있었죠"

멈춰 있던 화면이 재생되고, 소방대원이 장롱 문을 열자 '쿵' 하는 효과음과 함께 장롱 안에서 눈을 뒤집고 죽은 여자의 얼굴이 보인다. 객석에서는 놀라움이 섞인 비명이 터져 나온다. 남자는 객석의 반응에 전혀 동요하지 않은 채 담담히 말을 잇는다.

"당시 이 여자를 발견한 소방대원 두 명은 일주일 뒤 자신의 집에서 똑같은 모습으로 죽었습니다. 그리고……"

스크린에는 죽은 소방대원들의 사진이 지나가고, 아까 화면에 나왔던 여자와 비슷한 모습으로 죽은 굴삭기 기사의 사진이 뜬다. 객석에는 공포와 긴장감이 흐른다. 남자는 무덤덤하게 스크린을 보다 객석으로 시선을 돌린다.

"이 장롱을 폐기하려던 굴삭기 기사마저 현장에서 즉사했죠. 저는 사연을 듣고 장롱을 이곳으로 옮겼습니다. 예상대로 장롱 안에는 원한에 사무친 영(靈)이 있었습니다. 저는 영과 대화를 시도했습니다. 그리고…… 영을 불러내는 데 성공했습니다."

남자의 잦아든 목소리만큼 관객들 역시 더욱 집중하며 무대를 주시하고, 무대를 채우는 괴기스러운 조명과 음산한 효과음에 객석에는 긴장감이 퍼져 간다. 핀 떨어지는 소리마저 들릴 듯한 고요함 속에 남자는 객석을 진지하게 바라보더니 조심스럽게 입을 뗀다.

"자, 지금부터 영을 불러내겠습니다. 여러분은 절대 소리를 내선 안 됩니다. 무섭다고 자리를 떠서도 안 됩니다. 조용히만 계신다면 절대 다치지 않습니다."

무대 위 스크린을 비추던 프로젝터에 불이 꺼지고 으스스한 조명이 장롱을 비춘다. 남자는 관객을 향해 장롱을 열어 보이고, 아무것도 없음을 확인시킨 후 문을 닫는다. 알 수 없는 주문을 외우며 카리스마 있는 동작으로 영을 불러내는 듯한 남자의 목소리와 행동에 무대와 객석의 긴장은 서서히 고조되어 간다.

순간, 끼이익 소름끼치는 경첩 소리가 들리며 장롱 문이 열리고, 관객들은 깜짝 놀란다. 열린 장롱에서 검은 천이 툭 떨어지고, 이내 사람의 형체처럼 일어서는 듯하더니 천이 공중으로 뜬다. 여전히 놀라움을 금치 못하는 객석과 달리 남자는 담담히 검은 천을 향해 말을 건넨다.

"당신은 왜 이곳에 있습니까?"

공중 위로 뜬 검은 천은 남자의 말에 반응이 없다. 남자가 다시 한 번 묻는다.

"이곳에 있어야 할 이유라도 있습니까?"

검은 천 안에서 뭔가 중얼거리는 소리가 들린다. 남자는 그

소리에 최대한 집중하며 그의 말을 객석에 전한다.

"나를…… 죽인…… 사람이…… 여기에 있다?"

남자는 놀란 얼굴로 객석에 앉은 관객들을 바라보고, 그 시선에 관객들은 더욱 긴장한다. 순간, 검은 천이 느닷없이 공중에 뜬 채로 무대 중앙으로 다가온다. 남자는 차분히 검은 천을 향해 묻는다.

"지금 당신을 보고 있습니까?"

남자의 질문에 검은 천에서 하얀 손가락이 슥 나오더니 구석에 홀로 앉은 한 여자를 가리킨다. 손가락이 가리키는 방향을 그대로 쫓던 핀 조명 역시 여자 앞에서 멈추고, 관객들은 일제히 그녀를 바라본다. 겁에 질린 여자는 마치 죄인이라도 된 것처럼 얼어붙고 객석에는 그녀가 느끼고 있는 공포가 전염되듯 퍼진다.

"절대 움직이지 마세요. 그대로 계세요."

주변의 시선과 공포스러운 분위기에 압도되어 가던 여자는 남자의 말에 더 이상은 중압감을 참지 못하고 마치 튀어 오르듯 자리에서 일어난다. 그러고는 중앙복도로 달리기 시작한다.

"멈춰요!"

남자의 만류에도 불구하고 여자는 걸음을 멈추지 않는다. 검은 천은 다시 공중으로 획 떠오르더니 여자를 향해 빠르게 날아간다. 객석 여기저기에서 신음 섞인 비명들이 새어나오고, 검은 천은 순식간에 도망치던 여자를 덮친다. 순간, 객석의 조명과 무대 조명이 동시에 꺼진다. 객석은 웅성거리기 시작한다.

"조명! 전체 조명 켜요, 어서!"

사위가 어두운 가운데 무대 위 남자가 다급히 외치는 소리가 들린다. 이내 조명이 들어온다. 쿵 하는 소리와 함께 마치 구렁이가 똬리를 틀고 있는 것처럼 여자를 휘감고 있는 검은 천이 보이고, 이를 본 관객들이 소리를 지른다. 남자는 무대 끝 쪽으로 가서 비치되어 있던 소방용 도끼를 들고 장롱 쪽으로 다가간다. 그리고 장롱을 향해 내리찍을 듯이 치켜든다.

그때 펑 하는 소리와 함께 공중에서 힘없이 검은 천이 떨어지고, 그와 동시에 장롱 문이 닫힌다. 객석의 시선이 일제히 검은 천을 향한다. 남자는 조심스레 검은 천 가까이로 다가간다. 그가 사람 형체의 검은 천을 잡으려는 순간, 검은 천이 힘을 잃고 스르르 꺼진다. 남자가 검은 천을 들추면 안에는 아무것도 없고, 관객들은 또 한 번 놀란다.

"사라진 분 어디 계시죠?"

남자의 말에 관객들은 주변을 두리번거리며 사라진 여자를 찾아보지만 여자는 보이지 않는다.

"보신 분 있나요? 아무도 없습니까?"

관객들은 여전히 어리둥절하다. 정말 귀신에 홀린 것처럼 멍하니 주변 사람들을 보지만 다른 사람들 역시 같은 반응들이다. 남자는 관객들을 하나하나 훑어보다가 장롱으로 다가가 벌컥 문을 연다. 열린 장롱 안에 바들바들 떨고 있는 여자가 보인다. 남자는 조심스레 여자의 손을 잡아 밖으로 이끈다.

"괜찮아요?"

남자의 말에 여자는 눈물을 뚝뚝 흘리며 겨우 안심한 듯 고개를 끄덕인다. 남자는 여자를 무대 아래로 내려보내고, 여전히 긴장한 채 바라보고 있는 관객들을 보며 말한다.

"여러분, 사과할 일이 있다면 진심으로 사과하세요. 진심은 언제나 통합니다. 마신우의 호러 일루전 마치겠습니다!"

1. 오싹한 그녀의 비밀

신우는 여리를 떠올렸다. 자기는 고작 지난 밤 잠깐 겪은 걸로도
충분히 두려웠던 그 공포를 여리는 지난 십 년 동안 겪어 온 것이다.
가족도 친구도 모두 멀어져 가고, 다가오는 건 이미 죽은 원혼들밖에 없는
외롭고 끔찍한 삶. 곁에 누구라도 있었으면 싶지만 죽은 친구가
그 누군가에게 줄 끔찍한 공포가 두려워 그럴 수도 없다.

"대박! 지금까지 본 것 중에 오늘이 최고였어. 수고했다."

"수고하셨어요."

아직 여운이 남는 듯 쉽사리 객석을 떠나지 못하는 관객들을 겨우 내보내고 나자, 피디와 우영, 스태프들이 무대 위로 뛰어오르며 신우에게 인사를 건넸다. 신우 역시 같이 고생한 스태프들에게 인사를 건넸다.

스태프들은 무대를 정리하기 시작했고, 신우 역시 개인 소품들을 하나씩 챙겼다. 1년 가까이 해오고 있는 쇼였지만 오늘 쇼는 특히나 만족스러웠다. 이게 다 그녀 덕분이었다. 만족스러운 얼굴로 스태프들을 훑어보던 신우의 얼굴에 미소가 사라지는가 싶더니 심각한 표정으로 주변을 두리번거렸다. 아무리 쳐다봐도 그녀가 보이지 않자 신우는 살짝 난감한 표정으로 무대

바닥의 문을 열었다. 바닥 아래 숨겨진 공간 안에 검은 타이즈를 입은 채 죽은 듯 웅크리고 있는 여자가 보였다.

"나오세요."

신우의 말에 여자가 고개를 들었다. 머리부터 발끝까지 타이즈를 뒤집어쓴 채 웅크리고 있던 여자가 무대 위로 올라와 머리에 쓰고 있던 타이즈를 벗었다. 검고 긴 생머리가 찰랑거리며 유난히 흰 얼굴 위로 떨어져 내렸다.

"어쩜 그렇게 잘해? 귀신이랑 동거하나?"

스태프들과 무대를 정리하던 우영이 농담 섞인 칭찬을 건네자 그녀의 얼굴 위로 어색한 미소가 스쳤다. 칭찬에 익숙지 않아 부끄럽다거나 원체 칭찬에 무덤덤해서 그런 것처럼 보이지는 않았다. 어딘가 씁쓸하고 쓸쓸해 보이는, 그런 얼굴이랄까.

어느 정도 정리가 끝나 가는 무대를 둘러보던 신우의 눈에 어느새 옷을 갈아입고 극장을 나서는 그녀가 들어왔다. 신우는 그녀를 쫓아가 붙잡았다.

"가지 마요. 오늘 회식 있어요."

"저, 약속 있는데……."

"왜 회식 있는 날만 약속이 있어요?"

곤란해하는 그녀를 몰아붙일 생각은 없었다. 하지만 한두 번도 아니고 1년 가까이 회식이 있다고 할 때마다 약속이니 뭐니

요리조리 피해 도망가는 걸 봐주고 이해해 주는 데도 한계가
있었다.

"죄송합니다. 바빠서 이만."

잠시 난감해하던 그녀는 신우에게 고개를 꾸벅 숙이며 사과
하고는 출입문 쪽으로 발걸음을 옮겼다. 말은 "죄송합니다"였지
만 끝끝내 자신의 마음을 되돌릴 생각은 없는 거였다. 아니, 처
음부터 미안함 따위를 표현하려고 한 게 아니라, 그저 이 자리
를 빨리 벗어나려고 한 말이었는지도.

"같이 가면 참치회 쏘려고 했더니. 최고급으로!"

신우는 멀어져 가는 그녀의 등을 보며 말했다. 세상에 열 번
찍어 안 넘어가는 나무는 있어도 딱 열 번만 찍고 그만두는 나
무꾼은 없었다. 남들이 미련하게 보든 안타까워하든 열 번 찍은
시간과 정성이 아까워서라도 나무가 넘어가기 전까지는 찍고
또 찍어 봐야 했다.

신우가 던진 떡밥에 피디와 우영을 비롯한 모든 스태프가 입
맛을 다시며 그녀를 쳐다봤지만 정작 떡밥을 물어야 할 그녀는
아무런 반응이 없었다.

그녀는 굳이 뒤돌아 그 모두의 시선을 확인하지 않아도 등
뒤에 꽂히는 그들의 시선이 눈앞에 훤히 보이는 듯했다. 애써
무시한 채 문을 열려고 하는데 문이 열리지 않았다. 답답함에

당황함까지 더해져 손잡이를 쥔 그녀의 손에 힘이 더 들어갔다. 겨우 문은 열렸지만 여전히 느껴지는 사람들의 시선에 그녀는 쉽사리 발이 떨어지지 않았다.

'그냥 같이 갈까?' 잠시 마음이 흔들렸지만 이내 그녀는 마음을 다잡았다. 가봤자 쓸데없이 시간만 죽이다 오게 될 텐데, 그럴 바에야 아예 가지 않는 게 서로를 위해 좋을 것 같았다. 그녀가 문을 열고 나가자 오늘은 가지 않을까 하는 일말의 기대 속에 그녀를 바라보고 있던 피디가 맥 빠진다는 듯 한숨을 푹 내쉬며 말했다.

"어떻게 된 게 일 년 동안 한 번을 안 가냐?"

옆에 서 있던 우영 역시 이해가 안 간다는 듯 고개를 절레절레 젓더니 뭔가 확신이 든 것처럼 고개를 주억거리며 의미심장하게 대꾸했다.

"은둔형 외톨이야."

"은둔 안 하잖아?"

"좀 있으면 은둔할 거야. 참치 먹을 거지?"

우영이 신우를 툭 치며 물었다. 신우는 무슨 말 같지도 않은 말을 하냐는 듯 정색한 얼굴로 그녀가 나간 반대쪽 문을 밀고 나갔다.

*

    사무실 창밖으로 버스 정류장에서 버스를 기다리고 있는 그녀가 보였다. 신우는 여전히 불퉁한 얼굴로 심술 맞게 창을 홱 닫고는 책상에 아무렇게나 걸터앉았다. 그리고 이내 튀어 오르듯 일어났다. 책상 위에 아무렇게나 놓아둔 잡지 모서리에 엉덩이가 찍힌 것이다. 미간을 찌푸린 채 신우는 잡지와 펼쳐져 있던 신문들을 닥치는 대로 잡아 한쪽으로 밀었다.

    '세계최초의 호러마술 돌풍!'
    '혜성처럼 등장한 호러마술사, 마신우!'
    '호러마술은 진짜 혹은 가짜?'
    '공포와 마술을 하나로 묶다'
    '마술사 마신우, 연예인 뺨치는 매력은?'
    '마신우의 호러마술, 연일 매진'

    연일 화제를 모으며 마술쇼로는 보기 드물게 흥행 행진을 이어 가고 있는 자신의 쇼와 자신에 대한 이야기들이었다. 자신을 이렇게 만들어 준 건 강여리, 저 여자가 아니었다면 불가능했을 것이다. 그래서 더 고마움을 전하고 싶었고, 따로 선물이라도 하고 싶었지만 뭘 아는 게 있어야 선물을 살 것 아닌가? 아니 선물이야 저 나이 또래 여자들이 대부분 좋아하는 것으로 산다고 해도 시간이나 틈을 줘야 전하기라도 할 텐데 공연이 끝나기가 무섭게 도망가기 일쑤니 전해 줄 방법이 없었다.

"바쁘다면서 택시도 안 타요. 버스는 뭐 저렇게 계속 보내? 총알 버스라도 기다리나?"

신우는 다시 창을 열어 아직도 버스를 기다리고 있는 여리를 보며 툴툴댔다. 정말 이름처럼 여리한 몸에 유난히 흰 피부와 그 피부를 더 돋보이게 만드는 검은 생머리. 그녀를 처음 봤던 1년 전 그날도 꼭 저 모습이었다.

*

매주 주말이면 신우는 거리에서 공연을 했다. 국제 마술대회에서 수상을 한 것도 아니고 그만이 할 수 있는 특별한 마술이 있던 것도 아니라 그리 유명하지는 않았지만, 매주 같은 곳에서 마술을 하다 보니 그 근처에서는 나름 알아보는 사람들도 많았고 팬도 많지는 않았지만 있었다.

신우가 손에 쥐고 있던 카드가 그가 주먹을 접었다 펴자 사라졌다. 그리고 다시 손을 접었다 펴자 아까 들고 있던 스페이

드 7이 아닌 다이아몬드 7로 카드가 변했다. 신우의 손에 의해 카드는 눈앞에서 사라지기도 하고, 숫자와 문양이 바뀌기도 했다. 그리고 순간순간 변할 때마다 그의 표정 역시 달라졌다. 진지했다가 싱긋 웃기도 하고, 난감해하기도 하며 그때그때 상황에 적절한 표정과 말들로 구경하는 사람들의 관심과 호응을 더 고조시켜 갔다. 마술 하나하나가 끝날 때마다 걸음을 멈추고 구경하는 사람들은 늘어 갔고, 그에 비례해 박수 소리는 점차 커져 갔다. 그의 오래된 파트너 우영은 신우의 마술쇼를 틈틈이 캠코더로 녹화하며 구경꾼들의 표정 역시 같이 담아내고 있었다.

환호하고 신기해하는 구경꾼들 사이에 홀로 우울해 보이는 여자가 있었다. 짙고 검은 긴 생머리부터 티셔츠, 바지, 신발까지 검은색으로 도배한 듯한 여자는 백지장처럼 파리한 얼굴로 사람들 사이에서 신우의 마술쇼를 보고 있었다. 신우의 재미있는 말이나 과장된 행동, 눈앞에서 펼쳐지지만 스스로의 눈을 의심하게 만드는 마술을 보며 사람들은 웃거나 놀라거나, 그것도 아니면 비밀을 파헤쳐 보겠다는 듯 자못 진지한 얼굴로 신우를 뚫어져라 보는 등 제각각의 반응을 보였으나 그녀는 무덤덤한 얼굴로 그 자리에 서 있을 뿐이었다.

그러한 그녀의 반응은 신우를 묘하게 자극시켰다. 환호를 보내든 트릭을 찾아내 보겠다고 팔짱을 낀 채 빤히 보든 그만큼 자신의 마술에 빠져 있다는 것인데, 음울한 표정으로 멍하니 있는 그녀에게서는 그런 걸 느낄 수 없었다. 신우는 오늘 쇼가 끝나기 전까지 저 여자의 마스크 같은 얼굴을 깨보고 싶다는, 묘한 도전 의식이 들었다. 웃든 울든 놀라든 뭐든 상관없었다. 저 음울한 얼굴, 표정만 아니라면.

"여러분 즐거우시죠?"

신우의 말에 사람들은 모두 호응을 보였지만, 역시나 저 여자만 반응이 없었다. 신우는 살짝 눈썹을 찡긋하며 말을 이었다.

"다 좋은데 딱 한 분 웃지 않는 분이 있네요. 잠깐 나오시죠."

신우는 그녀에게 다가가 그녀의 손을 이끌었다. 그녀는 당황한 듯 손을 빼려 했지만, 신우는 그런 그녀를 무대 쪽으로 끌어당겼다.

"이분은요, 10년 동안 단 한 번도 웃지 않은 분입니다."

신우의 말에 구경하던 사람들이 웃음을 터뜨렸으나 여자는 여전히 당황스러운 얼굴로 신우를 쳐다볼 뿐이었다. 신우는 그런 여자를 보며 의미심장한 미소를 짓더니 사람들을 바라보며 말했다.

"제가 이분께 미소를 만들어 드리겠습니다. 박수!"

사람들은 기대에 찬 박수를 보냈지만, 여자에게는 그 박수 소리가 더 부담이 된 듯했다. 여자가 잔뜩 겁먹은 얼굴로 무대에서 도망가려고 하자 신우가 그녀를 붙잡았다.

"선물 드립니다. 잠깐만 계시고요. 자! 여자가 가장 좋아하는 세 가지가 있죠? 제가 그걸 드리겠습니다. 어디 웃지 않고 배기나 봅시다."

사람들은 자신만만한 신우의 말에 그가 어떤 것들을 보여 줄지, 그래서 과연 그녀를 웃게 할 수 있을지 호기심과 기대감 가득한 얼굴로 무대에 집중하기 시작했다.

신우는 옆에 있던 나무의 잎을 따서 사람들 앞에 스윽 보여 주었다. 그리고 그가 손을 한 번 더 움직이자 나뭇잎이 꽃다발로 변했다. 사람들의 환호에 으쓱해진 신우가 여자를 쳐다보았지만, 여자는 아까보다 더 난감해하기만 할 뿐 여전히 그 탈바가지를 쓰고 있었다.

"여자 분이 꽃을 싫어하시고……."

신우 역시 이 정도로 여자가 그 견고한 마스크를 깨줄 거라고는 예상치 않았기에 덤덤히 여자에게 내민 꽃다발을 자기 쪽으로 다시 가져왔다. 그러고는 이내 꽃 대신 돈으로 꽉 찬 돈다발을 만들었다. 사람들은 꽃다발 때보다 더 놀라워하며 박수를 쳤고, 신우 역시 아까보다 좀 더 자신감 넘치는 표정으로 여자에게 그것을 건넸다. 하지만 이번에도 그녀의 표정은 아까와 별

반 다르지 않았다.

"꽃도 싫고 돈도 싫고……."

쉬울 거라고 생각하지는 않았지만, 그래도 이 정도 되면 조금 놀라워하지 않을까 기대했는데, 여자는 예상을 뛰어넘는 강적이었다. 마치 벌을 받는 것처럼 이 순간이 끝나기만을 기다리고 있는 듯한 그녀를 보며 신우는 살짝 난감한 듯 고민하는 척하더니 이내 돈다발을 손바닥 위에 올리고 검은 천으로 덮었다. 신우는 천 끝을 가리키며 여자에게 당겨 보라고 했고, 여자는 그가 시키는 대로 조심스럽게 천 끝을 당겼다. 서서히 천 안에 감춰져 있던 귀여운 강아지가 드러났다. 사람들은 꽃다발이나 돈다발이 나왔을 때와는 비교도 안 될 정도로 놀라워하며 감탄했다. 여자 역시 강아지를 쓰다듬는 등 조금은 달라진 모습을 보였지만 그게 다였다. 이번에야말로 여자의 그 견고한 탈바가지를 벗겨 낼 거라 자신했던 신우는 여전히 미적지근한 그녀의 반응에 이 상황을 어떻게 타개해야 할지 살짝 난감해졌다.

그때였다. 손바닥이 뜨뜻해지는가 싶더니 축축해졌다. 깜짝 놀라서 보니 그의 손바닥 위에 앉아 있던 강아지가 오줌을 누고 있었다. 뜻밖의 상황에 신우는 깜짝 놀라 살짝 뒷걸음쳤고, 사람들은 그 모습에 웃음을 터뜨렸다. 잠시 당황했던 신우 역시 피식 웃음을 터뜨리며 환하게 웃었고, 그 모습을 바라보던 여자 역시 보일 듯 말 듯 옅은 미소를 지었다. 하지만 그뿐, 여자는 벌을 받다 이제 그만 돌아가 봐도 좋다는 선생님의 말을 들은 학생처럼 마술이 끝나자마자 금세 달아나 버렸다. 신우는 우영에게 그녀를 쫓아가 달라고 부탁했다. 그러고는 급히 그날의 쇼를 마무리 짓고 우영에게 연락해 그녀가 있다는 곳으로 한달음에 달려갔다.

스스로도 왜 처음 본 여자의 뒤를 쫓는 건지 알 수는 없었다. 단순히 자신의 마술에 다른 사람들 같은 호응이나 반응을 보이지 않았기 때문은 아니었다. 검고 긴 생머리와 대비되는 하얀 피부, 표정을 읽을 수 없는 눈과 붉은 입술이 뭔가 묘하게 끌리기는 했지만 그 역시 그녀를 뒤쫓는 이유는 아니었다.

여자는 어둑한 골목길을 걷고 있었고, 신우는 그녀를 조심스레 뒤따랐다. 여자에게 반해서도 아니고 변태 같은 마음을 품은 것도 아니고, 마치 귀신에 홀린 것처럼 그녀 뒤를 쫓았다. 여자가 어느 순간 걸음을 멈추더니 홱 돌아보았다. 신우는 깜짝 놀라 가로등 뒤로 숨었다. 죄 지은 거라도 있냐고 하면 그런 건 아니었지만, 남을 몰래 뒤쫓고 있는 것도 그리 떳떳하고 당당한 일은 아니었다.

잠시 정적이 흐르던 골목에 다시 여자의 발걸음 소리가 들리기 시작했다. 신우 역시 그녀를 뒤쫓기 시작했다. 고요하고 어두컴컴한 골목길만으로도 충분히 음산한데 그 길을 타박타박 걸어가는 긴 머리의 여자까지 더해지니 그 자체로 머리털이 쭈뼛 서고 오소소 소름이 돋는 듯했다. 무서워 죽겠는데 자신이 왜 계속 그녀를 뒤쫓고 있는 건지 알 수 없었다. 귀신에 홀린 것도 아니고. 그 순간, 신우의 머릿속에서 백열등이 탁 켜지는 듯했다.

"찾았다!"

그 옛날 아르키메데스가 목욕탕에서 튀어 오르며 "유레카!"를 외쳤던 그 마음이 어떤 것인지 십분 이해하고도 남을 것 같았다. 그녀의 모습에서 기막힌 아이디어가 떠올랐고, 그로 인해 그 이전까지 없었던 자신만의 비기를 갖게 될 것 같은 강력한 예감이 들었다. 방금 전까지만 하더라도 자신이 왜 이러는지조차 알 수 없어 당황스러웠지만, 왜 홀린 듯 그녀를 쫓아온 건지, 왜 그녀를 놓치면 안 되는지 이유가 명확해지자 그의 발걸음에도 힘이 실렸다.

신우는 어느새 여자의 걸음을 앞질러 그녀 앞에 섰다.

"나 기억나죠? 아까 마술했던……."

여자는 깜짝 놀란 얼굴로 고개를 끄덕였다.

"이런 말 이상하게 들릴 거 아는데 그냥 얘기할게요. 그쪽 보고 기막힌 아이디어가 떠올랐어요. 마술에 호러를 가미한 호러 마술이 될 텐데 그 쇼에 당신이 꼭 필요해요. 나랑 같이 일 안 해볼래요?"

이상하고 뻔뻔하며, 경황없고 두서없으며 어설펐다. 그야말로 안 좋은 것들은 죄다 섞어 놓은 말이었지만 절대 거짓은 없었다. 그리고 그녀만 있다면 반드시 성공해 보일 자신도 있었다. 하지만 그런 건 당장 보여 줄 수 없는 것들이었고, 여자가 보기에는 '웬 미친놈이 제 딴에는 멀쩡한 척하려고 애쓰는구나.'에서 그칠 가능성이 농후했다.

바로 거절당해도 어쩔 수 없다고, 입장 바꿔 자신이 그녀 입장이어도 그럴 거라고 생각하며 어느 정도 포기하려던 때, 여자가 잠시 생각할 시간을 달라고 했다. 신우는 그녀에게 자신의 연락처를 주면서 다시 한 번 진심으로 부탁했다.

며칠이 지나도록 그녀에게서는 연락이 없었다. 역시 다른 사람을 찾아봐야 하나 고민하던 그때, 같이 해보겠다는 그녀의 전화가 걸려 왔다. 그렇게 신우와 그녀는 한 팀이 되었다.

신우가 예상한 대로 그가 기획하고 그녀가 함께한 호러 마술 쇼는 연일 화제를 모으며 금세 흥행몰이를 시작했다. 덕분에 신우 역시 이름 없던 거리의 마술사에서 하루아침에 스타 마술사로 급부상했다.

그렇게 1년이 지났다.

그 시간 동안 함께 무대에서 호흡을 맞춰 왔지만 그녀에 대해 아는 건 1년 전에 비해 크게 달라진 게 없었다. 이름과 나이, 그리고 집주소와 휴대전화 번호 정도랄까. 굳이 1년을 함께하지 않더라도 그녀의 이력서만 보면 단박에 알아차릴 수 있는 것들이었다. 뭘 좋아하고 뭘 싫어하며, 어떤 버릇이 있고 어떤 성격인지는 전혀 아는 게 없었다.

머리로는 세상에 이런저런 사람 다 있는 거니 그냥 그러려니, 별 신경 쓰지 말고 넘어가자고, 모든 사람을 속속들이 다 알 필요는 없다고 생각하면서도 마음으로는 자꾸 신경이 쓰이고 오기까지 들었다. 누가 봐도 글만 읽을 줄 알면 파악하는 이런 '정보'가 아니라 강여리라는 여자가 알고 싶었다. 하지만 밥도 혼자 먹지, 회식도 안 가지, 무대에서는 검은 천만 뒤집어쓰고 귀신 역할 하다가 공연이 끝나면 바로 귀신보다 빠른 속도로 달아나니 어찌해 볼 도리가 없었다. 신우는 한숨을 폭 내쉬었다.

*

"초는 몇 개나 필요하세요?"

여리가 고른 케이크를 조심스레 박스에 넣으며 베이커리 직

28

원이 그녀에게 물었다. 별 대수로울 것도 없는 질문이었지만 여리는 선뜻 대답하지 못했다. 차라리 몇 살인지 묻지, 몇 개나 필요하냐니. 아니, 이 케이크에 초 자체가 필요하기나 할까? 아니, 그 전에 이게 이렇게 날을 세울 만큼 중요한 일일까? 여리는 왠지 자신이 한심하게 느껴져 씁쓸하게 웃었다.

"생일이신 분 나이 잘 모르시나 봐요. 그럼 그냥 HAPPY BIRTHDAY, 이런 이니셜 초는 어떠세요? 이것도 예뻐서 많이들 사가시는데."

직원은 카운터 옆에 놓인 알록달록한 색의 이니셜 초를 여리에게 보여 줬다. 잠시 고민하던 여리는 고개를 끄덕였다. 직원은 서랍에서 작은 봉투를 꺼내 그 안에 초들을 담았다. 케이크를 자를 칼과 성냥, 폭죽을 챙기며 포장하는 직원을 물끄러미 보던 여리는 직원과 눈이 마주쳤고, 너무 빤히 쳐다본 건가 싶어 슬쩍 고개를 돌렸다.

오른편 냉장고에는 우유, 탄산음료, 샴페인이 층마다 종류별로 깔끔하게 진열되어 있었다. 우유를 꺼내려고 연 냉장고였지만 여리가 냉장고 문을 닫을 때 그녀의 손에 쥐어 있는 건 샴페인이었다.

한 손에는 케이크 상자, 한 손에는 샴페인이 든 종이봉투를 들고 베이커리를 나가려고 하니 문 열기가 조금 난감했다. 어깨나 등으로 밀어 보기도 했지만 좀처럼 문은 열리지 않았고, 어쩔 수 없이 상자와 샴페인을 내려놓고 열어야겠다고 생각할 때였다.

"제가 도와드릴게요."

직원이 여리가 있는 문 앞까지 재빠르게 와서는 문을 밀어주었다. 그러고는 자신의 친절이 스스로 꽤나 만족스러웠는지 싱긋 웃어 보였다. 여리는 그런 그를 보며 옅게 따라 웃었다.

"좋은 시간 보내세요!"

직원의 말에 여리는 가던 걸음을 멈추고 흘긋 뒤를 돌아봤다. 직원은 여전히 만면에 미소를 띤 채 있다가 여리와 눈이 마주치자 더 활짝 웃어 보이고는 문을 닫고 베이커리 안으로 들어갔다. 케이크와 샴페인의 무게보다도, 좋은 시간 보내라는 저 가벼운 인사가 여리에게는 어쩐지 더 무겁게 느껴졌다.

어둑한 집 안으로 들어선 여리는 몸에 익은 동선을 따라 거실로 가 불을 켰다. 팟 하고 들어오는 형광등 불빛이 눈부셔 여리는 저도 모르게 미간을 찌푸리며 눈을 가늘게 떴다. 그리고 이내 빛에 익숙해진 듯 거실을 찬찬히 살폈다.

늘 그렇듯 나가기 전과 달라진 건 없었다. 거실 한가운데를 차지하고 있는 텐트와 바늘 움직이는 소리가 유난히 큰 벽시계,

그리고 벽에 걸어 놓은 액자들. 모든 게 나가기 전과 같았다. 어린 시절 여리와 여동생, 아빠와 엄마가 정원에서 찍은 사진, 여리가 고등학교 다닐 때쯤 정원에서 엄마와 여진이 함께 웃으며 찍은 사진, 그리고 노르웨이 나무집 앞에서 웃는 엄마와 여진의 사진까지.

한참동안 물끄러미 사진들을 보던 여리는 나지막이 씁쓸한 한숨을 내쉬며 바닥에 풀썩 주저앉았다. 여리는 멍하니 케이크 상자를 보다 케이크를 꺼내 베이커리 직원이 추천해 준 HAPPY BIRTHDAY, 열세 개의 이니셜 초를 공들여 꽂고는 초 하나하나에 불을 붙였다. 그리고 마지막 초 Y에 불을 붙이고 얼마 지나지 않아 바로 꺼버렸다. 공들여 꽂은 시간과 하나하나 정성들여 불을 붙인 시간이 무색할 만큼. 누가 보기라도 했다면 그렇게 꺼버릴 거 애초에 불은 왜 붙였냐고 물어봤을 만큼.

"괜히 샀어."

여리는 심지 끝만 살짝 탄 초들을 케이크에서 뽑으며 중얼거렸다.

초는 역시 사지 않는 게 좋을 뻔했다. 아니, 애초에 베이커리에 들러 케이크를 사지 않는 게 좋을 뻔했다. 케이크를 사지 않는다고 해서 생일이 생일이 아닌 것도 아닌데, 굳이 생일을 챙기고 싶은 마음이 있던 것도 아니었는데. 그냥 넘어가자니 뭔가 쓸쓸하고 아쉬워서 케이크를 사고, 초까지 샀지만 정작 초를 꽂고 불을 붙이니 그 모두가 쓸데없는 짓이라는 회의가 훅 밀려왔다.

생일 며칠 전부터 들떠 그날이 오기만을 기다리고, 가족들과 친구들에게 받을 축하와 선물을 기대했던 적도 있었다. 생일이면 달콤한 케이크를 먹고, 그보다 더 달콤한 기분에 취해 하루 종일 구름 위를 걷는 듯한 기분으로 보냈던 적도. 하지만 그 일 이후, 더 이상 그럴 수 없었다. 하루하루가 전쟁이었고, 그 끝없는 싸움에 지친 친구와 가족들도 하나둘씩 그녀에게서 멀어져 갔다. 여리에게 생일은 더 이상 기다려지고 기대하는 날이 아니라, 끝이 보이지 않는 이 전쟁에서 1년을 더 버텨 낸 것에 대한 쓸쓸한 위로 그 이상도 그 이하도 아니었다.

케이크에서 초를 다 뽑아 낸 여리는 케이크를 자르려다 그냥 포크로 대충 잘라 한 입 베어 물었다. 달콤하고 부드러운 케이크는 맛있었지만 잘 삼켜지지 않았다. 가슴 한쪽이 뭔가 얹힌 것처럼 답답하고, 목에서 뭔가 자꾸 치밀어 올랐다. 슬픔, 쓸쓸함, 외로움 그런 것들이 덩어리져서 걸려 있는 것이리라. 하지만 여리는 그 모두를 억지로 삼켜 냈다. 이대로 멈추면 그대로 몇 시간이고 잠들 때까지 울 것만 같았기 때문이다.

여리는 억지로 케이크를 삼키고는 샴페인을 병째로 마셨다.

케이크 칼이나 샴페인 잔이 없는 것은 아니었지만, 다른 사람과 함께 먹는 것도 아니니 무시하기로 했다. 그렇게 한참을 의식적으로 케이크를 먹고, 샴페인을 마시고 다시 먹고 마시기를 반복했다.

어느 정도 배가 부르자 여리는 그 모두를 한쪽으로 밀어 놓았다. 그러고는 옆에 아무렇게나 놓여 있던 곰 인형을 잡아당겨 꽉 끌어안았다. 따뜻하고 포근했다. 배도 부르고 술도 어느 정도 마셨고, 이대로 잔다면 중간에 깨는 일 없이 푹 잘 수 있을 것 같았다. 까무룩 잠이 들려고 할 때 전화벨이 울렸다. 엄마였다.

"딸, 생일 축하해! 선물 보냈어."

엄마는 애써 밝은 목소리로 축하 인사를 건넸지만, 목소리에는 전화로도 감출 수 없는 물기가 어려 있었다. 당신이 낳은 딸의 생일에 곁에 있어 주지도 못한다는 게 마음 아파 며칠 전부터 울었을 엄마의 모습이 눈에 선했다. 오늘도 아침에 미역국을 끓이면서부터 전화를 걸기 직전까지 계속 울다가 겨우 진정하고 애써 밝게 전화하고 있을 걸 알기에 여리 역시 밝게 대꾸했다.

"뭔데?"

"니 남편."

"뭐야?"

"결혼정보업체 가입해 놨으니까 빠지지 말고 나가."

"쓸데없이."

여리는 엄마가 작년에 보내 준 곰 인형을 만지작거리며 중얼거렸다.

의지할 수 있는 사람, 아무 때고 보고 싶으면 볼 수 있고 와달라고 하면 한달음에 달려와 줄 수 있는 그런 사람이 있으면 좋겠다고는 생각했지만 뜬금없이 결혼이라니.

"별일 없지?"

"잘사니까 걱정 좀 붙들어 매셔요."

'별일이야 늘 있지.'라는 말이 목구멍까지 차올랐지만 여리는 그 말을 꾹 눌러 삼킨 채 씩씩하게 대답했다. 아니, 그 별일이 이제는 더 이상 드물고 이상한 일이 아닌 일상이 되어 버렸으니 틀린 말도 아니었다. 1년 열두 달, 그 가운데 며칠 정도 이벤트처럼 지나가는 게 아니라, 그 반대로 며칠 정도만 잠잠히 지나가는 게 별일이 되어 버렸으니까. 여리는 자기도 모르게 터져 나올 뻔한 깊은 한숨을 억지로 삼켰다.

"일은 재밌니? 넌 언제 마술사 되는 거야?"

"마술사는 무슨. 그냥 아르바이트로 하는 거야."

1년 전 신우의 제안으로 지금까지 그의 쇼를 돕고 있기는 하지만, 엄마에게는 자세히 얘기하지 않았다. 1년이 지난 지금도 엄마는 자신의 딸이 마술쇼에서 관객들의 시선을 빼앗아 마술사의 트릭을 용이하게 돕는 미녀 역할로 무대에 서는 줄 알고 있을 것이다. 처음에 일을 하게 되었다고 했을 때도 길에서 스카우트 제의를 받았다고 했으니. 뭐 틀린 말은 아니었지만. 만약 미녀가 아니라 호러 마술쇼에서 검은 천을 뒤집어쓰고 귀신 역할을 하고 있는 걸 알게 된다면 엄마는 당장 그만두라고 할지도 몰랐다.

여리는 엄마와 동생 여진이 찍어 보내 온 사진을 만지작거리며 물었다.

"거긴 어때?"

"참 좋아. 공기도 좋고, 사람들도 좋고, 얼마나 아름다운지 몰라. 집 뒤가 숲이잖니. 눈 오는 날에 보고 있으면 무슨 요정이라도 나올 것 같아. 네가 오면 정말 좋을 텐데."

엄마는 꿈꾸는 소녀처럼 말했다.

엄마가 말하는 풍경이 여리의 눈앞에 그려지는 듯했다. 눈이 시릴 정도로 파란 하늘, 하늘을 향해 뻗어 있는 나무들, 엄마와 여진은 가장 예쁜 풍경이 보이는 창가에 앉아 따뜻한 차를 마시며 차보다도 더 따뜻한 얘기들을 하겠지. 평온하고 아름다운 곳. 정말 엄마 말처럼 어디에선가 요정이 나온다고 해도 전혀 이상하지 않을 곳이리라.

"나도 가고 싶다."

눈을 감고 풍경을 떠올리던 여리가 중얼거렸다.

"……엄마가 미안해. 같이 있어 주지도 못하고 여기에 데려오지도 못하고."

엄마의 울먹이는 소리에 여리는 입술을 꼭 깨물었다. 무의식중에 터져 나온 말이 그동안 잘 참고 있던 엄마를 울린 것이다. 엄마를 아프게 할 생각은 아니었는데, 지금까지 둘 다 씩씩하게, 밝게 잘 버텨 왔는데 한순간에 와르르 무너져 버렸다.

"왜 그래, 엄마. 안 운다고 나랑 약속해 놓고. 울지 마, 응?"

수화기 너머로 여진이 엄마를 달래는 소리가 들렸다. 여진은 통화 중간에 절대 울거나 미안하다거나 그런 얘기 하지 않겠다는 다짐을 엄마에게서 몇 번이나 확인하고 나서야 전화를 걸어 줬을 것이다. 하지만 처음에 여리를 부르는 그 순간부터 엄마의 목소리는 떨리고 있었고, 여진은 안타까운 얼굴로 고개를 저으며 울면 안 된다는 눈을 했을 것이다. 그렇게 겨우 참고 있던 울음이 여리의 말에 왈칵 터져 버린 것이리라.

여리 역시 가슴 한가운데가 먹먹해지는가 싶더니 금방이라도 울음이 터져 나올 것만 같았다. 하지만 몇 번이고 뜨거운 숨을 나누어 뱉어 내며 그를 삭혔다. 여리는 바들바들 떨리는 입꼬리를 바짝 당겨 억지로 웃었다.

"엄마, 나 괜찮아, 정말. 얼마나 잘살고 있는데. 회사에서도 인기 많아. 남자들이 나랑 밥 먹고 싶어서 줄 서 있다니까. 걱정하지 마. 나 정말 괜찮아."

걱정하지 말라는 그 한마디를 하려고 이런저런 말을 두서없이 늘어놓았다. 아니, "엄마"라고 부른 순간부터 울음이 터져 나올 것 같아서 차마 중간에 멈출 수가 없었다. 하는 사람도, 듣는 사람도 거짓말이라는 걸 알지만 그냥 그렇게 넘어가고 싶었다.

"내가 너만 두고 어떻게……. 미안해. 미안해, 내 딸."

엄마는 울음을 억지로 참는 듯 목소리가 떨려 왔고 그 떨림은 여리에게도 전해졌다. 하루 종일 참고 참았던 눈물이, 그렇게 기를 쓰며 틀어막았던 둑이 조금씩 무너지려 하고 있었다.

"언니, 끊어야겠다. 나중에 통화해."

"응. 엄마 잘 부탁해."

여진의 말에 여리는 한 번 더 울음을 꾹꾹 누른 채 대답했다. 전화가 끊겼고, 여리는 멍하니 수화기를 들고 있다 힘없이 내려놓았다. 길고 깊은 한숨을 내쉬자 눈물이 차올랐다.

여리는 손바닥으로 눈물을 닦아 냈다. 그래도 자꾸만 눈물이 났고, 다시 닦아 보고 아예 손으로 덮어 보기도 했지만 눈물은 멈추지 않았다. 여리는 아무렇게나 벗어 둔 외투를 집어 든 채 밖으로 나갔다.

땅 땅 땅 배트가 공을 때리는 소리가 울려 퍼졌다.

집에서 5분 거리에 있는 야구배팅연습장. 아무리 참고 참아도 눈물이 날 때, 아무리 틀어막아 봐도 외로움과 쓸쓸함이 토끼처럼 치밀어 오를 때, 여리는 이곳을 찾곤 했다. 공이 날아오면 치고, 다시 자세를 잡고, 다시 치고 그렇게 땀에 흠뻑 젖을 정도로 배팅에만 집중했다. 지금 자신을 울리는 그 모든 걸 밀어내기라도 하듯, 여리는 치고 또 쳤다.

예전에 영화 〈중경삼림〉을 보고 나서부터였을 것이다. 실연을 당한 후 달리기를 시작한 남자. 한참을 정신없이 달리다 보면 땀이 흐른다. 그렇게 수분이 다 빠져나가 버리면 눈물이 나오지 않을 거라 믿으며 달리는 남자를 보고, 처음에는 마음도 힘든데 몸까지 힘들게 하는 저 짓을 왜 하는 걸까 싶었다. 하지만 우연히 이곳을 지나가다 한번 해보게 되었고, 그 이후로 마음이 힘들어질 때면 이곳에서 몸이 녹초가 될 때까지 공을 쳐내는 게 여리의 스트레스 해소법이 되었다. 영화에서 달리고 또 달리던 그 남자도 이런 마음이 아니었을까?

마음이 무겁고 힘든 건 작고 힘없는 마음 안에 너무나도 많은 무거운 것들이 쌓여 짓누르기 때문일 것이다. 그래서 속이 저릿하고 아프고 답답하다. 하지만 이곳 안에서는 단순히 날아오는 공을 쳐내기만 하면 된다. 다른 생각이나 복잡한 마음 없이 어떻게 하면 더 잘 맞힐 수 있을까, 어떻게 하면 더 멀리 날려 보낼까만 생각하다 보면 잠시나마 마음이 편해지고 머리도 맑아졌다.

여리는 집으로 돌아와 땀으로 푹 젖은 몸을 씻어 내고 잠옷으로 갈아입었다. 스킨로션을 바르고, 대충 머리를 빗고, 녹초가 된 몸으로 기다시피 해서 거실 한가운데에 놓인 텐트 안으로 들어갔다. 오늘 밤은 중간에 깨거나 뒤척이는 일 없이 푹 잠들 수 있을 것 같았다. 아니, 그러고 싶었다.

얼마나 시간이 흘렀을까?

여리는 훅 끼쳐 오는 서늘한 기운에 잠이 깼다. 텐트 문 가까이로 가 지퍼를 살짝 내리고 주변을 살폈다. 어두침침한 거실 구석에 뭔가 있는 듯했다. 자세히 보니 예닐곱 살쯤 되어 보이는 여자애 두 명이 손을 잡고 서 있었다. 텅 비어 버린 두 눈으로 여리가 있는 쪽을 바라보고 있었고, 애들이 입고 있는 원피스에서는 피가 뚝뚝 흐르고 있었다. 여리는 숨소리라도 새어 나갈까 입을 틀어막은 채 조심스레 지퍼를 올리고, 불안해하며 이불 속으로 들어갔다. 눈을 꼭 감은 채 기도문을 중얼거려 보는데 텐트의 지퍼가 조금씩 열리는 소리가 들렸다. 여리는 몸을 잔뜩 움츠린 채 눈만 살짝 떠 텐트 문 쪽을 봤다. 지퍼가 조금씩 열리고 있었다. 여리의 온몸에는 오소소 소름이 돋기 시작했다. 몸이 덜덜 떨려 오며 호흡도 점점 가빠졌다. 지퍼가 거의 다 열렸을 때 여리는 살짝 몸을 떨며 눈을 질끈 감았다. 여자애들이 속닥거리는 소리가 여리의 발끝 근처에서, 무릎을 타고 허리까지, 다시 가슴께에서 들려오더니 머리끝에서 멎었다.

갔을까? 아직 있는 걸까? 여전히 불안해하며 조심스레 눈을 뜬 여리는 피투성이가 된 채 자신을 빤히 내려다보고 있는 쌍둥이 여자애들과 시선이 마주쳤다. 바들바들 떨리던 몸도, 가빠오던 숨도 한순간 멎는 듯했다. 여리는 비명을 지르지도, 숨지도 않고 그들을 바라보았다. 쌍둥이 여자애들은 천천히 자신들의 이야기를 시작했다.

쌍둥이 여자애들이 사라지고 나서도 쉬 잠은 오지 않았다. 그냥 단순한 악몽이었다면, 가위눌림이었다면 좋았겠지만 이건 그렇게 쉽게 넘길 수 있는 일이 아니었다. 끔찍한 악몽 같은, 하지만 절대 꿈이 아닌, 여리가 겪는 현실이었다.

텐트 구석에 오도카니 앉아 한참 멍하니 있던 여리는 휴대전화를 집어 들고 정원으로 나갔다. 여리는 그네에 널려 있던 담요를 걷어 뒤집어 쓴 채 그네에 앉아 민정에게 전화를 걸었다. 민정은 모두가 곤히 자고 있을 이 새벽에 깨어 있을 사람인 동시에 여리의 이런 이야기를 들어 줄 수 있는 유일한 친구였다.

"공부해?"

"어. 이제 자려고. 왜?"

민정은 살짝 졸음이 묻어나는 목소리로 되물었다. 새벽까지 고시 공부하다가 겨우 잠들려고 하는 사람을 귀찮게 한 것 같아 여리는 미안해졌다. 그냥 별일 아니라고 둘러대며 끊으려는데 민정이 뭔가 알아챈 듯 의미심장하게 물었다.

"또 왔니?"

"……어. 이번 건 좀 세더라."

"그 쌍것들은 왜 자꾸 찾아오고 지랄이래? 뒤졌으면 그냥 곱게 올라가지."

민정 특유의 걸걸한 표현에 여리는 옅게 웃었다. 하지만 이내 얼굴은 물론 온몸 여기저기가 짓뭉개진 채 피를 뚝뚝 흘리던 쌍둥이 여자애들의 모습이 떠올랐고, 웃음은 급히 지워졌다. 발로 살짝 땅을 밀어내자 그네가 가볍게 흔들렸다.

"뺑소닌가 봐."

"그럼 경찰서장 집을 찾아가든가. 니가 무슨 민원 해결사도 아니고, 쌍것들."

민정의 말에 여리는 다시 작게 웃음을 터뜨렸다. 이런 일이 있을 때마다 미안한 일인 줄 알면서도 그녀에게 전화를 하게 되는 건 이렇게 여리를 웃게 해주기 때문이었다. 웃어넘긴다고 해서 문제 자체가 해결되는 건 아니었지만 그래도 그녀와 통화하는 그 잠시 동안은 불안함과 두려움을 내려놓을 수 있었다.

"이왕 하는 거 돈이나 받을까?"

"미친년. 애인이나 만들어 이년아!"

이런 얘기를 하면 늘 민정은 남자친구나 사귀라고 한다. 든든하게 곁을 지켜 줄 수 있고, 전화하면 바로 달려와 줄 수 있는. 엄마가 여리를 결혼정보업체에 가입시켜 남편감을 찾아보려고 한 것도 이와 같은 마음이었을 것이다. 하지만 사랑 하나로 모든 걸 감수하고 여리 자신도 힘들어 허우적대고 있는 불행의 늪에 같이 들어와 달라고 할 수는 없었다.

"지도 없으면서."

"난 부르르가 있어. 이년아."

"부르르? 그게 뭔데?"

"있어, 부르르 떠는 거. 생각만 해도 떨려."

아무리 생각해도 민정이 말하는 '부르르'가 뭔지 알 수가 없었다. 민정이 한 말만 정리해 보면 남자친구 대신 부르르 떨고, 생각만 해도 그녀를 떨리게 하는 뭔가가 있다는 건데 대체 무슨 스무고개도 아니고 뭘 말하는 건지. 골똘히 생각해 보다 여리가 물었다.

"뭔데?"

"애들은 몰라도 돼. 넌 곰탱이나 안고 자. 이년아."

애들은 몰라도 된다는 민정의 말에 여리는 그제야 그녀가 말한 부르르가 뭔지 알 것 같았다. 그때 휴대전화 배터리가 없음을 알리는 소리가 울렸다. 휴대전화를 귀에서 잠시 떼고 화면을 보니 배터리창이 하얗게 비워져 있고, 새벽 4시가 다 되어 가고 있었다. 아무리 고시 공부로 늦게까지 안 자는 게 몸에 밴 민정이라 해도 피곤할 시간이었다.

"너도 자, 이년아."

"알았어 이년아. 잘 자."

통화는 끊겼지만 민정이 마지막으로 "잘 자."라고 한 소리는 한참이나 귓가에 남아 있었다.

"잘 자."라고 했지만 그렇게 말한 그녀 역시 여리가 오늘 밤 잘 잘 수 있을 거라 생각하지는 않았을 것이다. 그래서 더 애틋하게 말한 거겠지. 이런 일을 겪은 날은 제대로 잠들 수 없다는 걸 여리는 물론 민정도 잘 알고 있었다. 겨우 잠이 든다고 해도 아까 보고 들은 것들이 악몽이나 가위눌림으로 이어질 게 뻔했다. 언제쯤이면 이 길고 오랜 악몽 같은 현실에서 벗어날 수 있을까?

여리는 툭 발끝으로 땅을 밀었다. 캄캄한 어둠 속에서 그네가 삐걱대며 흔들렸다. 여리는 그렇게 한참이나 그곳에 있었다.

동이 터올 무렵까지 멍하니 그네에 앉아 고민하던 여리는 결국 택시를 타고 쌍둥이 여자애들이 말했던 곳으로 갔다. 가는 내내 이번만큼은 빗나가기를, 그저 고약한 악몽을 꾼 것이기를, 자신이 들은 이야기들이 모두 거짓이기를 바랐지만 이번에도 여리의 기대는 여지없이 빗나갔다.

택시에서 내리자마자 보이는 현수막에는 '목격자를 찾습니다'라고 씌어 있었고, 사고 현장 가까이로 가자 검은 아스팔트 위로 흰색 스프레이로 사람 형체 두 개가 그려져 있었다. 여리는 한참 동안이나 그곳에 멍하니 서서 그 모습을 바라보다 돌아섰다.

꿈이 아닌 현실이라고 해도 그 현실을 모두 받아들일 필요는 없다. 감당하지 못하는 현실은 빚과도 같아서 사람을 점점 갉아먹고 옥죄어 결국은 그를 나락으로 떨어뜨린다. 그래서 대부분의 사람들의 경우 자신에게 닥친 일이라고 해도 그 중 자신이 감당할 수 있을 정도만 요령껏 받아들이고 나머지는 버리거나 피하거나 다음으로 넘기는 식으로 똑똑하게 살아간다. 자기 일도 그렇게 버리고 취하며 선택하는데 자신의 일도 아닌 남의 일에 자기 의지와는 상관없이, 선택이 여지도 없이 이렇듯 내던져진다는 게 여리는 끔찍하고 괴로웠다.

여리는 이 사고를 낸 가해자도, 당한 피해자도, 목격자도 아닌 철저한 제삼자였다. 그런 자신이 왜 이렇게 현장으로 끌려나와 이토록 끔찍한 현실을 마주해야 하는 건지, 괴로워해야 하는 건지 억울하고 답답했다.

무시하고 외면하고 싶었다. 정작 이 사고를 낸 가해자는 무시하고 외면하며 잘살고 있을 텐데 왜 자기에게 이러는지 따지고 화내고 싶었다. 하지만 대체 누구에게 그럴 수 있을까? 가해자를 찾아가 왜 이런 사고를 내서 자신을 괴롭히는 거냐고 따질 수도, 자신을 찾아온 이미 죽은 영에게 왜 하필 자신을 찾아온 거냐고 따질 수도 없었다.

한때 그 모두를 무시하고 외면한 적도 있었다. 하지만 소용이 없었다. 영들은 자신의 억울함이 풀릴 때까지 지독하게 여리 주변을 맴돌며 같은 이야기를 되풀이했고, 어떤 날은 말도 없이 서늘하게 쳐다보며 원망스러운 얼굴을 보였다. 결국 그들에게서 벗어나기 위해서는 그들의 말대로 움직여서 그들의 원한이 풀리게 하는 것 외에는 다른 수가 없었다.

여리는 무력감과 피곤함이 뒤섞인 얼굴로 빈 공중전화 부스로 들어가 전화를 걸었다.

"○○ 사거리 뺑소니 제보를 하려고요. 아뇨, 직접 본 건 아니고요. 얘기만 들었어요."

1년 동안이나 계속 해오고 있는 쇼였지만 큰 줄기만 동일할 뿐, 디테일한 것들은 달마다 조금씩 수정되었다. 그리고 그렇게 수정될 때마다 동선들이 바뀌고 그에 따라 조명 위치나 음향 등도 달라지기 때문에 다음 달 공연 준비를 하는 매월 말일은 모든 스태프들이 분주했다.

신우는 바뀐 동선을 체크하고, 피디는 그의 움직임에 따라 조명 위치와 밝기 정도를 체크했다. 음향 역시 사운드 종류와 크기, 길이를 디테일하게 짜 맞추고 가장 효과적인 것으로 정했다.

"쟤도 성격 참 이상해. 밥을 같이 먹던가. 저기서 혼자 김밥은 왜 먹고 있니?"

무대에서 객석을 살피던 우영이 객석에 홀로 앉아 김밥을 먹고 있는 여리를 보며 중얼거렸다. 우영의 말에 신우는 여리를 흘긋 쳐다보았다. 김밥을 먹던 여리는 그와 눈이 마주치자 깜짝 놀라 몸을 웅크려 숨었다. 모두가 바쁠 때 혼자 김밥을 먹고 있는 게 잘하는 짓은 아니지만, 여리가 등장하는 부분들에 대한 점검은 이미 끝났고 그 외에 여리가 도울 일은 없었다. 그러니 떳떳하게 먹지는 못한다고 해도 저렇게 훔쳐 먹다 걸린 것처럼 숨을 필요는 없었다.

여리는 여리대로 난감했다. 자기가 할 일은 끝냈지만 돌아가도 좋다는 말도 없었고, 배는 고픈데 각 팀의 스태프들이 방 하나씩을 잡고 있어서 빈 방도 없었다. 그렇다고 화장실에서 뭔가를 먹고 싶지는 않아서 객석 구석에 앉아 김밥을 먹고 있었을 뿐인데 신우와 눈이 딱 마주친 것이다. 숨고 나서야 왜 숨었을까 후회가 들었지만 이왕 이렇게 된 거 빨리 이곳에서 벗어나야 했다.

"얼씨구?"

여리가 갑자기 후다닥 도시락을 챙기더니 웅크린 채로 도망가자 우영이 기가 차다는 듯 툭 내뱉었다. 대체 숨기는 왜 숨고 도망은 왜 가는 건지, 그녀의 행동을 영 수상하게 보던 신우가 그녀를 불러 세웠다.

"어디 가요?"

깜짝 놀란 여리가 움찔하더니 뒤돌아 신우를 쳐다보았다. 볼이 빵빵한 게 김밥 몇 개를 샌드위치처럼 포개 밀어 넣은 듯했다. 저러다 식도가 터져 버리는 건 아닌지 걱정될 정도로 그녀는 김밥을 대충 씹어 억지로 꿀꺽 삼켰다.

"집에."

그렇게 급하게 식사를 끝내고 도망치듯 가는 곳이 집이라니. 그녀의 대답에 어이없어하던 신우는 중요한 사실을 알아낸 듯 눈을 빛내며 물었다.

"집이라……. 그럼 오늘은 약속 같은 거 없는 거네요?"

그의 말에 여리는 도망갈 수 있는 길을 스스로 막아 버렸다는 생각에 눈앞이 아득해졌다. 무슨 핑계를 대서든 빠져나가야 하는데 물도 없이 급하게 삼킨 김밥이 얹혀 말은 고사하고 숨쉬기도 힘들었다.

"회식 있으니까 남아요."

회식에 환장한 것 같은 남자가 저렇게 나올 줄 알았다. 번번이 거절하는 게 미안하기는 하지만 어쩔 수 없었다. 회식 자리만큼은 절대 피하고 싶은 여리였다. 여리는 얹힌 가슴을 탕탕 내리치고는 도망갈 길을 파기 시작했다.

"집에 일이 있어서……. 죄송합니다."

여리가 신우에게 꾸벅 인사를 하고 다시 뒤돌아서는 순간 오늘따라 까칠하고 깐깐한 그의 목소리가 여리를 멈춰 세웠다.

"예외 없습니다."

신우는 오늘 무슨 일이 있어도 그녀를 꼭 회식에 참석시키리라 마음먹었다. 오죽하면 어젯밤 잠들기 전부터 오늘 극장으로 출근하기 전까지 오늘은 반드시 끝장을 보리라 다짐까지 했을까.

마음이 단순하고 강렬할수록 그 표현은 무시 못 할 속력의

직구로 날아와 꽂히는 법이다. 신우의 마음이 여리에게는 꼭 그러했다. 오늘은 지금까지처럼 쉽게 도망가기 힘들 것 같은 불안한 예감이 들었다. 하지만 지금까지 어떻게 버텨 온 1년인데 여기에서 그리 간단히 무너질 수는 없었다. 궁색하든 지질하든 수단과 방법을 가리지 않고 이 난제에서 빠져나가야만 했다.

"저기, 얼른 가서 빨래도 해야 되고, 청소기도 밀어야 돼서요."

"빨래든 청소든 내일 해요."

"……미룰 만큼 미뤄서 더 미룰 수가 없어요."

"마스크랑 안대 쓰고 양말 신고 하루만 더 버텨요. 그럼 되잖아요, 안 그래?"

신우는 옆에 서 있는 우영에게 동의를 구하듯 물었고, 우영은 신우의 눈치를 보며 고개를 끄덕였다. 피디는 갑작스레 벌어진 배틀을 흥미진진하다는 듯 바라보았다. 원래 구경 중에 가장 재미있는 게 싸움 구경, 불 구경, 불난 집 싸움 구경하는 거라고 하지 않던. 둘이 스파크가 파르르 튀는 걸 보니 꽤 재미있는 구경이 될 것 같아 피디는 아예 자리까지 잡고 신우의 공격을 여리가 어떻게 방어할지 지켜보았다.

"마음만 참석할게요. 죄송합니다."

12시 종이 울렸을 때 신데렐라가 꼭 저렇게 도망가지 않을까? 여리는 다시 한 번 신우에게 꾸벅 고개를 숙이더니 문 쪽으로 향했다. 피디와 우영은 신우의 다음 공격을 기다렸다.

"마음은 필요 없고 몸만 참석하세요!"

신우의 말에 여리는 걸음을 멈췄다. 사람의 진심을 헌신짝 취급하는 것도 유분수지, 이렇게 사람이 곤란해하고 난감해하면 그럴 만한 사정이 있나 보다 하고 넘어가 줄 수 없는 걸까? 여리는 신우의 태도에 울컥 화가 치밀어 신우 쪽을 홱 돌아봤다.

"부모님 돌아가신 거 아니면 참석하세요."

여리의 대답조차 듣지 않고 연타 공격을 퍼붓는 신우를 보며, 피디와 우영은 물론 극장 안에 있던 모든 스태프들은 같은 생각을 했다.

'가도 너무 갔다.'

꽃가마를 태워 줄 테니 가자고 살랑살랑 부추겨도 갈지 안 갈지 모를 판에 저렇게 질러 버리다니 오늘 회식에서도 여리를 보는 건 물 건너 간 듯했다.

"좀 파쇼적이네요."

화가 치민 여리의 마음이 그대로 묻어나는 날선 목소리였다. 하지만 신우는 신우대로 어이가 없었다. 뜬금없이 파쇼라니. 스탈린과 레닌이 저 땅 밑에서 웃다 관이 들썩거릴 얘기였다.

"파쇼? 내가 파쇼?"

제 입으로 내뱉고 나니 기분이 더 이상해져 신우는 우영에게 의견을 묻듯 되물었고, 우영은 그게 뭔지도 모르겠다며 대답을 흐렸다. 여리는 여전히 신우를 차갑게 노려보고 있었다. 신우는 무대에서 내려가 여리에게로 다가갔다.

여전히 무대 위에서 이 배틀을 관전 중이던 우영이 고개를 절레절레 저으며 중얼거렸다.

"절대 안 가지."

"이번엔 가."

우영은 마치 런던 도박사가 빙의한 듯 말하는 피디를 쳐다보았다. 피디는 자신만만한 얼굴로 여리와 신우 쪽을 예의 주시했다. 피디가 대체 뭘 믿고 저렇게 자신만만한 건지는 알 수 없었지만 신우가 아무리 난리를 친다 해도 여리는 절대 가지 않을 것 같았다. 참치회를 쏜다고 해도 안 가던 여리가 마음 대신 몸만 오라느니, 부모님 돌아가신 거 아니면 참석하라느니 그런 말을 듣고 갈 리 없었다.

"오만 원?"

"콜!"

무대 위에서 자신들을 두고 배팅이 벌어지고 있는 걸 알 리 없는 신우는 성큼성큼 여리가 있는 곳으로 다가갔다. 여리는 여리대로 팔짱을 낀 채 올 테면 와보라는 식으로 버티고 있었다. 이제는 피디와 우영뿐만 아니라 극장 안의 모든 스태프들이 하던 일까지 잠시 멈춘 채 두 사람을 지켜보고 있었다.

"아니, 회식 한번 하자는데 파쇼? 갖다 붙일 걸 붙여야지."

신우가 쏘아붙였고, 그 말에 여리도 회식에 파쇼 운운한 건 조금 심했나 하는 생각이 들었지만 강제적이고 강압적으로 밀어붙인 신우의 잘못도 분명 있으니 사과하거나 번복하고 싶지는 않았다. 대체 회식이 뭐라고 이렇게 서로 날을 세워야 하는 건지 알 수 없었지만 어쩌면 저 회식 귀신을 깔끔히 격퇴할 수 있는 좋은 기회일지도 몰랐다.

"전 회식 가기 싫어요."

"싫어도 가요."

싫다는 데 굳이 이유를 꼬치꼬치 캐묻는 사람.

"싫어요."

"아니, 왜요?"

애도 아니고 끝없이 '왜?'를 붙이는 사람.

"술 싫어하는 사람도 있는 거 아니에요?"

"그럼, 술 마시지 말고, 사이다 드세요!"

"술이 앞에 있는데 어떻게 술을 안 마셔요?"

그래서 끝내 하고 싶지 않았던 말까지 솔직하게 내뱉게 만드는 사람. 이 중 하나만 갖고 있어도 같이 대화하는 사람의 진이 빠지게 하는 법인데 그는 그 모두를 다 갖고 있었다.

극장 안은 찬물을 끼얹은 듯 조용해졌고, 여리의 말끝마다 바로바로 쏘아붙이듯 말하던 신우도 여리의 마지막 말에는 별다른 대꾸할 말을 찾지 못하고 눈만 끔뻑거렸다. 여리 역시 툭 내뱉기는 했지만 말하고 나니 후회가 물밀 듯이 밀려왔다. 술이 앞에 있는데 어떻게 술을 안 먹나니. 하지만 이대로 도망치면 정말 이상한 사람으로 낙인찍힐 것 같았다. 이왕 이렇게 된 이상 끝까지 강하게 나가야 했다.

"알았어요. 가면 되죠? 가면 되지 뭐. 회식 가는 게 별거야? 저 주사 좀 있거든요?"

"저도 있어요."

"소주 일곱 병 정도 먹어요."

"칠십 병 드셔도 돼요. 이따 봅시다."

신우는 다시 무대로 성큼성큼 돌아갔고, 여리는 그가 돌아서자마자 잔뜩 썩은 얼굴로 자리에 털썩 앉았다. 끝까지 약한 모습은 보이지 않았지만 결국은 저 남자의 꼼수에 낚여 파닥댄 꼴이 됐다. 어쩌면 저 남자는 이 모두를 예상하고 판을 짜온 건지도 모르겠다. 여리는 남은 김밥을 우적우적 씹어 먹으며 신우의 존재도 같이 씹었다.

여리가 그러거나 말거나 신우의 얼굴에는 만족스러운 미소가 가득했다. 몸만 오라는 건 계획에 있던 대사였지만 부모님 운운하며 압박했을 때는 신우도 속으로 너무했나 싶어 뜨끔했었다. 하지만 결국 이렇게 소기의 목적을 달성하고 나니 뿌듯함과 기쁨에 절로 웃음이 새어나왔다. 그 모습에 피디 역시 만면에 웃음을 지으며 옆에 서 있는 우영의 옆구리를 쿡 찔렀다. 우영은 어쩔 수 없이 지갑을 꺼내면서도 여리에게 묘한 배신감을 느꼈다. 뭐랄까, 지금까지 당연히 해인 줄 알았던 게 갑자기 "미안, 나 달이었어." 하는 기분이랄까. 우영은 떨리는 손으로 오만 원짜리를 꺼내 피디에게 건네며 중얼거렸다.

"지조를 지켜야지, 지조를. 일관성이 없어, 사람이!"

"어제 꿈에 돌아가신 할머니가 나타나서 말이지. 이렇게 나를 노려보더니 지팡이로 막 쳐 나를. 이 똥 푸다 뒈질 놈아! 살아 있을 때 한 번 안 오더니 잠이 오냐? 막 쳐! 나를! 얼마나 생생한지."

좀 취한 건지 우영이 평소보다 두 톤 이상은 높아진 목소리로 오버하면서 떠들어 댔다. 우영의 옆에 앉아 얘기를 듣던 신우는 우영이 내는 할머니 흉내에 가볍게 웃음을 터뜨렸고, 피디와 다른 스태프들도 웃으며 맥주를 마셨다. 그때, 어디선가 웃는 것도 우는 것도 아닌 기괴한 소리가 들렸다. 사람들은 소리가 나는 쪽으로 천천히 시선을 옮겼다.

기괴한 웃음의 진원지를 눈으로 따라가니 저 구석에서 혼자 술을 마시고 있는 여리가 보였다. 그녀 앞에는 삼십여 병이 넘는 빈 맥주병이 놓여 있었다. 신우를 포함한 스태프들은 그제야 아까 여리가 술이 앞에 있는데 어떻게 술을 안 마시냐고 했던 게 그냥 한 말이 아니었음을 절절히 깨달았다. 그런 사람들의 시선을 아는지 모르는지 여리는 살짝 취해서 게슴츠레해진 눈으로 우영을 쳐다보며 물었다.

"맞을 때 아팠죠?"

"아팠죠."

"그거 꿈 아닌데……."

　여리는 재미있다는 듯 다시 큭큭 웃더니, 병을 기울여 마지막 한 방울까지 탈탈 털어 잔에 따라 마시고는 빈 잔을 내려놓았다.

　우영은 꿈이라고 얘기했지만 여리가 봤을 때 그건 절대 꿈이 아니었다. 인정하고 싶지 않은 현실일 뿐이지. 사람들은 흔히 현실의 반대가 꿈이 아님에도 불구하고, 믿기지 않고 믿고 싶지 않은 일을 겪게 되면 이건 현실이 아니라 꿈일 거라고, 그렇게 단순히 치환해 버린다. 현실은 지금, 내가, 마주해야 하는 것인데 지금의 내가 받아들일 수 없을 때, 그러기가 힘이 들 때 사람들은 이건 꿈이라고 단정 지어 버리는 것이다.

우영 역시 마찬가지였다. 이미 돌아가신 할머니가 살아 있는 그를 찾아와 원망을 늘어놓고 물리적인 힘을 가해 아픔을 느꼈다는 게 믿기지 않고 인정할 수 없으니까 사람들이 흔히 그러듯 현실의 스위치를 내려 꿈으로 만들어 버린 것뿐이었다. 꿈이었다고 하는 쪽이 훨씬 믿기 쉽고 편하니까.

여리는 피식 웃으며, 앞에 놓인 병 중에서 술이 남아 있는 병을 찾았지만 화수분도 아니고 이미 탈탈 털어 마신 빈 병에서 술이 나올 리 만무했다. 술이 약간 모자라 아쉬운 듯한 표정의 여리가 빈 병을 만지작거리며 중얼거리듯 말했다.

"댁들 잘 때요. 죽은 사람들 찾아오는 거 모르죠? 찾아와 가지고 자는 사람을 이렇게 봐요. 가끔 가슴도 누르고 목도 조르고. 그럼 사람들은 가위 눌렸다고 여기지. 그냥 꿈일 뿐인 거 같죠?"

사람들은 여리의 말에 어떻게 반응해야 할지 몰라 난감했다. 농담이라고 하기에는 과할 정도로 진지했고, 진지하게 들어 주기에는 너무나도 허무맹랑한 이야기였다. 사람들이 마땅히 대꾸할 말을 찾지 못해 서로 눈치만 보고 있자, 여리는 그들을 죽 훑어보더니 다시 빈 병에 시선을 둔 채 말했다.

"알 리가 있나? 반쪽만 보는 인생들. 아냐, 아냐. 모르는 게 나아. 그럼. 알면 뭐 할 거야?"

그래, 모르는 편이 훨씬 나았다. 모든 걸 다 알면서 살 필요나 의무는 그 누구에게도 없다. 여리도 그들처럼 귀신이니 혼령이니 이런 것들에 대해 모른 채 살아 있는 사람들의 이야기만 들으며 살고 싶었다. 하루에도 몇 번씩 이런 생에서 벗어날 수만 있다면 무슨 일이라도 할 수 있을 것 같다고 생각하면서, 뭐 그리 대단하고 완벽한 삶을 살고 있다고 저들에게 반쪽 인생 운운한 건지, 자조적인 웃음이 새어나왔다.

여리의 상황이나 그런 마음을 알 리 없는 사람들은 혼자 화냈다가 웃었다가 금방 울 것 같은 얼굴로 이랬다저랬다 말을 바꾸는 그녀를 보며 그저 술에 취해 주사를 부리고 있는 거라 생각했다. 하지만 신우는 그렇게 간단히 넘어갈 수가 없었다. 자기가 회식에 꼭 참석하라고 해놓고 저 지경이 될 때까지 방치한 것 같아 미안한 마음도 들었고, 1년 가까이 귀신 역할 하면서 직업병이라도 생긴 건가 싶어 걱정도 되었다. 1년 전만 하더라도 마술쇼니, 귀신 역할이니 그런 것과는 전혀 상관없던 사람을 이쪽 세계로 끌어들였으니. 그동안 말을 안 해서 그렇지 줄곧 스트레스를 받아 온 게 아닐까?

"직업병 생겼어요?"

신우가 조심스레 여리에게 물었다. 혹시 그렇다고 하면, 그래서 내일이라도 당장 그만두겠다고 하면 어쩌나 하는 걱정도 되었지만, 그녀가 원하지 않는 일을 억지로 하고 있는 거라면 아쉬워도 보내 줘야 했다.

신우를 빤히 쳐다보던 여리가 쓰윽 일어났고, 사람들은 극장에서의 배틀이 여기서도 이어지는 건가 싶어 두 사람을 번갈아 쳐다보았다. 자리에서 일어나 게슴츠레하게 신우를 보던 여리는 피식 웃더니 신우 쪽으로 천천히 다가왔다.

'쌓인 게 있으면 그냥 말로 하지 왜 저렇게 비장하게 걸어오는 거야? 아, 여기까지는 오지 마라.'

신우의 간절한 마음과는 달리 여리는 어느새 신우 앞까지 왔고, 그의 옆에 앉은 피디를 툭 치며 비키라는 손짓을 했다. 예상치 못한 여리의 행동에 피디는 얼떨결에 일어나 비켰고, 여리는 신우의 옆자리에 앉았다.

"확실히 주사가 있었어."

신우는 의자를 당겨 벽 쪽으로 바짝 붙으며 나지막이 중얼거렸다. 그 소리를 들었는지 못 들었는지, 아니면 듣고도 무시하는 건지 여리가 신우를 홱 쨰려보며 말했다.

"당신, 인생의 쓴맛을 알아? 더운 맛은 알아? 부모 잘 만나서 강남 팔 학군에서 학교 다니다가 고액과외 들입다 해서 좋은 대학 가고, 여자들 꼬이려고 마술 배웠는데 어머나! 이게 대박이네? 돈 들어오지, 스타 됐지, 얼굴 반반하지, 회사 차려 사장

됐지. 애인은 슈퍼모델급이다. 조오켔다, 아주 그냥."

어디까지나 일 때문에 받는 스트레스나 고충이라면 참고 들어줄 수 있었지만, 이건 그에 대한 반감을 밑도 끝도 없이 늘어놓고 있을 뿐이었다. 자기에 대해 알면 뭘 얼마나 안다고 이런 소리들을 하는 건지. 청문회도 아니고, 자기가 극악한 범죄를 저지른 것도 아닌데 왜 가만있는 사람의 신상을 털어 대고 난리인지, 참고 참던 신우가 굳은 얼굴로 따지려 들 때였다.

"그런데 말이지. 댁은 진정성이 없어. 가슴이 없다고. 이 안에 아무것도 없어. 이 돼지 껍데기야."

여리가 신우의 가슴을 툭툭 치며 마지막 말까지 내뱉었다. 신우는 어이가 없어 할 말도 잃은 채 그녀를 바라봤고, 다른 스태프들 역시 급격히 냉각된 분위기에 서로 눈치만 봤다. 와자지껄하던 바 안은 찬물을 끼얹은 듯 조용해졌다.

그제야 신우의 멍한 얼굴과 싸해진 주변 분위기를 감지한 여리가 신우를 보며 울컥해서 톡 쏘아붙였다.

"그러게 내가 뭐랬어요?"

"나 아무 말 안 했거든요!"

신우는 더 이상 참지 못하고 결국 같이 질러 버리고 말았다. 자기 혼자 신나게 북치고 장구 치면서 재밌게 놀다 와서는 왜 뒤늦게 말리지 않았냐며 원망하는 꼴이라니. 그녀가 던진 비수

같은 말들에 한순간 만신창이가 되어 너덜너덜하게 앉아 있는 자기를 보고도 그런 말이 나오냐고 도리어 따지고 싶었다.

"술 먹으면 개 된다 했잖아요. 뒤풀이 싫다고 했잖아요. 왜 나를 불렀어요? 난 혼자가 좋은데 왜 그랬어요?"

이건 또 무슨 시추에이션인가 싶었다. 뜨거운 불에 들어갔다가 나오자마자 두드려 맞고 발끈하려고 하니 바로 냉각수로 처박히는 기분이었다. 하지만 자기 잘못을 뉘우치다 못해 자학하는 듯한 말투로 울먹거리는 여리를 보니 뭐라고 쏘아붙일 수도 없었다. 신우는 원체 여자, 그것도 우는 여자에게 약했다. 아무리 열 받고 정신이 안드로메다로 날아가기 직전이어도 여자가 울면 열 받던 머리가 급격히 식고 마음이 약해졌다. 이렇게 될까 봐 그동안 회식 자리를 그렇게 피해 왔던 거구나 하는 생각이 듦과 동시에 '혼자가 좋은데'라고 말하면서도 어딘가 외로워 보이는 그녀가 안됐다는 마음도 들었다.

"아니 같이 일한 지도 오래됐고, 제가 성공한 것도 다 여리 씨 덕분인데 맛있는 밥 한 끼 술 한 잔 못 사준 게 마음에 걸려서 나는 그냥……."

"왜 불렀냐고요?"

신우의 말이 채 끝나기도 전에 여리는 신우의 와이셔츠를 움켜잡고 울며 따져 물었고, 신우는 그런 그녀를 살짝 밀어내며 달래듯 말했다.

"그러니까 지금 내가 친절하게 설명을 하잖아요."

"이제 그만하고 싶어! 지긋지긋해! 왜 하필 나야? 왜 나냐고?"

역시 자기 때문에 원치도 않는 일을 하느라 힘들었구나 하는 생각에 미안하기도 하고 어떻게 해야 하나 잠깐 망설이던 그때, 신우의 와이셔츠를 틀어쥔 그녀의 손에 힘이 실리는가 싶더니 한순간에 셔츠가 뜯겨 나갔다. 여리가 잡아 뜯어낸 앞부분은 이미 그녀의 손에서 2차 분해가 되고 있었고, 신우의 등판을 간신히 가리고 있던 셔츠의 나머지는 얼마 안 가 그의 어깨를 타고 훌렁 바닥으로 떨어졌다.

사람들은 여리의 행동에 경악했고, 한순간에 강제로 상의가 탈의된 신우를 흘끔거렸다. 여리는 들고 있던 신우의 찢긴 셔츠 조각을 주머니에 쑤셔 넣더니 반대쪽 주머니에서 휴대전화를 꺼내 신우의 모습을 찍고는 모두에게 인사를 하고 나갔다. 사람들은 지금까지 마시던 술이 확 깨는 듯했고, 신우는 귀신에 홀리기라도 한 듯 멍했다.

혼자 서른 병 넘는 맥주를 홀짝홀짝 마시더니 죽은 사람이 찾아온다는 이상한 소리를 하지 않나, 혹시 일로 인한 스트레스 때문에 저러나 싶어 직업병 생겼냐고 했더니 자신의 신상을 탈탈 털어 내며 비꼬질 않나, 정작 털린 건 신우 자신인데 자기가 피해자인 듯 울지를 않나, 결국에는 괴력을 발휘해 셔츠를 잡아 뜯고는 사과 한마디 없이 사진까지 찍어 갔다.

정신을 겨우 차렸을 때 그녀는 이미 보이지 않았고, 스태프들은 물론 신우를 모르는 바 안의 다른 손님들까지 신우를 흘끔거리며 쳐다보고 있었다. 민망해진 신우는 얼마 안 남은 천 쪼가리로 몸을 가리며 옆의 우영에게 부탁했다.

"형, 옷 좀 줘."

*

"얼굴이 왜 그 모양이야?"

윤지는 공항까지 데려다 주겠다며 그녀의 집 앞에 온 신우의 부스스한 얼굴에 깜짝 놀라 물었다. 신우는 별일 아니라며 그녀의 캐리어를 차 트렁크에 실었다. 윤지는 살짝 고개를 갸웃하며 차에 탔고, 곧 신우도 탔다. 자세히 보니 전체적으로 부스스한 게 아니라 눈은 퀭한 데 볼은 통통 부어 있었다. 윤지가 무슨 일 있는 거냐고 다시 물었지만, 신우는 별말 없이 차에 시동을 걸고 그녀의 오피스텔을 빠져나갔다.

"말을 하든가, 아니면 그런 얼굴 하지 말든가 둘 중 하나만 해."

터지기 직전의 에어백처럼 빵빵하게 부어 있는 그의 얼굴을 견디다 못해 윤지가 톡 쏘아붙였다. 신우는 잠시 주저하다가 어젯밤 회식 자리에서 여리에게 당한 일을 털어놓았다.

"내 살다 살다 그런 주사는 처음 봤거든."

신우는 다시 생각해도 어젯밤 일이 분하고 기가 찬지 핸들을 탁 내리치며 말했다. 윤지는 그런 그가 귀여워 작게 웃음을 터뜨렸다. 불만이나 불평을 쏟아 내며 찡찡대는 남자는 별로라고 생각했는데 신우는 그럴 때 더 귀여웠다. 평소에는 좀 무뚝뚝하고 차가워 보이는데 툴툴대면 살짝 떨리는 볼이며 살짝 비음 섞인 목소리로 버벅대는 거며, 도톰한 입술까지 모두 사랑스러웠다.

"주사는 그렇다 쳐. 아니, 사람한테 어떻게 돼지 껍데기래? 지가 날 알면 얼마나 안다고? 무슨 왕따도 아니고, 점심시간에 밥도 맨날 혼자 먹고…… . 보면 볼수록 짜증나. 생긴 것도 귀신같이 생겨 가지고. 맥주 서른 병 먹고 얼굴에 트림을 하지 않나. 에이씨."

가만히 듣고 있던 윤지는 물끄러미 신우를 바라보았다. 윤지가 아는 신우는 그런 말이나 일을 겪었다고 해서 속에 담아 두고 곱씹을 성격이 아니었다. 생각해 봤자 좋을 것 하나 없으니 잊어버리고 다시는 상종 안 하면 된다는 식이지. 게다가 왕따니 귀신이니 짜증난다고 하고 있었지만, 뭐랄까, 초등학교 남자아이가 좋아하는 여자아이에게 '바보' '똥개'라고 하는 것과 비슷한 뉘앙스였다. 신우가 그녀를 좋아하고 있는지 어떤지는 알 수 없었지만 관심은 확실히 있는 듯했다. 그렇지 않고서야 보면 볼수록 짜증난다면서 그녀가 점심시간마다 혼자 밥 먹는 건 어떻게 알고, 1년 가까이 거절당하면서도 왜 끝까지 회식 자리에 데려가고 싶어 했을까. 윤지는 짐짓 내색하지 않고 신우에게 물었다.

"뭘 그렇게 신경 써?"

"자꾸 신경 쓰여. 입 안의 가시 같아."

신호가 바뀌었고, 신우는 그 말을 끝으로 다른 말은 하지 않았다. 그런 신우를 보며 윤지는 약간의 불안함을 느꼈다. 신경이 쓰인다는 건 그녀가 생각한 대로 여리라는 여자가 신우의 사정거리 안에 들어와 있음을 인정한 것과 다르지 않았다.

하지만 윤지는 그를 티내지 않았다. 본인도 모르는 본인의 마음까지 굳이 옆에서 알려 줄 필요는 없었다. 게다가 그게 자신의 남자친구가 다른 여자에 대해 갖고 있는 관심이나 흔들림이라면 더더욱 그러했다.

"너무 신경 쓰지 마."

윤지는 그렇게 말했다. 그건 신우에게 하는 말임과 동시에 스스로에게 하는 말이기도 했다.

　차는 막히지 않아 비행기 이륙 시간을 여유롭게 남겨두고 공항에 도착했다. 신우는 차 트렁크에서 그녀의 캐리어를 꺼내 주었다.

"매일 전화해. 하루도 빠짐없이."

　여전히 불퉁한 얼굴의 신우를 보며 윤지가 말했다. 평소 윤지답지 않은 말에 신우는 이상하다는 듯 쳐다보았다. 전화하는 거 귀찮아하고 싫어하는 거 뻔히 알면서 숙제 내주는 선생님처럼 구는 윤지가 조금 낯설었다.

"나 전화하는 거 싫어하잖아."

"같이 안 잔다."

"알았어, 할게."

　짐짓 굳은 얼굴로 협박하듯 말하자 못 이기는 척 하겠다고 하는 신우를 보며 윤지는 웃음을 터뜨렸다. 어쩌면 이 사람은 아무것도 변한 게 없는데, 그럴 리도 없는데, 아무것도 아닌 일에 괜히 신경 쓰고 불안해했던 건지도 모른다.

"갈게."

　윤지가 캐리어를 끌고 공항 안으로 들어갔고, 신우는 윤지가 보이지 않을 때까지 그 모습을 바라보고 있었다. 이렇게 보내고 나면 보름 가까이 못 볼 텐데 너무 퉁퉁 부은 얼굴만 하고 있었던 것 같아 신우는 윤지에게 뒤늦게 미안해졌다. 이게 다 어젯밤 회식, 아니 강여리 때문이라고 생각하니 또 한 번 온몸이 부르르 떨리고 열이 뻗치는 것 같았다.

몸이 부르르 떨리는 게 단순한 착각은 아니었다. 주머니에 넣어 둔 휴대전화 진동이 느껴진 것이다. 신우는 휴대전화를 꺼냈다. 양반은 못 될 강여리였다.

"저 강여린데요."

다 죽어 가는 듯한 목소리였지만 신우는 그런 걸 배려하고 신경 써주고 싶은 마음이 밤톨만큼도 없었다. 안 그래도 다시 열 받던 차에 잘 걸렸다 싶어 저도 모르게 사악한 미소가 얼굴에 퍼져 나가는 게 느껴졌지만, 우선은 꾹 눌러 삭히고 배려 깊은 목소리로 물었다.

"잘 들어갔어요?"

"네. 저기 제가 어제 실수를 한 거 같은데……."

'제가 어제 실수했네요.' 하고 바로 사과하는 것도 아니고, '제가 어제 실수했나요?' 하고 조심스럽게 물어보는 것도 아니고, "실수를 한 것 같은데……."라니? 분명 술에 취해 실수했다는 건 알고 있지만 어떤 말과 어떤 행동들을 했는지는 자세히 기억하지 못하는 게 분명했다.

"뭐, 셔츠를 발기발기 찢은 거 정도야 신경도 안 씁니다."

신우는 최대한 쿨하고 부드러운 말투를 유지하면서도 일부러 단어 하나하나를 정확하게 짚어 강조하듯 말했다. 스스로 생각하기에도 유치하고 치졸했지만 단어 하나하나, 음절 하나하나, 자음과 모음까지도 하나하나 그녀의 대뇌 속의 해마를 깨워 그녀가 제멋대로 끊어먹은 필름이 복구되기를 바랐다. 사고를 그렇게 쳐놓고 필름이 끊겨 '기억이 전혀 안 나요.'라고 하는 건 정말 양심 없는 짓이 아닌가.

너무 말이 없기에 혹시 전화를 끊은 건가 싶어 잠시 휴대전화를 떼서 보니 통화 시간은 계속 흘러가고 있었다. 아마도 그녀는 어젯밤 갈기갈기 찢어진 신우의 셔츠만큼이나 조각난 기억을 얼기설기 기워 떠올려 보고 있는 것이리라.

신우는 빨리 기억을 떠올려 보라거나 어떻게 그럴 수가 있냐고 따져 물어 그녀가 갖고 있는 '반성의 시간'을 뚝 자를 생각은 전혀 없었다. 반성의 시간이 길면 길수록 반성의 양과 질은 좋아지게 나름이다. 치즈가 숙성되고 술이 발효되는 것과 비슷한 원리로, 그를 취하는 쪽의 만족은 시간에 비례해 높아질 수밖에 없다.

신우는 차에 다시 올라 시동을 걸었고, 내비게이션으로 극장을 검색했다. 그때 나지막한 한숨 소리가 들리는가 싶더니 그녀가 운을 뗐다. 반성의 시간은 생각보다 그리 길지 않았다.

"죄송합니다. 저, 사이즈가 어떻게?"

"전 맞춤 입어요. 매장에서 못 사요."

"그냥 이번 월급에서 까시면……."

"뭐, 그건 당연한 거고요."

신우는 여리의 말이 끝남과 동시에 바로바로 쪼아 댔고, 여리의 목소리는 더 작아졌다. 하지만 그렇다고 이 정도로 봐주고 끝내고 싶은 마음은 없었다. 사실 처음부터 찢어진 셔츠를 어떻게 보상해 줄지는 관심도 없었다. 그보다는 어제 자신에 대해 이러쿵저러쿵했던 이야기의 의미와 의도를 묻고 싶었다.

그나저나 셔츠 문제야 그녀가 전리품처럼 챙겨 간 셔츠 조각을 보거나, 신우가 직접 언급했으니 알았다 쳐도 그녀가 폭풍랩처럼 쏟아 냈던 그 말들은 기억하고 있는 걸까?

"혹시 어제 한 말도 기억나요?"

여리는 대답이 없었다. 이런 질문에 답이 없는 것은 크게 두 가지 경우밖에는 없었다. 기억은 하지만 너무 창피하고 미안해서 차마 맨정신에 '네 기억나요.'라고 할 수 없는 경우와 아예 기억을 못 하는 경우. 전자의 경우, 취중진담으로 평소에 갖고 있었던 생각이 술의 힘을 빌려 나오는 거지만, 후자처럼 취중취담으로 그냥 취해서 질러 버린 말이라면 그 말을 한 본인조차 그렇게 말한 자신의 마음을 알 길 없었다. 그녀는 어느 쪽일까?

"나도 뭐 술자리에서 한 얘기 가지고 뭐라 하는 사람 아닌 데……."

그때였다. 뭔가 쉬이익 하는 잡음이 들리더니, 수화기 너머로 그녀가 뭔가 말하는 듯한 소리와 신음 소리가 연이어 들렸다.

"여보세요? 여리 씨? 여리 씨?"

전화는 툭 끊어졌고, 예상치 못한 상황에 신우는 당황했다. 신우는 다시 여리에게 전화를 걸었지만 연결 자체가 되지 않았다. 통화가 끊기기 직전에 들렸던 잡음과 그녀가 마지막으로 뱉었던 신음 소리 섞인 말이 자꾸 귓가에 맴도는 듯했다. 무슨 일이 생긴 건 아닐까, 불안하고 신경이 쓰였다.

신우는 우영에게 전화를 걸었다.

"강여리 씨 이력서에 주소 있지? 형이 지금 한번 가봐."

"왜? 무슨 일 있어?"

"통화하다가 갑자기 끊겼는데 그 뒤로 전화를 안 받아."

"그냥 전화가 잠깐 그럴 수도 있지, 뭘 찾아가 찾아가기를."

우영은 그게 뭐 별일이라도 되느냐는 식으로 말했고, 신우는 잠깐이 아니니까 그렇지 하고 버럭 맞받아치려다가 말을 바꿔 주소나 알려 달라고 했다. 서로 네가 가라고 미루다가 그사이 여리에게 정말 큰일이라도 생길지도 모르는 일이었다. 우영이 부르는 주소를 내비게이션으로 검색한 신우는 바로 여리의 집으로 향했다.

잠시 후, 내비게이션이 깜박거리며 목적지 근처에 도착했음을 알렸다. 신우는 차를 멈춰 세우고 주변을 두리번거렸다.

우영이 일러 준 대로라면 이 집이 맞을 텐데 영 음침해 보이는 집이라 선뜻 벨을 누르기가 찜찜했다. 하지만 이렇게 미적거리다 여리에게 무슨 일이라도 나면 큰일이었다. 신우는 대문으로 다가가 벨을 눌렀다. 잠시 후 여자의 목소리가 들렸다.

"누구세요?"

집만큼이나 음울한 목소리였지만, 여리의 목소리가 틀림없었다. 좀 음침한 기운이 느껴지긴 해도 집도 제대로 찾아온 게 맞고, 여리 역시 아무 일도 없었던 것 같아 신우는 그제야 마음이 놓이는 듯했다. 긴장이 풀린 그는 장난스럽게 귀신 흉내를 냈다.

"내 셔츠 내놔~ 와이셔츠~."

"미친놈."

그 말과 함께 비디오폰의 수화기가 탁 내려지는 소리가 들렸다. 여리의 냉정한 반응에 머쓱해진 신우는 눈 밑까지 올렸던 손을 슥 내렸다. 우영의 말대로 찾아오는 게 아니었는데 괜한 발걸음을 했다는 후회가 쓰나미처럼 몰려올 때였다.

"대표님?"

여리의 목소리가 다시 들렸고, 신우는 뒤늦게나마 무게를 잡고 최대한 목소리를 착 깔았다.

"네, 마 대표입니다."

말이 끝남과 동시에 비디오폰 수화기를 급히 내리는 소리가 다시 들렸고, 신우는 또 한 번 무안해졌다. 자기의 신분을 밝혔음에도 불구하고 다시 일방적으로 끊어 버리다니. 역시 괜히 왔다고 생각하며 뒤돌아서는 순간, 뒤에서 벌컥 문 열리는 소리가 들렸다. 뒤돌아보니 여리가 열린 문 사이에 서 있었다.

"무슨 일로?"

그녀는 공연이 있는 날도 아닌데 집까지 어쩐 일이냐는 표정이었지만, 혹시 어젯밤 일로 따지러 온 건 아닌지 살짝 겁먹고 있는 것 같기도 했다.

"아, 전화가 이상하게 끊겨서요. 무슨 일이 있는 거 같기도 하고."

"아무 일 없는데요."

"이상한 신음 소리가 들리던데?"

"혼선됐었나 봐요."

역시나 통화에 약간 문제가 있었던 것뿐 별다른 일은 없었던 듯했다. 역시 오지 않는 편이 나았다고 생각하면서도, 그럭저럭

멀쩡해 보이는 그녀를 눈으로 확인하고 나니 그제야 마음이 놓
이는 게 와보기를 잘했다는 생각도 들었다. 멀쩡한 걸 확인하러
왔고 확인도 끝났으니 그만 갈까 하던 신우의 눈에 문을 잡고
있는 여리의 손이 떨리고 있는 게 보였다. 그러고 보니 안색도
파리하게 질려 있는 게 영 상태가 좋지 못했다. 혹시 강도나 협
박범이 아직도 집 안에 버티고 있는 게 아닐까?

"정말 괜찮아요?"

"네."

아무리 아파 보이고 별일 있는 게 틀림없어 보여도 본인이
아니라고 하니 더 이상 뭐라 할 말이 없었다. 저렇게 따뜻하게
입고 덜덜 떠는 거며, 질린 얼굴에 입술이 시퍼렇다 못해 보랏
빛을 띠고 있어도 본인이 괜찮다고 하면, 진짜 괜찮아지기만을
바랄 수밖에.

가족이거나 친구거나 연인이라면 모를까, 별로 친하지도 않
은 직장 동료가 괜찮다는 사람을 억지로 들쳐 업고 병원으로
가거나 침실에 눕혀놓고 죽을 떠먹여 주며 간호를 해줄 수도
없는 일 아닌가.

"괜히 왔네."

"네."

"갈게요."

"네."

신우의 말에 연신 "네."로만 대꾸하던 여리가 꾸벅 인사를 하더니 이내 대문을 닫고 들어갔다. 머리로는 멀쩡한 걸 봤으니 그만 돌아가자고 생각하면서도 어떻게 걱정되어서 찾아왔다는 걸 뻔히 알면서 빈말이라도 고맙다거나, 차 한 잔 하고 가라는 인사치레도 안 하는지 여리에게 서운하고 섭섭하기도 했다.

하지만 그건 어디까지나 신우 자신의 마음일 뿐이라는 걸 그 역시도 잘 알고 있었다. 아무리 시간과 공을 들여 타인에게 친절을 베풀어도 대개의 경우, 그 타인들은 그러한 친절을 알아차리지 못하거나 귀찮게 여기거나 부담스러워한다. 그러면 거기에서 끝을 내야지, 자신의 친절한 마음을 왜 알아주지 않느냐고 상대에게 화를 내거나 내가 베푼 친절에 대해 네가 알아야 한다고 가르치려 들면 그건 이미 친절함이 아니라 치졸함과 옹색함으로 변질되어 버린다.

신우는 쓸쓸히 웃고는 음침해 보이는 집을 쳐다봤다. 이런 집에서 살면 그런 귀신 같은 아우라를 폴폴 풍길 수밖에 없겠구나 하던 차에 대문이 다시 벌컥 열렸다. 그 바람에 깜짝 놀란 신우는 다리에 힘이 풀려 주저앉을 뻔한 걸 겨우 버텼다. 문 틈 사이로 얼굴을 내민 여리가 그런 신우를 보며 조심스레 물었다.

"차라도?"

"아, 예."

신우는 엉겁결에 고개까지 끄덕이며 대답했고, 여리는 그가 들어올 수 있도록 문을 더 열어 주었다. 신우가 대문 안으로 들어서자 여리는 문을 닫고 현관 쪽으로 걸었다. 신우는 정원을 두리번거리며 그녀 뒤를 따랐다.

그녀의 집은 어떨지 궁금했다. 집 안 전체에 스모그가 깔려 있고, 어두컴컴한 실내에는 촛불 몇 개가 켜져 있지 않을까. 부엌 가스레인지 위에는 요상한 색의 스프가 끓고 있고, 집 안 여기저기에는 거미줄이 쳐져 있고, 21세기에는 전혀 어울리지 않는 수정구슬이나 하늘을 나는 빗자루가 있다고 해도 왠지 그녀의 집이라면 수긍이 갈 것 같았다.

하지만 집 안은 조금 정리가 안 되어 있을 뿐 스모그나 거미줄 따위는 없었다. 실내는 창문으로 들어오는 햇빛 때문에 환했고, 수정구슬이나 빗자루 따위도 없었다. 그 대신 거실 한가운데 떡하니 놓여 있는 텐트가 그의 시선을 끌었다.

여리는 어수선한 집 안 꼴이 멋쩍은 듯 뒷머리를 긁적이며 거실에 널려 있는 옷이며 책, 디브이디를 전부 텐트 안으로 밀어 넣고 텐트 문을 닫았다. 그러고는 텐트를 질질 끌어 구석에 처박듯 던져 놓고는 부엌으로 갔다.

일단 뭐라도 대접해야 할 것 같아 부엌으로 오기는 왔는데 막막했다. 그도 그럴 것이 손님을 대접해 보는 게 너무 오랜만이었다. 예전에 엄마가 있을 때는 그녀 대신 엄마가 이것저것 마실 거리며 과자와 과일을 챙겨 줬지만, 엄마가 여진과 함께 노르웨이로 떠난 이후로는 챙겨 줄 엄마도 없을뿐더러 챙겨 줘야 할 손님도 없었다.

싱크대를 뒤져 봐도 배달시키면서 받은 일회용 젓가락과 비닐봉지, 쓰레기봉투만 있을 뿐, 과자라거나 마땅한 주전부리는 없었다. 라면이 있기는 했지만 아무리 생각해도 손님 접대용으로 생라면을 부숴 스프에 찍어 먹으라고 내놓을 수는 없었다.

"집에 대접할 게 없는데……."

대부분의 사람들이 집에 대접할 게 없다거나 차린 게 없다고 하면서도 이것저것 주섬주섬 내어 오거나 상이 부러질 정도로 차리지만 여리의 경우에는 정말 말 그대로 대접할 게 없었다.

"괜찮아요. 커피나 주세요."

거실에서 신우의 목소리가 들렸다. 여리는 다시 싱크대를 열고 커피를 찾아봤지만 그것도 없었다.

"커피가 떨어져서……."

"괜찮아요."

여리는 가난한 살림을 들킨 게 부끄러웠다. 온다고 미리 말이라도 해줬으면 슈퍼에 가서 뭐라도 사다 놓았을 텐데 갑작스레

들이닥치니 막막했다. 그라도 집에 오기 전에 뭐라도 사서 왔다면 그거라도 내어놓을 텐데 주인도 빈손, 손님도 빈손이니 괜히 마음마저 가난해지는 것 같았다.

'전화가 이상하게 끊겨서요. 무슨 일 있는 거 같기도 하고.'

여리는 냉장고를 열며 그가 했던 말을 떠올렸다. 그러자 전화가 끊어지던 그 순간이 다시 생각났다.

어젯밤 회식에서 있었던 일에 대해 그가 물었고, 여리는 드문드문 나는 기억에 점점 더 난감해졌고 그에게 미안해졌다. 어떻게 해야 좋을지 난처해하던 그때, 발끝에 차고 축축한 기운이 느껴졌다. 밑을 쳐다보니 그녀의 발끝에 물이 닿아 있었다. 웬 물이지? 의아해하며 물이 흘러나오고 있는 곳을 눈으로 따라갔다. 물은 벽에 걸린 커다란 자작나무 숲 사진에서 흘러나오고 있었고, 사진 속에는 십여 년 전 사고로 죽었던 주희가 자신을 차갑게 노려보고 있었다.

"주희야."

여리는 아연한 얼굴로 그녀의 이름을 부르며, 힘없이 휴대전화를 툭 떨어뜨렸다. 그렇게 한참을 멍하니 있다 주희가 사라지고 난 이후에야 겨우 정신을 차렸다. 휴대전화는 떨어뜨렸을 때의 충격으로 배터리와 본체가 분리되어 있었다. 휴대전화를 다시 켜자 부재중 통화 알림 메시지가 우르르 떴고, 발신자는 모두 신우였다. 본의 아니게 어제 오늘 그에게 미안한 일만 하고 있다는 생각이 들었다.

한참이나 냉장고 문을 연 채 멍하니 있던 여리는 거실에 혼자 있을 신우가 떠올라 냉장고를 닫고 거실로 가려다가 멈칫했다. 뭐라도 대접할 생각으로 부엌에 와놓고 주희 생각에 깜빡한 것이다. 여리는 냉장고 문을 다시 열어 며칠 전 생일 때 먹다 남은 생크림 케이크와 레몬 한 개를 꺼냈다. 어차피 혼자 먹는 거라고 포크로 아무렇게나 푹푹 퍼먹어서 엉망이었지만 깔끔하게 잘 잘라 내면 한 조각 정도는 멀쩡히 나올 것 같았다. 여리는 손대지 않은 깨끗한 부분으로 골라 케이크를 자르고, 시들어빠지긴 했지만 딸기도 하나 얹었다.

여리는 케이크와 껍질을 깐 레몬을 신우 앞에 내려놓았다. 뭘 하기에 부엌에 들어가서 통 나올 줄 모르나 했는데, 들인 시간에 비해 차려 온 접시가 참 소박하고 난감했다. 한눈에 봐도 며칠 되어 보이는 케이크와 보기만 해도 침샘이 폭발할 것 같은 레몬. 차린 정성을 봐서라도 하나는 먹어야 할 텐데 대체 뭘 먹어야 좋을지 선뜻 결정이 나지 않았다.

"거실에 텐트가 있네요?"

신우는 포크로 레몬 한 조각을 쿡 집어 놓고는 텐트 쪽으로 화제를 돌렸다. 아니, 이런 복불복 같은 음식들을 내오지 않았더라도 아까부터 물어보고 싶기는 했다. 집 안에서 야영이라도 하는 건지, 하여간 정말 이상하고 신기한 여자를 뽑는 대회가 있다면 대한민국 국가대표는 물론이요, 세계선수권 시상대에도 오를 수 있을 것 같은 여자였다.

"텐트가 아늑해요. 혼자 살기엔 집이 너무 커서."

잠시 대답을 미루던 여리는 그냥 솔직히 말했다. 어찌 생각하면 그 편이 현명했다. 집 안에서 멀쩡한 방 다 놔두고 텐트를 치고 생활한다는 것 자체가 특이하고 이상한 일인데, 그걸 꾸미고 포장하면 더 이상한 사람 취급받을 것 같았다. 여리가 입장 바꿔 생각해 봐도 집에 텐트를 치고 살고 있는 정도야 그냥 좀 특이한 사람이구나, 하고 넘어갈 수 있지만 집에서 모험을 즐긴다든가, 놀러 온 것 같은 기분으로 매일 산다든가, 하는 식으로 말하면 그 순간부터 그 사람과 최대한 멀리하고 싶을 것 같았다.

"혼자 살아요? 가족은?"

"이민 갔어요."

왜 그녀 혼자만 이 큰 집에 남았을까 궁금했지만 신우는 묻지 않았다. 그럴 만한 사정이 있을 것이고, 그 사정이라는 게 무겁고 어려운 쪽이라면 그녀도 말하지 않는 게 좋고, 그도 듣지 않는 게 좋았다. 다 들어줄 수 있을 것처럼 쿡쿡 찔러 힘겹게 말하게 해놓고, 정작 듣고 나서는 어쭙잖은 위로나 '아, 음, 휴, 참'

같은 1음절 소리밖에 못 할 거라면 안 듣는 편이 나았다.

"어디로요?"

"노르웨이요."

여리는 신우 뒤편에 놓인 엄마와 여진의 사진을 흘긋 쳐다보고는 그렇게 답했다. 그 옆에 걸린 자작나무 숲 사진을 보자 아까 있었던 일이 생각나 한숨을 내쉬었지만, 신우는 다행히 눈치채지 못한 듯했다.

"아, 노르웨이!"

"노르웨이 잘 아세요?"

"아뇨."

"네."

두 사람 사이에 어색한 침묵이 흘렀다. 잘 아냐는 그녀의 질문에 그냥 어느 정도 안다고 대답할 수도 있었고 얕고 좁은 지식으로 어느 정도는 떠들 수 있었는데, 어쩐지 여리 앞에서는 거짓말이 잘 나오지 않는 신우였다.

"집 되게 조용하네?"

"네."

그 말에 조용하던 집은 더 조용해졌고, 신우는 자기도 모르게 마른침을 삼켰다. 어젯밤 폭풍 같은 랩을 쏟아 내던 실력은 다 어디로 가고 묻는 말마다 단답형으로 일관하는 여리 때문에 대화는 도무지 길게 이어지지가 않았다. 탁구로 치면 서브 넣자마자 공이 네트에 걸려 게임이 끝나 버리는 것과 비슷했다.

어색함에 몸이 배배 꼬이는 건 여리 역시 마찬가지였다. 생판 처음 보는 남도 아니고 1년 동안이나 함께 일해 온 파트너였지만, 극장이나 연습실이 아닌 다른 곳에서 일이 아닌 다른 이야기를 하게 되는 건 처음이었다. 문득 갑자기 끊긴 전화를 핑계로 어젯밤 회식에서 있었던 일에 대해 따지러 온 건 아닐까 하는 생각이 들었다.

"보통 직원들 집을 이렇게 방문하나요?"

"아뇨. 평소에는 안 가고요. 이상한 소리가 날 땐 가죠. 정말 별일⋯⋯?"

"없습니다."

신우는 고개를 끄덕이며 입을 다물었고, 여리 역시 더 이상 말하지 않았다. 여리가 가지고 올 때부터 상태가 안 좋던 케이크는 물론 이제 나름 멀쩡했던 레몬마저 슬슬 말라 가고 있었다.

"말하는 거 싫어하죠? 사람 만나는 것도 싫어하고?"

"좋아해요. 익숙하지가 않아서 그렇지."

여리의 대답에 신우는 살짝 웃었다. 말하는 거나 사람 만나는 거 자체를 싫어한다면 애초에 포기하는 게 서로를 위해 현명한 일이겠지만 조금 서툴 뿐이라면 얼마든지 이 기나긴 가뭄 같은 침묵에 비를 내릴 수도 있을 것 같았다. 신우는 일말의 희망을 가지고 말을 이었다.

"딱히 할 말 없을 때는요, '취미가 뭐예요?' 이거 하나면 돼요. 취미가 뭐예요? 윈드서핑 타요. 오! 윈드서핑! 너무 타고 싶다. 뭐 이런 식으로. 취미가 뭐예요?"

"없어요."

"없구나⋯⋯."

여기를 파면 물꼬가 터지겠다 싶어 삽질을 시작하려는데 첫 삽에 집채만 한 돌덩이를 맞닥뜨린 듯했다. 침묵은 다시 이어졌고, 신우는 살짝 지친 얼굴로 메말라 가는 레몬이 마치 자신의 처지 같아 안쓰럽게 쳐다보았다.

그녀를 사적인 자리에서 만나게 되면 어떤 이야기들을 하게 될까 궁금했었다. 나름 환상도 갖고 있었는데 정말이지 현실은⋯⋯ 뭐랄까, 빛 한 줄기 들지 않는 캄캄한 방에 갇힌 듯한 기분이었다. 1분에 1년씩 수명이 줄어드는 것만 같았다.

그런 신우를 보며 여리는 어떻게든 자신에게 말을 붙여 보려고 했던 그의 노력을 너무 단칼에 잘라 버린 것 같아 미안해졌다. 무안하게 하거나 무시하려고 그런 게 아니라 정말 취미라고 할 만한 게 없어서 없다고 했을 뿐인데. 이렇게 자신의 말이 끝나기가 무섭게 분위기가 싸해질 줄 알았다면 뭐라도 있다고 할 걸 하고 후회했다. 여리는 신우의 눈치를 살피며 물었다.

"취미가?"

"없어요. 나도."

신우는 대뜸 그렇게 대답했고, 여리는 그런 그를 물끄러미 보다 살짝 고개를 숙였다. 아무래도 그를 화나게 만든 것 같았다. 자신이 걱정되어서 집까지 찾아와 주고 어떻게든 말을 붙여 보려 노력했는데 그 노력을 자꾸만 물거품으로 만들어 버렸으니, 자기가 신우였어도 화가 났겠다는 생각에 더 미안해졌다.

신우 역시 너무 뻐딱하게 대꾸한 것 같아 바로 후회했지만 이미 해버린 말을 어찌할 수는 없었다. 모양 빠지게 '아, 생각해 보니 취미가 있었네요.'라고 할 수도 없지 않은가.

"어제 한 말 기억나요?"

"……어느 정도는요. 죄송해요. 어제 너무 취해서."

"나 싫어해요? 극성 안티 같던데."

"아니에요, 안 싫어해요."

여리는 당황했는지 손사래까지 쳐가며 부인했다. 자신을 싫어해서 그런 것도 아니고 그냥 취해서 한 소리니 잊어버리자고 생각하던 신우는 기어들어 가는 목소리로 "부러워서 질투한 적 있지만." 하는 그녀의 말에 순간 멍해졌다.

여리는 그의 멍한 얼굴을 보다 또 안 하니 못한 말을 한 건가 싶었지만, 그가 부러워 질투한 건 사실이었다. 언젠가 그의 잡지 인터뷰 기사를 보며, 이렇게 뭘 해도 잘 풀리고 탄탄대로로 굴러가는, 아니 달려가는 인생도 있구나 했었다. 뭐든 원하면 가질 수 있고 할 수 있는 그가, 자기가 하고 싶은 일을 하면서 돈도 벌고 많은 사람들에게 사랑받는 그가 부러웠다. 늘 느껴 왔던 거지만 어제 회식 자리에서 그를 보며 새삼 자신과는 하나부터 열까지 다르구나 하는 생각에 결국 열등감이 폭주했던 것이다.

"그렇게까지 잘난 놈 아니에요, 나. 그러니까 미워하지도 부러워하지도 마요."

신우가 씁쓸히 웃으며 말했다. 여리는 처음 보는 그의 씁쓸한 얼굴을 낯설게 바라보다 고개를 숙였다.

할 말은 이미 밑천이 떨어진 지 오래였고, 어젯밤 일에 대한 오해도 풀었으니, 그녀가 차려 온 복불복 음식 중에 하나만 먹고 가야겠다는 생각으로 신우는 아까 포크로 찍어 둔 레몬 한 조각을 입에 넣었다. 엄청 신 레몬 맛에 저절로 몸서리가 처졌다. 침샘은 물론 눈물샘, 땀샘, 심지어 콧물까지 폭발할 것 같았다. 뭐든 그 순간을 피할 요량으로 급히 주워 먹으면 화를 부르는 법이었다.

고개를 숙이고 있던 여리는 요상한 신음 소리에 고개를 들었고, 눈앞에서 오만상을 쓴 채 몸을 이리저리 비트는 신우를 보며 깜짝 놀라서 물었다.

"괜찮아요? 물 드릴까요?"

여리의 말에 대답 대신 몸을 부르르 떨며 억지로 레몬을 삼켜 낸 신우는 그새 10년은 늙어 버린 듯한 얼굴로 자리에서 일어났다. 이 집에 더 있다가는 얼마나 더 노화되고 메마른 몰골로 실려 나갈지 알 수 없었다.

"더 계셔도 되는데."

"가야죠. 내가 가야 여리 씨도 쉬고."

'나도 살고.'라는 말을 신우는 꾹 눌러 삼켰다. 벗어서 소파 위에 걸쳐 둔 외투를 집어 들던 신우는 유리창으로 보이는 정원 나무 뒤에 서 있는 남자아이와 눈이 마주쳤다. 혼자 산다고 했는데 자기가 잘못 본 건가 싶어 다시 봤지만 분명 유치원생 정도로 보이는 남자애가 나무 뒤에서 이쪽을 바라보고 있었다.

"뭐예요? 쟤?"

여리는 신우가 바라보는 쪽을 따라 보고는 이내 얼굴이 굳었다. 귀신이었다. 생일 이후로 며칠 잠잠하다 했더니 또 다른 영이 여리를 찾아온 것이다. 영이 찾아온 것보다도 신우에게 들킨 게 더 당황스러웠다. 사실대로 말할 수도 없고, 그렇다고 달리 둘러댈 말도 선뜻 떠오르지 않았다.

"누구예요?"

"옆집 애요."

신우가 다시 물었을 때, 여리는 대충 그렇게 얼버무렸다.

"옆집 애가 왜 여기 있어요?"

"그게…… 숨, 숨바꼭질 하자고 가끔 와요."

모든 게 그러하듯 처음이 어렵지 시작만 하면 어떻게든 풀리고 굴러가는 법이었다. 여리의 말에 영은 순식간에 신분이 세탁되어 숨바꼭질을 즐겨하는 옆집 아이가 되었다. 신우는 피식 웃으며 창가로 다가갔다.

"웃기는 녀석이네. 야! 이리 와 봐."

신우는 아이를 불렀고 여리는 예상치 못한 신우의 행동에 당황했다. 무식하면 용감하다는 말 그대로였다. 여리는 창 쪽으로 다가가 아이에게 들어오라고 손짓하는 신우 앞을 막아서며 단호하게 말했다.

"안 돼요!"

"왜요?"

"드, 드러워요."

"드러워요?"

더럽다는 것도 아니고 드러워서 안 된다는 여리의 말과 진지한 표정에 신우는 웃음을 터뜨렸다. 늘 보던 백짓장 같은 얼굴에 무덤덤한 표정이 아니라 살짝 상기된 얼굴에 어쩔 줄 몰라 하는 표정이 귀여워 보였다.

순간 쾅 하는 소리와 함께 베란다 구석에 놓아 둔 장롱 문이 닫히는 소리가 들렸고, 그 소리에 여리와 신우는 화들짝 놀랐다. 여리는 영의 행보가 짐작이 갔다. 이미 집 안에 들어와 장롱 안에 자리를 잡은 것이다. 그를 알 리 없는 신우는 정원에 있던 아이가 보이지 않자, 베란다로 나가 정원 여기저기를 훑어본 후, 장롱이 있는 왼쪽 구석을 쳐다보며 의미심장하게 중얼거렸다.

"들어왔다?"

여리는 난감함에 온몸의 피가 메말라 가는 듯했다. 아이의 실상을 알면 절대 저렇게 장난감을 찾은 듯한 얼굴로 말하지 못할 텐데. 그렇다고 사실대로 말할 수도 없고, 우선은 그가 영을 더 자극시키기 전에, 영이 돌발적으로 그들 앞에 나타나기 전에 신우를 보내야 했다.

"가는 게 좋겠어요."

"요 녀석 봐라."

하지만 그는 전혀 그럴 생각이 없어 보였다. 가려고 챙겨 들었던 외투도 다시 내려놓고 조심스레 베란다 구석으로 걸음을 옮기고 있었다. 여리가 그의 앞을 막고 다급히 "제가 처리할게 요." 하고 외쳤지만, 신우는 "쉿!" 하고 검지를 입 가운데에 대더니 살금살금 장롱 쪽으로 다가갔다. 여리는 울고 싶은 마음으로 부탁했다.

"그러지 마요."

하지만 신우는 여전히 장난기 어린 얼굴로 장롱을 손가락으로 가리켰다. 아이가 여기 있는 게 틀림없다고 확신하며 벌써 아이와의 숨바꼭질에서 다 이기기라도 한 것처럼 입을 막고 웃었다. 아이처럼 해맑은 그를 보며 여리는 말 그대로 환장할 것만 같았다.

"우와, 진짜 못 찾겠다! 가야겠다. 여리 씨도 갈 거죠?"

신우는 아이 들으라는 듯 일부러 크게 말하고는 여리에게도 그렇게 말하라는 제스처를 보냈다. 무슨 꿍꿍이인지 알 수는 없지만, 그가 어서 이 집을 나가게 만들어야 했기에 여리도 엄청 크게 "네에! 가야죠!" 하고 말했다.

갈 줄 알았던 신우는 여리의 손목을 잡고는 장롱 옆으로 숨었다. 뭐가 그리도 재미있는 건지 터지는 웃음을 입까지 막고 참고 있는 신우였다. 이런 초딩스러운 면이 있구나 새삼 놀라웠지만 지금은 그런 발견에 놀라워하고 있을 때가 아니었다. 언제 일이 터질지 몰라 조마조마해하고 있던 그때, 삐걱대는 소리와 함께 장롱 문이 열리더니 남자아이의 하얀 얼굴이 스윽 나왔다.

"워!"

숨어 있던 신우가 갑자기 장롱 앞으로 얼굴을 내밀며 소리를 질렀다. 아이는 깜짝 놀라 순식간에 사라졌고, 장롱은 쾅 하는 소리와 함께 다시 닫혔다. 영을 놀라게 하고 화나게 만들었으니 이를 어찌하면 좋을지 몰라 난감해하는 여리와는 달리 신우는 신기해하며 감탄하듯 말했다.

"봤어요? 우와! 완전 빨라!"

여리는 떨떠름한 웃음을 지으며 신우를 바라보았다. 자업자 득, 결자해지. 곧 그가 맞닥뜨려야 할 말들이 아닐까.

신우는 시계를 보더니 정말 가봐야겠다며 외투를 챙겨 집을 나섰고, 여리는 현관에서 그를 배웅했다. 모쪼록 평안하고 평온한 밤이 되기를 바라면서.

공부하다 졸려서 전화했다는 민정은 오늘 별일 없었냐고 물었다. 여리는 잠시 망설이다 신우가 다녀간 이야기를 했다.

"은근히 챙겨 주네."

"회사 대표잖아."

여리는 자신이 걱정되어 찾아왔다는 것에 놀라기도 하고 고맙고 미안함 마음도 들었지만, 자신이 아닌 다른 직원이 그랬어도 그는 똑같이 행동했을 것 같았다.

"아무리 대표라도 그렇지. 직원 집을 찾아오기가 쉽냐? 잘생겼어?"

한 번도 그의 얼굴에 대해 이렇다 저렇다 생각해 본 적은 없었다. 여리는 그의 쌍꺼풀 없이 시원한 눈매며 날렵하게 잘 빠진 코, 살짝 도톰한 입술과 각 없이 미끈한 턱 선을 찬찬히 떠올렸다. 기절할 만큼 잘생긴 얼굴은 아니었지만 어디 가서 빠지는 얼굴은 아니었다. 게다가 키도 크고 몸도 좋고 스타일까지 받쳐주니 지금까지 살면서 외모 때문에 고민해 본 적은 단 1분도 없을 것 같았다.

"웬만해."

잠시 생각하던 여리가 그렇게 말하자 민정은 기다렸다는 듯이 꼬셔보라고 했다. 민정의 말에 여리는 피식 웃었다.

"그런 사이 아니야."

"남녀 사이에 그런 사이가 아닌 사이가 어디 있어?"

민정의 말이 틀린 건 아니었지만, 그와 어떻게 해볼 마음 같은 건 없었다. 그리고 그에게는 이미 공연장으로 몇 번인가 찾아왔던 슈퍼모델급의 여자친구도 있었다. 스튜어디스라고 했던 것 같은데, 웬만한 여배우들보다도 더 예쁘고 늘씬해서 남자 스태프들이 모두 신우를 우러러보며 부러워했었다.

"여자 있어."

"뺏는 재미가 더 좋아, 이년아."

"말도 안 되는 소리를 해. 끊어."

여리는 전화를 끊고 한숨을 내쉬었다.

*

어디선가 사람들의 목소리가 들렸다. 뭐랄까, 보통 일상생활에서 듣는 목소리들이라기에는 좀 꾸민 듯한 감이 없잖아 있었고, 대화 내용은 들을수록 난감했다. 한쪽이 "널 처단하러 왔다."고 하자 다른 한쪽이 "올 테면 와봐. 난 너에게 절대 지지 않아! 보란 듯이 이겨 보이겠어!"라고 대들었다. 이런 식의 대화는 실생활에서는 일어날 수 없는 것들이었다. 뒤이어 화려한 효과음과 노랫소리가 들렸다. 그 소리들에 잠이 깬 신우는 미간을 살짝 찌푸리며 눈을 떴다.

확실히 방 안에서 나는 소리는 아니었다. 옆집에서 누가 만화영화를 보나 싶었지만, 티브이 소리가 나고 있는 건 벽이나 창문이 아닌 거실 쪽이었다. 신우는 잠이 뚝뚝 묻어나는 얼굴로 살짝 열린 문틈으로 거실을 쳐다봤다. 거실은 깜깜했다. 만화영화 소리도 잦아드는가 싶더니 이내 들리지 않았다. 잠결에 잘못 들었나 하며 다시 자려고 하는데, 방금 전만 해도 살짝 벌어져 있던 문틈이 조금씩 더 벌어지고 있었다. 신우는 이불을 끌어안은 채 팔을 뻗어 침대 옆 서랍장 위에 올려 둔 휴대전화를 집었다. 휴대전화를 켜 방 안을 살피려는 순간, 갑자기 휴대전화의 전원이 꺼졌다. 휴대전화의 불빛이 꺼지기 직전, 문 뒤로 검은 그림자가 휙 지나가는 걸 본 듯했다.

불현듯 도둑인가 하는 생각에 신우는 긴장한 채 침대에서 일어났다. 그리고 살금살금 문 쪽으로 다가가 조심스레 방문을 잡고 휙 젖혔지만, 그곳에는 아무것도 없었다. 신우는 방의 불을 켜려 했지만, 딸깍거리는 스위치 소리만 날 뿐 불은 들어오지 않았다. 불과 며칠 전에 직접 갈아 끼웠던 형광등이 나갔을 리 없었다.

정전인가 하며 창 밖을 살펴보니 가로등도 켜져 있고, 이웃의 몇몇 집에도 불이 켜져 있었다. 신우가 고개를 갸웃하며 두꺼비집을 확인하러 방을 나서려는 순간, 쾅 하며 방문이 닫혔다. 신우는 문을 다시 열어 보려 했지만 문은 열리지 않았다. 그때 뭔가 신우 등 뒤에서 쿵쿵쿵 소리를 내며 달려드는 듯했다. 그 자리에 얼어붙은 신우는 천천히 뒤를 돌아보았지만 거기에는 아무도 없었다.

신우는 반쯤 얼이 빠진 얼굴로 다시 창가 쪽으로 갔다. 순간, 창문에 자신을 보며 씨익 웃고 있는 아이의 얼굴이 비쳤다. 분명 잘못 본 거라 생각하며 다시 창문을 봤을 때, 아이는 없었다.

신우가 안도감에 나지막이 한숨을 내쉬고 다시 고개를 들었을 때, 씨익 웃고 있는 아이의 얼굴이 그의 눈앞에 있었다.

"으악!"

신우는 소리를 지르며 방문 쪽을 향해 돌진했다. 문은 여전히 열리지 않았고 신우는 몇 발짝 떨어져 문 쪽으로 달려들며 어깨로 강하게 문을 떠밀었다. 문의 경첩이 떨어지며 그 충격에 문이 열렸고 그는 거실과 이어져 있는 베란다를 그대로 통과해 정원을 지나 대문까지 내달렸다. 중간에 뭔가 발에 차이기도 하고 여기저기 부딪히기도 했지만 그런 것쯤은 지금 상관할 바 아니었다. 집을 빠져나와 자신의 차가 주차되어 있는 곳까지 와서야 신우는 겨우 한숨 돌리며 지금 자신에게 일어난 일을 되짚어 보기 시작했다.

창문에 비친 그 얼굴, 어디선가 본 것 같은데 선뜻 떠오르지 않았다.

'설마 귀신은 아니겠지?'

신우는 불안함에 들고 나온 휴대전화를 만지작거렸다. 순간 아까 낮에 여리의 집에 갔을 때 봤던 아이의 얼굴이 떠올랐다. 그래, 그 아이가 틀림없었다. 그래, 귀신같은 게 있을 리 없다는 생각에 마음이 놓이면서도 대체 그녀의 옆집에 사는 아이가, 그것도 이 시간에 어떻게 여기 와 있는 건지는 의문이었다.

신우는 일단 여리에게 전화해 보기로 했다. 이 시간에 자고 있을 사람을 깨우는 게 미안하기는 했지만, 신원을 모르는 것도 아니고 경찰서에 신고하는 것보다 여리에게 전화해 그 집 부모가 데려가게 하는 편이 여러모로 나을 것 같았다.

"네."

자고 있었는지 살짝 잠긴 목소리로 여리가 전화를 받았다.

"걔가 내 집에 있어요!"

"무슨 개?"

"남자애!"

"남자 개?"

아무리 자다가 받는 전화라 경황이 없다 해도 청력이 과하게 떨어지는 여자였다. 무슨 개, 남자 개라니. 신우는 답답함에 버럭 소리를 질렀다.

"당신 옆집에 산다는 그 남자애가 내 집에 있다니까!"

여리가 아이를 이쪽으로 보낸 것도 아니고, 그녀도 자다 깨서 그랬을 텐데 너무 다짜고짜 소리를 지른 것 같아 신우는 바로 사과했다. 여리는 낮에 본 그 아이가 확실하냐고 물었고, 신우는 확실하니까 아이 부모한테 연락해서 데려가는 게 좋겠다고 말했다. 여리는 신우의 집주소를 묻고는 알겠다며 전화를 끊었다.

통화를 끝내고 나서 신우는 휴대전화를 멍하니 쳐다보았다.

분명 아까 침대에서 전원이 나간 걸 본 것 같은데, 지금 보니 다시 켜져 있었다. 아까 너무 정신이 없어서 착각한 걸까?

그보다 아이의 부모가 올 때까지 아이를 잘 데리고 있어야 했다. 신우는 자리에서 일어나 대문 쪽으로 걸어갔다. 꼬맹이 하나 때문에 혼비백산해서 도망쳐 나온 게 스스로 어이없어 피식 웃음이 나왔다. 그런데 대문 안으로 들어가려는 순간, 문이 쾅 하고 닫혔다. 신우는 저도 모르게 뒤로 물러섰다.

"너 나중에 엄마 아빠 오시면 다 이른다? 어서 문 열어."

아이가 장난을 치는 건가 싶어 신우는 대문 쪽을 보며 말을 걸었지만, 안에서는 아무런 기척도 없었다. 그때 거실에 불이 켜졌다. 아무리 달리기가 빠른 아이라고 해도 대문을 걸어 잠그고 바로 집 안으로 들어가 불을 켜는 건 불가능했다.

끼이익 하는 소리와 함께 다시 대문이 열렸다. 신우가 대문 쪽을 보는 순간, 거실의 유리창이 와장창 깨졌다. 놀란 마음에 신우가 대문과 거실 쪽을 번갈아 보았지만 아이는 그 어느 곳에도 보이지 않았다.

'대체 어떻게 된 거지?'

영문을 알 수 없어 신우는 그대로 대문 앞에 주저앉았다. 몇 분이나 지났을까. 그의 집 앞으로 택시 한 대가 멈추어 서며 여리가 내렸다. 여리는 대문간에 넋 나간 듯이 쪼그리고 앉아 있는 그를 보고는 다가갔다. 자세히 보니 신우는 잠옷 바람에 커튼까지 두르고 있었다.

"여태 이러고 있었어요?"

왜 아이의 부모가 아니라 그녀가 온 건지는 알 수 없었지만, 그런 건 아무래도 좋았다. 신우는 쪼그리고 앉은 상태에서 조금 옆으로 움직여 자리를 내주며 여리에게 앉아 보라고 했다. 여리는 그 옆에 같이 쪼그리고 앉았다. 신우가 자신의 집 쪽을 흘긋 쳐다보고는 중요한 비밀이라도 털어놓듯 말했다.

"뭐예요? 쟤?"

여리는 난감함에 뭐라고 말을 해야 좋을지 몰랐다. 그렇게 평안하고 평온한 밤이 되기를 빌었건만 역시 낮에 영을 화나게 한 대가를 치르고 있는 듯했다. 그녀는 가방에서 소주와 종이컵을 꺼내 소주를 따라 그에게 건넸다.

"진정하고 한잔해요."

이 상황에 웬 술인가 싶었지만, 신우는 별말 없이 소주를 받아 한 번에 들이켰다. 커튼을 두르고 쪼그려 앉아 빈 종이컵을 들고 있는 신우를 보던 여리는 어렵사리 말을 꺼냈다.

"믿기 힘들겠지만, 대표님이 본 그 아이, 이 세상 사람 아니에요."

"이 세상 사람이 아니다? 에이, 그럼 뭐 귀신이라도 된다는 거예요?"

여리는 말없이 고개를 끄덕였고, 신우는 피식 웃음을 터뜨렸다. 요즘 세상에 무슨 귀신이 있단 말인가? 아니 요즘 세상이고 옛날 세상이고 귀신은 없다고 믿는 신우였다. 하지만 굳은 채로 풀릴 줄 모르는 여리의 얼굴을 보니 그녀가 거짓말이나 농담을 하고 있는 것 같지는 않았다. 신우는 덩달아 심각해지며 다시 한 번 아이의 모습을 찬찬히 떠올렸다.

유난히 창백한 얼굴에 단순히 빠른 정도가 아닌 신출귀몰한 이동 속도. 거실과 대문을 오가며 아이가 했던 일들. 그래, 사람이 아니라면, 귀신이라면 가능할 법한 얘기였다. 하지만 귀신이라니, 믿을 수도 없고 믿겨지지도 않았다.

신우는 집을 한 번 더 흘긋 돌아본 후 진짜냐는 식으로 여리를 말없이 쳐다보았고, 여리는 무겁게 고개를 끄덕였다. 믿을 수 없다는 눈으로 여리를 봤지만 믿지 않을 수도 없었다. 그것 외에는 아이와 아이가 했던 일들을 설명할 방법이 없었다.

너무 오래 쪼그려 앉아 있던 탓에 다리에 피가 안 통하는 것 같아 신우는 일어섰다. 휘청하며 넘어질 뻔한 신우를 뒤따라 일어나던 여리가 부축했다. 신우는 민망해서 그녀의 손을 가볍게 놓았고, 여리는 신우가 일어나면서 흘린 커튼을 주워 그에게 건넸다.

신우는 자기 집 거실 커튼이 왜 지금 여기에 있는 건지 이해가 안 갔다. 곰곰이 생각해 보니 아까 집을 나올 때 뭔가 자신을 붙잡아 채는 것 같았는데 지금 보니 이 커튼에 걸려서 그랬나 보다. 정신없이 뛰쳐나와 막상 잠옷 바람으로 있으려니 쌀쌀해서 두르고 있었는데 그게 커튼이었다니, 아니 그런 줄도 모르고 있었다니 스스로 한심했다.

　신우는 소주를 한 잔 더 따라 마셨고, 여리는 그런 그를 두고 대문 안으로 걸어 들어갔다.

　"여리 씨…… 어디 가?"

　신우는 내키지 않았지만, 두 눈 질끈 감고 그녀 뒤를 따라 집 안으로 들어갔다.

　집 안으로 들어선 여리는 갖고 온 랜턴을 꺼내 거실을 비췄다. 뒤따라온 신우가 거실의 불을 켜려고 했지만, 아까 방에서처럼 딸깍거리는 스위치 소리만 날 뿐 불은 들어오지 않았다.

　"불 켜는 거 싫어해서 그랬을 거예요. 그리고 붙지 좀 마요."

　신우는 더 바짝 붙으면서도 말로만 "내가 언제 붙었다 그래?" 했다. 여리는 신우가 다른 마음이 있어 그런 게 아니라 정말 처음 겪는 일이라 무섭고 겁나서 그런 거란 걸 알면서도 미간을 찌푸리며 톡 쏘았다.

"무서우면 그냥 밖에 있던지."

"무서운 게 아니고 긴장한 거지."

듣는 여리 입장에서야 그게 그거 같았지만, 말하는 신우 입장에서는 엄연히 다른 거였다. 그리고 솔직히 말하면 밖에 혼자 있는 게 더 무서울 것 같았다. 아이라면 몰라도 여기에서 슥, 저기에서 훅 나타나는 귀신이라면 안이든 밖이든 안심할 수 없었다.

여리 역시 그런 신우의 마음을 모를 리 없었다. 여리 자신도 처음 영들을 보게 되었을 때 지금의 신우처럼 불안하고 무섭고 두려웠었다. 이삼 일이 멀다 하고 그들과 마주하며 살고 있는 지금도 그 마음은 여전했다. 익숙해지지 않는, 절대 익숙해질 수 없는 일이었다.

"혼자 살아요?"

"네."

거실 여기저기를 비춰 보던 여리가 물었고, 신우는 그렇다고 대답했다. 전체적으로 심플한 느낌이었지만 소파와 티브이, 홈 시어터와 진열장 모두 고급스러워 보였다.

"집이 좋네요.

"땡큐."

"돈 많이 벌었구나, 내 아이디어로."

"아이디어는 내꺼지. 그쪽은 영감만 준 거지."

여리는 그게 그거라고 했지만 신우는 엄연히 다른 거라고 못 박았다. 여리와 티격태격하면서 신우는 아까보다 조금 여유를 찾은 듯했다. 여리는 그런 신우의 모습에 옅게 웃고는 진열장 안을 살폈다. 모형 차들이 모두 뒤집혀 있었다. 신우는 곁에서 "차를 좋아하나?" 하고 중얼거렸다.

"아이가 말하고 싶은 이야기의 힌트일 거예요."

언뜻 보면 짓궂은 장난처럼 보이겠지만, 이건 분명 영이 자신의 이야기를 들어 달라고 보내는 신호였고, 자신을 죽게 만든 사고의 힌트였다. 뒤집힌 차라. 교통사고와 관련이 있을지도 모르겠다는 생각을 하며 여리는 화장실 쪽으로 향했다.

바짝 긴장한 채로 샤워 커튼을 잡고 있던 여리는 힘주어 커튼을 열어젖혔다. 하지만 그곳에는 아무것도 없었다. 여리는 별다른 힌트가 없는 화장실을 나갔고, 신우는 여리가 한 것처럼 변기뚜껑을 힘주어 열었다. 화장실 밖에서 그 모습을 보던 여리가 어이없어하며 쳐다보자 신우는 머쓱해하며 변기뚜껑을 닫았다.

부엌으로 장소를 옮겨 여리는 싱크대 하나하나를 열어 보며 힌트를 찾기 시작했다. 접시들과 그릇들이 색깔별 용도별로 깔끔히 정리되어 있었다. 그런 곳까지 보냐는 듯한 신우의 표정에 여리는 혹시나 이곳에 있을지도 모르는 영이 놀라 도망가지 않도록 그에게 가까이 다가가 속삭이듯 말했다.

"아직 아기라 숨어 있을지도 몰라서요. 그나저나 살림 잘하네요."

여리의 말에 고개를 끄덕이며 신우 역시 속삭이며 대꾸했다.

"내가 원래 못하는 게 없어요."

신우의 대답에 어련하겠냐는 표정으로 여리는 냉장고 쪽으로 향했다. 냉장고 안도 싱크대처럼 정리가 잘 되어 있었다. 술은 술대로 음료수는 음료수대로, 과일과 채소들도 색깔별로 칸칸이 잘 들어 있었고, 반찬들도 크기만 다를 뿐 같은 디자인의 용기에 담겨 깔끔히 정리되어 있었다.

냉장고를 살피던 여리의 눈에 냉장고 한가운데 일렬로 놓여 있는 붉은 뭔가가 보였다. 여리는 뒤쪽에 서 있던 신우를 쿡 찔러 물어보았다.

"이게 뭐예요?"

"딸기잼. 내가 담근 거."

요즘 공연계에서 가장 잘나가는 남자가 집 안에서 잼을 담그고 있는 모습이 매치되지 않아 여리는 진짜냐고 반문했다. 신우는 피식 웃으며 잼이 담긴 병을 하나 꺼내 열어 주며 먹어 보라고 자신 있게 내밀었다. 이상하니까 먹어 보라는 게 아닐까 생각하며 떨떠름한 표정으로 맛을 보던 여리가 놀란 표정으로 신우를 보았다.

"어? 맛있어요!"

맛있을 줄 몰랐는데 이게 왜 맛있냐는 듯한 여리의 말에 신우는 피식 웃으며 갈 때 가져가라고 했다. 여리는 고맙다고 하면서 바로 잼 병을 가방에 넣었다. 그리고 신우가 부엌을 나가자 하나 더 챙겨 넣었다.

화장실과 부엌, 창고에도 별 다른 흔적은 없었고, 이제 남은 건 신우의 방밖에 없었다. 신우와 여리는 긴장한 얼굴로 방 안으로 들어가 여기저기를 조심스레 살폈다. 방의 한쪽 벽면에 놓인 커다란 장식장 안에 신우가 그동안 모아 놓은 디브이디들이 꽉 차 있었다.

〈로마의 휴일〉부터 최근의 〈트와일라잇〉까지 대부분이 다 로맨틱 코미디였다. 오드리 햅번, 맥 라이언, 줄리아 로버츠, 카메론 디아즈 등 로맨틱 코미디의 여왕으로 한 시대를 풍미했던 여배우들의 모든 작품들이 있었고, 유형별로도 섹션이 따로 나누어져 있었다. 〈귀여운 여인〉이나 〈브리짓 존스의 일기〉 같은 로맨틱 코미디의 전형들은 물론 〈러브 액츄얼리〉 같은 옴니버스 스타일과 〈아메리칸 파이〉로 대표되는 섹시 코미디, 〈내가 널 사랑할 수 없는 10가지 이유〉 같은 하이틴 로맨스, 〈물랑루즈〉 같은 뮤지컬 스타일, 〈트와일라잇〉 같은 판타지까지 칸칸이 채워져 있었다. 꼭 여자들만 좋아하라는 법은 없었지만 이렇게 로맨틱 코미디를 좋아하는 남자는 처음 보는 것 같았다. 신기하고 대단하다는 생각과 함께 혹시 멀쩡하게 생겨서 변태는 아닐까 하는 궁금증도 일었다.

"로맨틱 코미디 좋아하나 봐요?"

"난 슬프게 끝나는 영환 안 봐요. 〈인생은 아름다워〉. 슬픔을 웃음으로 승화시키잖아. 얼마나 좋아."

다행히 변태 쪽은 아닌 듯했다. 하긴 로맨틱 코미디를 과하게 좋아한다고 해서 변태라고 하는 건 지나친 비약이기는 했다. 슬프게 끝나는 영화를 싫어하다 보니 대부분 해피엔딩으로 끝나는 로맨틱 코미디를 좋아하게 된 거겠지.

"정말 인생이 아름다울까요?"

여리가 디브이디들 사이에서 그가 말한 〈인생은 아름다워〉를 만지작거리며 중얼거리듯 물었다. 여리도 이 영화 디브이디는 갖고 있었다. 그는 이 영화가 슬픔을 웃음으로 승화시켜서 좋다고 했지만, 여리는 이 영화를 볼 때마다 너무 많이 울게 돼서 잘 보지 않는 영화 중 하나였다.

언제 죽을지 모르는, 비참하고 잔혹한 현실 속에서 어린 아들이 상처받지 않도록 끔찍한 현실을 '게임'이라고 거짓말했던 아빠는 독일군에게 잡혀 사살당하러 가는 직전까지도 숨어 있는 아들이 자신의 모습을 보고 놀랄까 봐 최대한 익살스럽게 걸어 간다. 그는 그렇게 함으로써 자신의 거짓말을, 그리고 무엇보다 지키고 싶었던 어린 아들을 지켜냈다.

하지만 아무리 웃음으로 승화시켜도, 슬픔의 본질이 변하는 건 아니다. 달콤한 꿈에서 깨면 현실과 맞닥뜨리게 되는 것처럼 결국 환상이 지나간 자리는 더 지독한 현실만 남는다. 결국 더 슬퍼지는 거 아니냐고 물으려던 여리는 입을 꼭 다물었다. 그가 좋게 갖고 있는 기억이나 생각들에 굳이 자신의 음울하고 씁쓸 함을 묻힐 필요는 없었다.

디브이디 장식장을 닫고 돌아서는데 신우가 "공포영화 좋아 하죠? 피 질질 흘리는 거?" 하고 떠보듯 물었다. 여리는 한숨을 내쉬며 대꾸했다.

"전 생활이 공포예요."

무슨 말인지 몰라 신우는 눈만 끔뻑였고, 여리는 그런 그를 지나쳐 침대와 침대 밑, 그 주변까지 다 살폈지만 아무것도 없 었다.

"갔나 봐요?"

신우가 기쁜 듯한 말투로 묻자, 여리는 그럴 리 없다는 얼굴 로 고개를 갸웃했다.

"이상하네, 한번 따라온 애들은 잘 안 가는데."

"안 가면 주로 어디 있어요?"

"그냥 업혀 있죠."

여리는 신우를 쓰윽 쳐다보았고, 신우는 또 한 번 온몸의 척추들이 얼어 버리는 듯한 느낌을 받았다. 뻣뻣한 목을 천천히 오른쪽으로 돌렸을 때, 자신의 어깨 위로 슥 올라온 아이의 손이 보였다. 신우가 깜짝 놀라 움찔하는데 여리가 그를 진정시켰다.

"그대로 있어요."

신우는 체면이고 뭐고 주저앉아 대성통곡이라도 하고 싶은 걸 꾹 참았다. 여리는 신우에게 천천히 다가가 손을 내밀어 조심스레 아이의 손을 잡았다. 살짝 떨던 여리는 천천히 눈을 감았다.

달리는 차 안으로 ○○리라는 푯말이 보인다. 운전석의 남자가 뒤에 앉은 아이를 흘긋 돌아보며 돈 많이 벌어서 장난감 사서 올 테니 그때까지 할머니랑 잘 지내라고 한다. 아이는 씩씩하게 대답하고, 남자는 그런 아이를 보며 뭉클한 듯 먹먹한 얼굴이 된다. 남자는 아이 앞에서 눈물을 보이지 않으려 다시 앞을 보는데 그 순간 사슴인지 고라니인지 차 앞을 휙 지나간다. 놀란 남자는 핸들을 왼쪽으로 강하게 꺾고, 차는 쾅! 하는 소리와 함께 가드레일을 받고 멈춰 선다. 뒤집힌 차 안에서 남자가 거꾸로 매달려 신음하고 있다.

아이가 여리에게 보여 주는 영상은 거기에서 멈췄다. 여리는 천천히 눈을 뜨고는 신우의 오른쪽을 보며 고개를 끄덕였다.

"빨리 가야 돼요. 차 앞에서 기다리고 있을게요."

여리는 그 말과 함께 방을 나갔고, 그 뒤를 따라 나가려던 신우는 멈칫했다. 차를 갖고 어디론가 빨리 가야 한다는 말 같은데 이런 잠옷 바람으로 갈 수는 없었다. 신우는 서둘러 옷을 갈아입고는 차 키를 챙겨 집을 나섰다.

여리가 영이 보여 주었던 마을 이름을 말하자, 신우가 내비게이션으로 위치를 검색했다. 그리 멀지 않은 곳이고 차가 막힐 시간도 아니니 금방 도착할 수 있을 것 같았다.

달리는 차 안에서 두 사람은 별말이 없었다. 여리는 창밖을 바라보았고, 신우는 멍하니 오늘 밤 자신에게 일어난 일들을 떠올렸다. 우영이나 다른 스태프들에게 말하면 뭐에 홀렸거나 잘못 본 거 아니냐고 할 일들, 신우 자신도 겪지 않았다면 절대 이해할 수도 믿을 수도 없는 일들이었다. 귀신이 찾아온 것으로도 모자라 그 귀신이 일러 주는 곳으로 가고 있다니. 꿈처럼 느껴졌지만 분명 현재 자신이 겪고 있는, 부정할 수 없는 현실이었다.

차는 서울 외곽으로 빠진 뒤 커브가 심한 고갯길을 몇 번이나 오르내렸다. ○○리 라고 적힌 푯말이 보이자 여리가 차를 세우라고 했다. 여리와 신우는 차에서 내려 랜턴으로 앞을 비추며 걸었다. 얼마 가지 않아 두 사람은 바닥에 스키드마크가 남아 있는 걸 발견했다. 근처 가드레일이 심하게 망가져 있었다. 그들은 마크의 방향을 따라 도로변 숲으로 조금 더 들어갔다.

차 한 대가 전복되어 있는 게 보였다. 여리와 신우는 차 가까이로 다가가 랜턴으로 차 안을 비춰 보았다. 운전석에 아이의 아버지로 보이는 남자가 거꾸로 매달린 채 희미한 숨을 내쉬고 있었다. 여리는 바로 119에 신고했고, 신우는 남자가 의식을 잃지 않도록 말을 걸었다. 통화를 끝낸 여리가 다시 신우와 남자의 곁으로 왔을 때, 남자가 가쁜 숨을 내쉬며 겨우 말했다.

"아이 좀……."

아이가 어떤지 봐달라는 말인 듯했다. 이미 혼령으로 찾아온 아이가 살아 있을 리 없었지만 신우는 뒷좌석의 아이를 살폈다. 역시나 아이는 싸늘한 주검이 되어 있었다. 아이의 아빠는 희망 어린 표정으로 조심스레 물었다.

"괜찮아요?"

신우는 어떻게 말해야 좋을지 몰라 여리를 바라보았다. 아이의 아빠가 다시 한 번 괜찮은 거냐고 물었고, 여리는 신우 대신 대답했다.

"따뜻해요."

여리의 말에 안심한 듯 남자는 눈물을 흘리며 "그럴 줄……
알았어."라고 말했다. 잠시 후 여리의 신고를 받고 달려온 구급
차가 남자와 아이를 싣고 병원으로 떠났다.

멀어지는 자신과 아빠의 모습을 바라보던 아이의 영혼은 여
리와 신우 쪽으로 돌아서더니 두 사람에게 꾸벅 인사를 했다. 여
리는 아이에게 손을 흔들었고, 뒤늦게 신우도 그녀를 따라 아이
에게 손을 흔들어 주었다. 아이의 모습은 서서히 사라져 갔다.

여리는 아이가 사라진 곳을 한동안 멍하니 바라보았고, 신우
는 그런 그녀를 쳐다보았다. 대체 어떤 삶을 살아온 여자이기에
이런 일에 당황하거나 놀라는 기색조차 없이 이토록 담담할 수
있을까? 처음 그녀를 봤을 때 느낀 '귀신'의 이미지는 이런 것
들 때문이었을까.

"배고프다. 밥 먹으러 가요."

여리는 배가 고프다며 신우의 차가 세워져 있는 곳으로 걸어
가기 시작했다. 신우는 그녀를 뒤따라 걸으며 두 손 두 발 다 들
었다는 듯 고개를 절레절레 저었다. 이런 일을 겪고도 태연하
게 배고프니 밥 먹으러 가자고 하다니, 정말 어떤 여자일까? 그
녀에게 이런 일은 일어나고, 먹고, 일하고, 자고 그런 일상 같은
걸까.

'전 생활이 공포예요.'

신우는 자신의 집에서 그녀가 쓸쓸하게 했던 말을 떠올렸다. 농담이라고 생각하며 넘겼던 그 말이 왠지 가슴 한구석에 얹히는 듯한 기분이 들었다. 생활이 공포라는 사람에게 당신이 호러 마술쇼에 서주면 대박날 것 같다며 도와 달라고 매달리고, 1년 동안 귀신 역으로 무대에 서게 만든 자신을 그녀는 어떻게 생각했을까?

국도변에 자리한 매운탕 집에서 여리와 신우는 말없이 매운탕 하나를 시켜 놓고 밥을 먹었다. 어느 정도 속을 채운 여리는 말없이 소주를 따라 원샷 하며 조금 쓴지 살짝 얼굴을 찡그렸다. 빈 잔에 다시 술을 따르는 여리를 보며 신우는 말없이 손가락으로 여리의 잔을 톡 건드렸다.

여리는 그렇게 소주 한 병을 혼자 다 마셨다. 그런 여리를 보며 묻고 싶은 것도 듣고 싶은 것도 많은 신우였지만 여전히 입이 떨어지지 않았다. 여리는 그런 신우를 흘긋 보더니 다 먹었으면 일어나자며 계산을 하고 밖으로 나갔다.

여리는 차가 주차되어 있는 곳이 아닌 매운탕 집 건너편 강가 쪽으로 향했다. 신우도 그녀 뒤를 따랐다. 그렇지 않아도 새벽부터 전쟁 아닌 전쟁을 치르고 밥까지 먹고 나니 피곤함에 식곤증까지 겹쳐 잠을 좀 깬 다음 가고 싶던 차였다.

"고등학교 때 사고가 났어요. 내가 잠깐 죽었었대요."

강가에 깔린 자갈을 자박거리며 걷던 여리가 불쑥 말을 꺼냈다. 신우는 잠시 걸음을 멈추고 그녀를 바라보았다. 자신이 차마 묻지 못한 이야기가 어떤 건지 그녀는 알고 있었던 듯했다. 그가 그녀의 상처에 대해 묻는 게 조심스러웠던 것처럼 여리 역시 자신의 상처를 내비치는 게 조심스러웠을 것이다. 그녀가 어렵사리 자신의 상처를 보여 주기로 했다면, 묵묵히 그것을 봐 주는 게 신우 자신의 몫이라는 생각이 들었다. 신우는 다시 그녀를 따라 걸었다.

"그리고 그 사고로 주희라고, 단짝 친구가 죽었어요. 내가 아니라 주희를 살렸다면 주희가 살았을지도 모르죠."

전복된 버스가 인양되고 있고, 강가에는 모두 똑같은 교복을 입은 여고생들이 피투성이가 된 채 쓰러져 있다. 일부는 아직도 구급대원들에 의해 구조되고 있고, 쓰러진 소녀들을 주변의 병원으로 옮기기 위한 앰뷸런스와 사건 정황을 조사하기 위해 출동한 경찰차가 속속 도착하고 있다.

구급대원 하나가 자동제세동기를 든 채 강가로 뛰어와 쓰러져 있는 소녀 두 명을 본다. 의식을 잃고 쓰러져 있는 소녀 둘. 왼쪽 가슴에 각각 이주희와 강여리라는 명찰이 붙어 있다. 둘

중 누구를 먼저 구해야 할지 망설이는 구급대원에게 다른 아이를 들것으로 옮기던 구급대장이 서두르라고 한다. 망설이던 구급대원은 주희와 여리를 번갈아보다 여리 쪽으로 다가간다. 제세동기가 그녀의 몸에 닿자마자 그녀의 몸이 살짝 튀어 오른다. 한 번, 두 번, 세 번 그녀의 몸이 튀어 오르는 듯하더니 그녀가 물을 토해 낸다. 대원은 여리의 기도를 터주고 숨이 다시 뛰기 시작하는 걸 확인하자마자 바로 옆에 있는 주희에게 제세동기를 갖다 댄다. 여리에게 한 것처럼 몇 번이나 충격을 줘보지만 소용이 없다. 여리가 다른 대원에 의해 급히 구급차로 옮겨진다. 그 모습을 주희가 차갑게 노려보고 있다.

수업중인 학생들이 보인다. 여리의 앞자리에 국화 한 송이가 놓여 있다. 일주일 전만 해도 함께 수업을 받았던 이 교실의 아이들 중 유일하게 주희만 다시 살아 돌아오지 못했다. 여리는 빈 책상을 물끄러미 바라보다 책상에 머리를 숙인다. 수업이 끝난 학생들은 하나둘씩 자리를 뜬다. 잠시 후 어디선가 여리를 부르는 누군가의 목소리가 들려온다.

"여리야!"

그 소리에 여리가 고개를 들지만 아이들이 모두 돌아간 교실에는 아무도 없다. 교실 밖에 누군가 지나가는 게 보인다. 여리가 교실을 나가려는 순간, 여리의 어깨 위로 툭 툭 툭 물이 한 두 방울 떨어지기 시작한다. 여리가 물이 떨어지는 천장을 올려 보자 물에 젖은 모습으로 주희가 그녀를 노려보고 있다. 여리는 깜짝 놀라 비명을 지르고 경기를 일으키다 그 자리에 쓰러진다.

복도를 걷는 여리의 얼굴은 핏기 하나 없이 새하얗게 질려 있고, 아무런 표정도 읽을 수 없다. 그런 여리를 보며 소녀들이 수군거리며 여리를 피해 지나쳐 간다. "쟤랑 놀면 재수 없대." "가까이도 가지 마." "쳐다본다. 소름 끼쳐." "학교에는 왜 나오 는 거야?" "전학이나 가버렸으면 좋겠다." 아이들의 수군거림을 애써 무던히 넘기려 하지만 눈물이 날 것만 같은 여리다.

학교에서 돌아온 여리가 안방 문 앞에 서 있고, 문 안에서는 엄마와 여동생 여진의 소리가 들린다. 여진이 울먹이며 엄마에 게 떼를 쓰고, 엄마는 그런 여진을 달래고 있다.

"엄마, 무서워 못살겠어. 나가서 살자."

"언니는 어떡하고?"

여진이 다시 울기 시작하고, 뒤이어 엄마의 울음소리도 들려 온다. 여리는 발소리를 죽여 자기 방으로 들어가 조용히 방문을 걸어 잠근다.

"그때부터 죽은 사람들이 찾아와요. 사람들도 날 피하기 시작하고. 그래도 그 정도는 참을 수 있어요. 문제는 주희예요. 우리 가족, 내 친구들에게까지 찾아가 평생 잊지 못할 공포를 선물하죠. 주희는 내가 귀신처럼 살길 원해요. 살아 있는 귀신처럼."

여리는 쓸쓸하게 마지막 말을 내뱉고는 입을 다물었다. 눈물을 참는 듯 꼭 다문 입가가 살짝 떨리고 있었다. 신우는 그녀의 모습을 안쓰럽게 바라보다 고개를 숙였다. 가족들이 그녀만 이곳에 남겨 둔 채 노르웨이로 떠난 것도, 1년 가까이 지내 왔지만 스태프들 그 누구와도 친하게 지내지 않고 일정 거리를 유지하며 외톨이로 지내 온 것도 다 이유가 있었다. 그녀는 자신 때문에 다른 사람들이 피해를 입는 게 싫었던 것이다.

여리의 이러한 사정도 모르고, 귀신 때문에 늘 쫓기고 압박받는 사람에게 당신을 보고 호러 마술쇼가 생각났다, 당신이 귀신 역할을 해주면 대박날 것 같다고 그저 새로 떠오른 아이디어에 신이 나서 떠들고 부탁했던 자신이 너무나 염치없이 느껴졌고, 미안했다.

"만약에 지금 하고 있는 일 힘들면……."

"힘들면 뭐요? 그만두라고요?"

"아뇨, 말하라고요. 뭐든 들어줄 테니까. 뭐, 그게 그만둔다는 말이라 해도."

여리는 피식 웃으며 자갈밭에 앉았고, 신우는 그런 그녀를 바라보다 강으로 고개를 돌렸다.

"힘은 드는데…… 그만두기 싫어요."

신우는 여리가 말하는 의미를 알 수 없었다. 힘들긴 한데 그만두기 싫다니. 쇼를 만들고 책임지는 입장에서만 생각하면 앞의 말은 무시하고 그만두지 않는 것만 받아들이면 되었다. 하지만 힘들다고 하면서 계속하려고 하는 이유가 신경 쓰였다.

"왜요?"

"귀신 역할일 뿐이지, 아무도 내가 귀신이라고는 생각 안 하잖아요. 그게 좋아서요."

여리가 웃으며 말했고, 신우 역시 따라 웃었다. 두 사람은 말없이 흘러가는 강물을 바라보았다. 한참이 지나 신우가 그녀에게 조심스레 물었다.

"왜 여리 씨를 먼저 살렸을까요?

여리는 그의 질문에 씁쓸히 웃더니 조금 주저하다 대답했다.

"나한테서 빛이 났대요."

신우가 그 말의 의미를 물었지만 여리는 자신도 잘 모르겠다고 했다. 살아도 죽은 것처럼, 아니 죽은 것만 못하게 살아오면서 그녀 스스로도 왜 주희가 아닌 자신을 살려서 이토록 지옥 같은 시간들을 보내게 하는지 하늘이 원망스러웠을 것이다. 하지만 어떻게 원망을 하고 괴로워해도 바뀌는 건 아무것도 없었으리라.

그녀에 대해 좀 더 알고 싶다고 생각했을 때, 그가 바랐던 건 이러한 이야기들이 아니었다. 조금 더 평범하고 가벼운 이야기들, 예를 들면 뭘 좋아하고 뭘 싫어하는지, 남자친구는 있는지, 요즘 뭐가 가장 재미있고, 뭐가 제일 짜증나는지 그 정도였다. 아무렇지 않게 얘기하고 아무렇지 않게 흘려듣고 서로 조금은 더 친해졌다고 착각하면서도 각자 집으로 돌아가서는 간단히 잊어버려도 아무 지장 없는 그런 것들.

신우는 여리를 물끄러미 쳐다보았다. 저 여리고 작은 몸으로, 제 몸보다도 더 큰 상처를 끌어안고 살아왔다고 생각하니 안타깝고, 마음 한 구석이 울컥했다.

신우를 바라보지 않아도 여리는 지금 신우가 어떤 마음으로, 어떤 눈으로 자신을 보고 있는지 알 수 있을 것 같았다. 그냥 가볍게, 아무렇지도 않은 듯 얘기하려고 했는데, 자신이 어떻게 얘기해도 저 유쾌한 남자는 그리 심각하게 받아들이지 않으리라 생각했는데, 왜 저렇게 안타까운 얼굴로 보는 건지 여리도 덩달아 무겁게 가라앉는 것 같았다.

여리는 자리에서 일어나 강가로 더 가까이 다가갔고, 심호흡을 크게 하고는 크게 외쳤다.

"야! 이주희! 그렇다고 내가 외로울 줄 아니? 하나도 안 외롭거든!"

운무가 낀 강 위로 여리의 목소리가 메아리쳐 되돌아왔다. 신우는 피식 웃으며 여리 가까이로 갔다. 여리는 그를 아는지 모르는지 손나팔까지 해서 다시 소리쳤다.

"요새 혼자 노는 게 얼마나 재밌는데! 인터넷으로 오목도 두고! 맞고도 치고! 트위터도 한다! 나 팔로워도 백 명이다! 니가 아무리 그래도! 난 행복해!"

여리는 속 시원하다는 듯 씨익 웃으며 소리치느라 가빠진 숨을 내쉬었다. 가쁜 숨이 서서히 잦아드는가 싶더니 겨우 눈물을 참으며 안으로 삭혀 내고 있었다. 그러면서도 끝내 약한 모습은 들키기 싫은 듯 짐짓 밝은 척했다.

"아, 시원하다."

그런 여리를 바라보던 신우가 손나팔을 하더니 강가를 향해 외쳤다.

"야! 이주희! 이 나쁜 계집애야! 죽었으면 돌아가!"

여리는 '나 잘했죠?'라는 식으로 웃으며 쳐다보는 신우가 걱정되었다. 저 남자가 아직 주희가 어떤 캐릭터인지 잘 모르고 천둥벌거숭이처럼 설치는 게 틀림없었다.

"그러다 오면 어쩌려고요?"

여리의 진지한 질문에 신우는 애써 태연한 척 "에이, 설마."라고 답했지만, 여리는 벌써부터 유감을 표한다는 얼굴로 고개를 저으며 차가 주차되어 있는 곳으로 걷기 시작했다. 여리와 강을 번갈아 보던 신우는 강을 보며 허리까지 숙여 사과했다.

"죄송합니다."

강가를 거슬러 올라와 차를 주차해 둔 곳까지 걸어온 여리가 바로 뒤에 오는 신우에게 물었다.

"우리 아침부터 소주 한잔할래요?"

신우가 어이없다는 얼굴로 아까 먹지 않았냐고 묻자 여리는 당당한 얼굴로 그건 반주였을 뿐이라고 대꾸했다.

"술독에 빠져 사네, 살아."

"됐어요, 싫음 관둬."

신우의 말에 여리는 샐쭉하게 대꾸하고는 먼저 차에 올라탔다. 뭔가 아까부터 계속 여리한테 휘둘리고 있는 듯한 신우였다.

결국 술은 다음에 거하게 마시기로 하고 오늘은 커피나 한 잔 하고 가는 걸로 두 사람은 합의를 보았다. 신우는 여리의 동네 근처에서 커피를 마시고 여리를 그녀의 집 앞까지 데려다 주고는 자신의 집으로 되돌아왔다.

신우의 집 앞에 쪼그려 앉아 있던 우영이 신우의 차를 알아

보고 벌떡 일어났다. 그렇지 않아도 심신이 약해져 있던 신우는 그런 우영의 등장에 벌써 또 다른 귀신이 찾아왔나 지레 겁을 먹었다가 우영이라는 걸 확인하고는 왜 그런 장난을 치냐며 버럭 소리를 질렀다.

"장난? 네가 너네 집 앞에서 기다리고 있으라며! 하란 대로 한 것도 장난이냐?"

우영은 톡 쏘았고, 신우는 별 대꾸 없이 차에서 내려 바로 집 안으로 들어갔다. 우영은 그를 따라 들어가면서도 계속 툴툴 댔다.

샤워를 하고 나온 신우가 정원으로 나오자 맥주를 마시고 있던 우영이 뜯지 않은 캔을 그에게 던졌다. 신우는 맥주를 받아 우영 곁으로 와 앉았다.

"형. 형은 뭐가 제일 겁나?"

"너. 니가 사고 칠까 봐 겁나고, 니가 하루아침에 다른 매니저 구한다고 할까 봐 겁나고."

"그런 거 말고 진짜 무서워서 울고 싶을 정도로 겁나는 거."

"많지. 지금이야 살 만해졌지만 예전처럼 당장 내일 뭐 하지, 내일은 뭐 먹지, 이번 달은 얼마로 버틸 수 있을지 고민하던 그때로 다시 돌아갈까 봐 겁나. 갑자기 그건 왜?"

"그냥."

신우의 말에 우영은 별 시답잖은 놈을 다 보겠다는 듯 쳐다보며 맥주를 마셨고, 신우는 여리를 떠올렸다. 자기는 고작 지난 밤 잠깐 겪은 걸로도 충분히 두려웠던 그 공포를 여리는 지난 십 년 동안 겪어 온 것이다. 가족도 친구도 모두 멀어져 가고, 다가오는 건 이미 죽은 원혼들밖에 없는 외롭고 끔찍한 삶. 곁에 누구라도 있었으면 싶지만 주희가 그 누군가에게 줄 끔찍한 공포가 두려워 그럴 수도 없다.

문득 그녀의 집에서 시종일관 단답형으로 대답하던 그녀의 모습이 떠올랐다. 신우는 답답하다고 느꼈지만, 여리는 간만에 누군가와 직접 대화를 나누는 게 어색해서 그랬을 것이다. 누군가와 제대로 만나고 소통하지 못한 채 이 세상 전체가 감옥 같았을 그녀가 안타까웠다. 자신이 도울 수 있는 일이 있다면 할 수 있는 선에서 도와주고 싶었다. 같이 밥 먹고 같이 얘기하고, 같이 영화도 보고 놀러도 가고…….

순간, '이거 연애코스 아닌가?' 하는 생각에 멈칫했지만 신우는 고개를 저었다. 어디까지나 친구로서, 흑심이 아니라 눈처럼 깨끗한 백심으로 우정 코스를 짜봐야겠다는 생각에 신우는 우영을 버려 두고 집 안으로 들어왔다.

*

"그건 일종의 데이튼데?"

오늘 새벽, 그리고 아침까지 있었던 일을 민정에게 털어놓자마자 그녀는 단호하고 명쾌하게 진단을 내렸다. 머그잔에 커피를 마시며 통화하던 여리는 말도 안 되는 오진이라고 생각했다. 같이 혼령이나 달래 주고 매운탕 먹고 돌아온 게 무슨 데이트일까.

"데이트는 무슨."

"커피 마시고, 드라이브 하고, 데려다 주고. 그게 데이트지 뭐야?"

민정의 말의 듣고 나니 영 틀린 말은 아니었다. 아이의 일이 해결되자마자 집으로 가자고 할 줄 알았는데, 같이 아침도 먹고 자신의 이야기도 끝까지 잘 들어주고 피곤할 텐데 집 앞까지 데려다 준 걸 보면, 데이트까지는 아니어도 '귀신이나 몰고 다니는 재수 없는 여자' 같은 딱지는 다행히 붙이지 않은 것 같았다.

"나한테 나쁜 감정은 아닌가 봐."

여리는 조금 기쁜 듯이 말했다. 민정은 자신의 친구 중에 유진이라고, 멜로 전문 시나리오 작가가 있으니 삼자 통화를 해보자고 제안했다. 멜로 전문이니 연애 심리는 우리보다 좀 알지 않겠냐면서.

"뭐 썼는데?"

"〈개년들〉이라고 로맨틱 코미디 하나 썼는데, 넌 아마 모를 거야."

"〈개년들〉? 봤는데? 그거 개년 셋 나오는 거 아냐?"

여리는 예전에 제목이 특이해서 찾아봤던 영화를 떠올리며 민정에게 물었다. 민정은 그 영화가 맞다며 잠시만 기다리라고 했다.

"내가 저번에 얘기한 애 있지? 귀신. 걔랑 통화 중이야. 서로 인사해."

여리는 민정의 소개에 떨떠름했지만, '귀신 아니야.' 하고 변명하기도 뭣해서 가만있었다.

여리와 유진이 인사를 주고받자 민정은 바로 본론으로 넘어가 여리가 고민이 있다고 툭 내던졌다. 여리가 쭈뼛거리며 "음, 어떤 남자랑 자꾸 만나는데……."라고 말하자 유진이 벌써 무슨 말인지 알겠다며 얘기를 끊었다. 이건 뭐 무릎이 닿기도 전에 모든 걸 꿰뚫어본다는 그 도사라도 만난 듯했다.

"그 남자 느낌이 어때?"

유진의 물음에 여리는 신우를 떠올렸다. 얼마 전까지만 해도 그냥 부모 잘 만나 인생에서 달콤하고 따뜻하고 부드러운 맛만 보며 살아온 남자, 외모 반반한데다 운까지 좋아 사업 대박 난 남자, 정도로 생각했지만 그게 전부는 아니었다.

"좀 멋있고, 좀 못됐고, 좀 잘났고, 잘난 체도 좀 하고, 재수도 좀 없고."

거기까지 말했을 때, 수화기 너머의 무르팍 도사는 연애로 치면 33.9프로 정도 진행된 거라며 거침없는 진단을 내렸다. 여리는 신우와 아직 사귀는 것도 아닌데 그런 말을 듣는 게 좀 우스웠다.

"페데리코 펠리니의 〈길〉에서 젤소미나가 이런 말을 해. '내가 아니면 누가 저 사람 곁에 있겠어요?' 아름답지 않니?"

유진의 말에 여리는 공감한다는 듯 고개를 주억거렸다. 여리도 그 장면을 기억하고 있었다. 영화 내내 어수룩하고 우스꽝스럽게 보이던 백치 젤소미나가 아름답게 보이던 장면이었다. 유진은 너에게도 이런 대사를 치는 남자가 나타날 거라고 말했지만 여리는 과연 그런 사람이, 그런 날이 오기는 할까, 하는 회의가 들었다.

그녀가 말했던 영화 〈길〉에서도 여리에게 가장 와 닿았던 건 유진이 말한 그 대사가 아니라 그 대사가 나오기 전, 젤소미나와 마또가 대화를 나누는 장면이었다.

"나는 바보 같고, 아무것도 할 줄 몰라요. 아무한테도 쓸모가 없어요. 난 세상에 왜 태어났는지 모르겠어요."라고 말하는 젤소미나에게 마또는 하찮은 돌멩이 하나도 의미 없는 것은 없다고, 모든 것에는 다 의미가 있다며 젤소미나가 잠파노 옆에 있는 것 그 자체로 의미 있는 것이라 위로해 준다. 마또가 젤소미나에게 보내는 그 위로가 너무도 따뜻해서, 마치 자신에게 해주는 말 같아서 여리는 그 장면에서 얼마나 펑펑 울었는지 모른다.

평생 동안 젤소미나의 말은 둘째치고 마또의 말을 해주는 사람이라도 만날 수 있을까? 갑자기 기가 확 죽고 자신이 없어졌다.

"과연 그럴까?"

여리의 자신 없는 목소리에 유진은 "얘, 상당히 비관적이네? 너 혹시 의학의 도움을 받아야 하는 얼굴이니?" 하고 물어보았다.

여리는 옆에 있는 거울을 흘긋 쳐다봤다. 새하얀 피부에 쌍꺼풀 진 눈, 매끄럽게 내려오는 콧날, 살짝 도톰한 듯 붉은 입술. 웃는 일이 드물어 최근에는 듣지 못했지만 예전에는 눈웃음이 자타공인 필살기였던 적도 있었다. 귀신 같다는 말을 좀 자주 들어서 그렇지 못생겼다는 소리는 들어본 적 없었다. 아니, 그

일이 있기 전까지는 예쁘다는 소리도 가끔 들었었다.

"예쁘다는 소리 들어 본 적 있는데."

여리의 말에 유진은 그 소리를 들어 본 게 한 번인지 조금인지 아님 아주 많이 들어 봤는지 디테일하게 물었다. 여리는 우리 딸이 제일 예쁘다던 엄마 아빠의 말을 떠올리며 "음, 아주?" 하고 대답했다. 유진은 이번엔 몸매에 대해 물었다.

"몸매는? 팔칠육오 중에 몇 등신?"

"파, 팔등신?"

구두 신으면 대략 7.5 등신 정도 되니 반올림하면 팔등신이 되지 않을까. 여리는 콕콕 찔리는 양심을 애써 모른 체했다. 어차피 만날 사람도 아니니 이 정도 거짓말은 괜찮지 않을까.

"어머, 우리 팔등신끼리 만났네? 우리 같은 사람은 말이야. 아니다, 민정이 소외감 느끼겠다. 아무튼 긍지를 갖고 살아도 돼. 파이팅."

유진의 말에 여리도 생긋 웃으며 파이팅했다. 그 전까지 보이지 않는다고 뻔뻔히 사기행각을 벌이는 유진과 여리의 만행을 꾹꾹 눌러 참고 있던 민정은 가만있는 자기를 걸고넘어지니 더는 못 참겠는지 부르르 떨며 버럭 소리를 질렀다.

"팔등신? 이것들이 진짜! 퐁 온다! 퐁!"

민정의 말에 여리와 유진은 웃었다. 정말 이렇게 누군가와 얘기하며 소리 내어 웃어 본 게 얼마 만인지 몰랐다. 누군가와 함께 밥을 먹고, 커피를 마시고, 그의 이야기를 친구들과 하는 것도 꽤 오랜만이었다. 그것만으로도 신우에게 고마웠고, 뭔가 뭉클했다.

2. 그 남자 그 여자의 사정

아무리 주관적으로, 관대하게 생각해 봐도 슬프게 끝나는 영화는 보지 않는
겁 많은 남자와 일상이 공포인 여자는 도무지 짝이 될 수 없을 것 같았다.
그리고 그에게는 맥 라이언처럼 사랑스러운 눈웃음을 짓고
줄리아 로버츠처럼 매력적으로 웃는 여자 친구가 있었다.
그렇게 봄 햇살 같은 여자를 두고 한겨울에 장맛비 내리는
날씨 같은 자신에게 올 리 만무했다.

"26일에 동대문 공연 있어. 30분짜리. 주말에는 부산 문화회관 있고. 일요일 밤……."

잡지사 인터뷰를 마치고 돌아가는 길에 우영이 신우의 옆에 서서 스케줄을 읊어 대고 있었지만 장시간 인터뷰에 지쳐 있던 신우는 커피를 마시며 밥집이나 바꿔 달라고 툴툴댔다.

우영은 그런 신우의 반응에 삐죽 입을 내밀면서도 휴대전화로 새로 알아 둔 밥집 전화번호를 찾기 시작했고, 얼마 안 가 갑자기 멈춰 선 신우의 등에 꼴사납게 부딪히고 말았다.

"갑자기 그렇게 서면 어떡해?"

우영은 신우를 째려보며 버럭 소리를 질렀다. 하지만 신우는 그런 우영의 소리가 들리지 않는 듯 멈추어 선 채 멍하니 카페 안을 들여다보고 있었다. 예쁜 여자라도 본 건가 싶어 우영도 덩달아 카페 안을 들여다보니 여리가 웬 조직 폭력배 같은 남자와 함께 있는 게 보였다. 평소 무표정하고 얼음인형 같던 여리의 모습과는 달리 어찌할 줄 모르는 게 금방이라도 얼음인형이 녹아내리거나 깨질 것만 같았다.

"여리 씨 맞지? 사채 썼나?"

신우는 들고 있던 커피를 우영에게 주며 먼저 극장에 가 있으라고 했다. 우영은 신우를 뚱하니 바라보았다. 남 일에는 별 관심도 없던 녀석이 얼마 전부터 여리 일이라면 열을 올리고 있었다. 갑자기 통화가 끊겨져서 걱정된다며 집으로 직접 찾아가지를 않나, 지금도 자기랑은 아무 상관 없는 여리의 사생활인데 왜 저러는 건지. 혹시 여리를 좋아하는 건가 하는 생각이 잠깐 들었지만, 윤지 같은 꿩을 차버리고 여리를 만날 리는 없었다. 그렇다고 여리가 닭 같다는 건 아니지만.

한편, 여리는 그야말로 죽음과도 같은 시간을 겨우 버텨 내고 있었다. 아무리 엄마가 당신 소원이라며 한 번이라도 좋으니 나가 보라고 부탁했어도, 엄마가 선입금한 백만 원에서 만 원 빠지는 구십구만 원이라는 거금의 가입비가 아까웠어도 눈 딱 감고 나오지 않는 거였다. 아니, 어쩌면 그 모두는 쉽게 버리는 상상까지 했으면서 혹시 운명처럼 좋은 사람을 만나게 될지도 모른다는 일말의 기대를 버리지 못했던 게 가장 큰 실수였다.

일말의 기대는 30분 전, 남자가 카페 안에 들어오면서부터 산산이 부서졌다. 조금 일찍 도착해 어떤 사람일지 살짝 설레는 마음으로 앉아 있던 여리는 카페 안으로 들어오는 험상궂게 생긴 무서운 남자와 눈이 마주쳤고 제발 저 사람만은 아니었음 했다. 그가 여리가 있는 자리를 지나쳐 가는 순간, 하느님에게 감사기도와 부처님께 불공이라도 드리고 싶었다. 하지만 얼마 안 가 휴대전화가 울렸고, 여리의 등 뒤에서 그 남자가 도착했는데 어디 있냐고 했을 때, 여리는 하느님과 부처님에게 서운해하며 일어나 남자에게 꾸벅 인사를 했다.

남자는 자리에 앉아 형식적인 인사를 나누자마자 여리가 묻지도 않은 자기소개와 앞으로의 꿈에 대해 일장연설을 하더니 목이 타는지 주문한 아메리카노를 냉수 마시듯 한 번에 들이켰다. 그러고는 그것으로는 부족했던지 바로 한 잔 더 리필해 왔고, 리필하면서 같이 주문한 와플을 우걱우걱 씹어 먹더니 여리를 흘끔흘끔 쳐다보면서 물었다.

"취미가?"

그냥 집에서 야구 보는 걸 좋아한다고 어렵사리 말하려는데 남자가 중간에 말을 끊더니 자기는 뜨개질하는 여자가 좋다고 했다. 여리는 힘없이 고개를 끄덕이며 한숨을 포옥 내쉬었다. 앞을 봐도 답답하고 테이블을 봐도 쌓여 가는 남자 쪽의 접시와 컵들 때문에 답답했다. 답답한 마음에 창밖을 바라보았을 때, 낯익은 얼굴들이 그녀의 눈에 들어왔다. 그들에게 완벽한 도플갱어가 존재하는 게 아니라면, 그 도플갱어들끼리 관계까지 닮은 게 아니라면 여리가 보고 있는 건 우영과 신우가 틀림 없었다. 신우가 우영을 밀어내면 우영이 조금 밀려났다가 다시 신우 쪽으로 돌아왔고, 신우는 다시 우영을 밀어내고 있었다.

"저 잠시 실례 좀. 오랜만에 보는 친구라······."

여리는 남자에게 양해를 구하고 카페 밖으로 나갔다. 여리가 다가오는 것도 모르고 두 사람은 계속 티격태격하고 있었다.

"오버야! 왜 그래?"

"그냥 가라니까, 좀!"

아무리 신우가 밀어내고 밀어내도 다시 되돌아오던 우영이 신우 뒤에 서서 두 사람을 보고 있는 여리를 보고는 멈추어 섰다. 신우는 그런 우영을 보다 뒤돌아섰다. 여리에게 뭣 좀 물어보고 갈 테니 먼저 차에 가 있으라며 신우는 우영을 보냈고, 우영은 영 찜찜한 얼굴로 돌아섰다.

무슨 일이냐고 묻는 신우에게 여리는 있는 그대로 솔직히 털어놓았다. 카페 안에서 이쪽을 보고 있는 맞선남이 보였다. 여리의 얘기를 다 듣고 난 신우가 어이없다는 듯 물었다.

"결혼정보업체?"

"엄마가 생일 선물로 가입해 놔서요."

여리가 풀 죽은 목소리로 대답했다. 신우는 자기도 모르게 남자를 째려보다 눈이 마주치자 해사하게 웃으며 복화술처럼 여리에게 말을 걸었다.

"아니, 조건을 뭐라고 했는데?"

"인상 좋고, 유머감각 있고, 잘 웃는 남자?"

신우는 용기를 내서 남자를 뚫어져라 봤지만 아무리 봐도 저 남자는 인상 좋고 유머감각 있고 잘 웃는 남자처럼 보이지 않았다. 아니, 저 남자 스스로나 저 남자의 가족, 친척, 친구라면 그렇게 생각할 수 있을지도 모르지만 객관적으로 보기에는 전혀 아니었다. 뭐랄까, "아몬드가 죽으면…… 다이아몬드. 웃기지? 하하하하." 그런 식의 철 지난 개그를 날리며 본인은 박장대소하지만 주변 사람들은 어디에서 웃어야 할지 난감하게 만드는 그런 사람일 것 같았다.

"뭐 하는 사람인데요?"

아무리 봐도 어두운 세계에 깊이 몸담고 있을 것 같은 남자를 보며 신우가 물었다. 여리는 슬쩍 맞선남을 보고는 자기도 믿겨지지 않는 듯 남자가 말했던 대로 전했다.

"개그맨 시험 세 번 떨어지고 사업하신다고."

역시 그런 철 지난 개그코드로 자기 혼자만 즐거운 세계에

취해 있다가 멀뚱히 있는 심사위원들에게 웃기지 않냐고 따지
다 번번이 떨어진 게 틀림없었다. 신우는 가뭄 든 논바닥에 벼
처럼 서 있는 여리를 보다 가장 중요한 걸 물었다.

"맘에 들어요?"

"사실은 좀 무서워요."

여리는 솔직하게 얘기했고, 신우는 그녀의 손을 잡았다. 여리
가 깜짝 놀라 신우를 쳐다보자 신우는 여리를 자기 쪽으로 끌
며 말했다.

"일단 갑시다."

"어떻게 가요?"

여리가 카페 안의 남자를 흘긋 쳐다보며 물었다. 신우는 여전
히 그녀의 손을 잡은 채 "무섭다면서요?" 하고 대꾸했다. 아무
리 무서워도, 마음에 안 들어도 사람을 면전에 두고 아무런 말
도 없이 이렇게 도망갈 수는 없었다. 그것도 자신이 내린 결정
이 아니라 이 남자의 말에 휘둘려서라면 더더욱. 그러고 보니
이 남자, 자기와는 상관도 없는 남의 맞선에 왜 이토록 파투를
내지 못해 안달인 걸까? 맞선을 본다고 했을 때, 남자는 물론
여리 자신까지 째려보던 눈빛과 남자가 무섭다는 말에 조금 풀
어지던 표정이 마음에 걸렸다.

여리는 신우에게 잡힌 손을 빼내며 물었다.

"남 선보는데 왜 그래요?"

"남이라니? 회사 직원이 남인가? 그리고 여리 씨가 왜 저런 사람 만나야 돼요? 내가 훨씬 더 잘생기고 착하고 능력 있는 사람 소개시켜 줄게요! 여기 있어요."

신우는 무슨 섭섭한 소리를 하냐는 듯 당당히 대꾸하더니 안으로 들어갔다. 여리는 그런 그를 보며 괜히 얼굴이 붉어지는 것 같았다.

혹 그가 자신에게 마음이 있어 이러는 게 아닐까 하는 생각에 왜 그러냐고 살짝 떠본 건데, 다른 사람을 소개시켜 주겠다니 착각도 이런 착각이 없었다. 그래, 여자친구도 있는 그가 자신에게 다른 마음이 있을 리 없다고 생각하면서도 데이트나 다름없다느니, 어느 정도 마음이 있어서 그런 거니 하는 유진과 민정의 말을 자기도 모르게 신경 쓰고 있었나 보다.

여리는 괜히 부끄러워 식은땀이 다 났고, 손으로 부채질까지 하며 얼굴에 오른 열을 식히면서 카페 안을 흘긋거리며 봤다. 카페 안에서는 맞선남과 신우가 심각하게 얘기 중이었고, 대체 무슨 얘기를 하는 건지 궁금했지만 맞선 자리에서 오랜만에 만난 친구 좀 보고 오겠다고 맞선 도중에 나온 여자가 그 친구를 맞선 자리에 들여보내 놓고 당당히 안을 들여다보고 서 있는 것도 좀 이상했다. 남자는 여리를 위아래로 훑어보더니 믿을 수 없다는 얼굴로 고개를 푹 숙였고, 신우는 그런 그의 어깨를 툭툭 쳐주고는 카페에서 나왔다.

"뭐라고 했어요?"

신우는 대답 대신 여리의 손을 잡고 자신의 차가 있는 곳으로 끌며 빨리 가자고 했다. 여리는 신우를 따라가면서도 카페 안에서 넋이 나간 듯 자신을 보고 있는 남자를 보았고, 대체 무슨 말을 어떻게 했기에 저 남자가 한순간에 저렇게 됐을까 궁금해져 다시 신우에게 물었다.

"뭐라고 했는데?"

"여리 씨랑 군대 동기라고 했어요."

신우는 터지려는 웃음을 참으며 간신히 말했고, 그의 말을 찬찬히 곱씹던 여리는 충격으로 그 자리에 멈춰 섰다. 신우는 울상이 된 여리의 표정에 피식 웃었다. 그때, 카페 안에 있던 남자가 붉으락푸르락해진 얼굴로 뛰쳐나와 주변을 살피더니 여리와 신우가 있는 쪽을 확 쳐다보았다. 생각할수록 억울하고 열이 받았는지 남자는 두 사람 쪽으로 성큼성큼 다가오고 있었고, 위험을 감지한 신우가 여리의 손목을 잡고 달리기 시작했다. 여리는 도망치면서도 뒤를 돌아보며 연신 미안하다고 사과했다. 남자는 힘들어서 그런 건지 포기한 건지 걸음을 멈추고 다시 안타까운 얼굴로 한숨만 푹푹 내쉬었다.

신우의 차까지 전력 질주한 두 사람은 가쁜 숨을 몰아쉬다가 눈이 마주치자 누가 먼저랄 것도 없이 웃음을 터뜨렸다. 차에서 기다리고 있던 우영이 차에서 내리며 두 사람을 수상하게 쳐다보았다. 여리는 그제야 신우의 손을 놓았고, 신우 역시 살짝 민망한 듯 뒷머리를 긁적였다.

　뒷좌석에 여리가 앉았고, 그 옆에 앉으려던 신우를 우영이 뒤에서 잡아챘다.

　"왜?"

　"니가 운전해. 사고 나겠어."

　우영은 여리의 옆자리에 앉고는 문을 닫았다. 워낙 단순한 우영이었기에 왜 그가 저런 얼굴로 저런 말을 하는지 대번에 눈치 챈 신우였지만 그가 하고 있는 의심이나 걱정은 변명이나 해명할 가치도 없었다. 여리와 최근 좀 친하게 지내기 시작한 건 사실이지만 그녀를 여자로, 아니 여자 사람 이상으로 보는 건 절대 아니었다. 만약 우영이 의심하는 것처럼 여리를 생각하고 있다면 아까 그 사람보다 더 그녀와 어울릴 것 같은 좋은 사람을 소개시켜 줘야겠다는 생각도, 그런 말도 그녀에게 안 했을 것이다.

　극장에 와서까지 두 사람에 대한 의심을 풀지 않던 우영은 여리와 신우가 한 시간 넘게 머리를 맞대고 여리와 소개팅할 남자를 물색하는 걸 보고서야 사무실로 돌아갔다. 신우가 꽤 괜찮은 남자들만 골라 사진까지 보여 주며 어떠냐고 물었지만 여리의 반응은 영 시큰둥했다. 확 그만둬 버릴까 하는 생각도 들었지만, 자기가 소개팅시켜 주겠다며 맞선 자리까지 파투 내고 왔으니 그 말에 책임은 끝까지 져야겠기에, 신우는 조금 더 인내심을 갖고 휴대전화의 주소록을 탈탈 털어 냈다.

"얘는 어때요? 패션 디자이너."

신우가 내민 휴대전화의 사진을 흘긋 본 여리는 "패스"라고 말했다. 신우는 은근히 눈이 높다며 작게 툴툴거렸다. 그리고 박사과정을 밟고 있는 다른 친구의 사진을 보여 줬지만 이번에도 여리는 별 반응이 없었다. 신우는 묘한 오기가 발동해 이렇게 된 거 끝까지 가보자는 생각으로 다른 사람들을 찾아 보여 줬지만 여리의 대답은 똑같았다.

"아, 도대체 어떤 사람을 찾는 건데?"

슬슬 인내심에 한계가 온 신우가 꽥 소리를 질렀다. 여리는 눈썹 하나 까딱하지 않고 덤덤히 말했다.

"얼굴, 직업 필요 없고. 오직 깡!"

"오직 깡?"

신우가 되묻자 여리는 고개를 끄덕였다. 신우는 "오직 깡"을 주문처럼 외며 주소록에서 적당한 친구를 찾아냈다.

"해병대 출신. 무술만 합이 십이단! 현직 청와대 경호원! 오 케이?"

신우가 당당하게 휴대전화의 사진을 여리에게 보여 주며 물었다. 여리는 그 전과는 달리 꽤 오래 보는 듯하더니 고개를 끄덕였다.

신우는 기나긴 오디션을 통과한 친구에게 영상통화로 전화를 걸었다. 여리는 그런 신우를 물끄러미 바라보다 발을 탈탈 털며 객석을 바라보았다. 소개시켜 준다고 말했을 때부터 알아봤지만 정말 일사천리로 소개팅을 진행하는 걸 보니 뭔가 씁쓸했다. 뭐랄까, 혼기 꽉 찬 딸을 시집보내고 싶어 하는 부모님을 보는 것 같았다.

"윤호냐? 나 신우. 다른 게 아니라 너 여자친구 없지? 내가 기막힌 여자를 알거든. 됐다고? 잠깐만."

신우는 옆에 앉아 있던 여리를 자기 쪽으로 끌어당겨 휴대전화 화면 안으로 들어오게 했고, 여리는 신우의 갑작스런 행동에 당황했다. 당황함과 긴장으로 돌처럼 굳은 여리의 얼굴에 신우가 "스마일" 하라고 했지만, 여리는 별로 스마일할 기분이 아니었다. 신우가 한 번 더 웃어 보라고 옆구리를 찌르자, 여리는 그제야 마지못해 어색하게나마 웃었다.

"봤지? 어? 바로 나온다고? 그럴 줄 알았다. 어디서 만날까?"

신우는 아주 신이 난 듯 만날 날짜와 약속장소를 정했고, 여리는 그런 그에게 왠지 모를 섭섭함을 느꼈다. 자신이 아는 좋은 사람과 좋은 사람을 소개시켜 주고 싶은 저 사람의 선의는 알겠지만, 아니 충분히 고마웠지만 그건 순전히 머리가 하는 생각이었고, 마음은 아까부터 뭔가가 콕콕 찔러대는 것처럼 아팠다.

'뭐야, 이 사람 좋아하기라도 하는 것처럼.'

여리는 누군가에게 자신의 생각을 들키기라도 한 것처럼 화들짝 놀라 그 마음을 애써 지웠다. 미련하고 바보 같은 마음은 착각에 빠지기 쉬워서, 그리고 빠지면 헤어 나오기 힘들어서 처음부터 길이 아니면 들지조차 말아야 했다.

그때 그 사고 이후로 친구도 가족도 모두 멀어지기만 했는데 몇 년 만에 다가와 준 사람이라서, 자신의 비밀과 과거를 알고도 도망가지 않고 잘해 줘서 헛된 욕심과 기대를 은연중에 하고 있었나 보다. 그 사람의 호의와 선의에 고마워하지는 못할망정 섭섭해하고 기분나빠하다니 머리가 어떻게 된 것 같았다. 정신 차리자, 괜히 흔들리다가 바보짓 하지 말자, 여리는 모래를 집어삼킨 것처럼 깔깔하고 버석거리는 속을 그렇게 달랬다.

*

　약속한 소개팅 장소로 가기 전 신우는 윤호와 미리 만나 여리가 겪은 사고와 그 이후 그녀에게 일어나고 있는 일들에 대해 얘기했다. 윤호는 다소 당황하고 놀라는 기색이었지만 끝까지 잘 들어주었다.

　"그런 사연이 있을 줄 몰랐네."

　윤호가 안타까운 듯 말했고, 말하면서도 조심스러웠던 신우는 그런 윤호의 모습에 마음이 놓였다.

　"직접 봤어?"

　"봤는데 풉! 하나도 안 무서워! 난 무슨 강시인 줄 알았어. 웃겨 가지고."

　윤호의 질문에 신우가 살짝 과장해서 떠들어 댔고, 윤호는 신우를 빤히 보았다. 원래 거품이 많을수록 그 거품이 사그라지고 나면 그 초라한 실체가 더 여실히 드러나는 법이었다. 신우는 살짝 경직된 얼굴로 솔직히 말했다.

　"조금 무서워. 조금."

　두 사람이 도착하고 얼마 지나지 않아 여리가 도착했다. 윤호는 몰라도 여리는 이런 자리가 처음일 테니 자기가 어느 정도 분위기를 끌어 주고 화기애애한 자리를 만들어 줘야 할 것 같다고 단단히 벼르고 나온 신우였다. 하지만 웬걸, 윤호가 워낙 리드를 잘 하고 여리의 리액션도 좋아서 따로 분위기를 만들고 말고 할 것도 없었다. 그는 두 사람 사이에 꿔다 놓은 보릿자루처럼 앉아 맥주만 홀짝였다.

신우가 잠깐 화장실에 갔다 돌아오니 윤호가 남자들이 살면서 한 번씩은 통과의례처럼 겪는 듯한 17 대 1로 싸워 본 무용담을 여리에게 늘어놓고 있었다. 신우는 떨떠름한 표정으로 앉아 얘기를 듣는 척했다.

"이 자식들이 동네 깡패들인가 봐. 여자는 울고 있지. 그걸 어떻게 그냥 지나가요. 제가 무술만 합이 12단이거든요."

"그래서요?"

"그 자리에서 붕 떴죠. 한 바퀴 돌면서 앞에 놈을 팍! 하나를 잡으니까 열일곱이 덤비질 못해."

"열일곱 명이요?"

예쁘고 호감 가는 여자 앞에서 슈퍼히어로가 되고 싶은 마음은 신우도 이해했고, 더군다나 자신이 주선한 소개팅 자리니 어느 정도는 넘어가 주려고 했지만, 이건 뻥이 너무 심했다. 그 이야기의 내막을 빤히 아는 신우가 윤호를 보며 물었다.

"고딩 둘 아니었어?"

신우의 말에 윤호는 김이 샌 듯 입을 꾹 다물었다. 여리는 신우와 윤호를 번갈아 보다 누구의 말이 맞는 건지 물었다. 윤호가 살짝 난감해하더니 대답했다.

"고딩 둘이요."

여리는 윤호의 말에 웃었고, 그녀가 웃자 윤호도 따라 웃었다. 신우는 윤호가 여리 앞에서 망신당하기를 바란 건 절대 아니었지만 그렇다고 거짓말이 이렇게 따뜻하고 부드럽게 넘어갈 거라고도 생각하지 못했다. 평소 자기가 농담하거나 거짓말하면 정색으로 일관하던 여리가 윤호 앞에서는 뭐 이렇게 잘만 웃어 주는 건지 묘하게 기분이 나빴다.

신우는 때가 끼려고 하는 자신의 마음을 다잡았다. 분명 자신이 주선했고, 그가 아는 좋은 사람과 좋은 사람이 좋은 인연을 시작하는 걸 지켜보는 건 좋은 일이었다. 이토록 '좋은'이라는 표현이 차고 넘치는 좋은 일인데 기분이 왜 이리도 별로인건지 신우 스스로도 이해가 안 갔지만 쓸데없는 생각은 만병의 근원이었다. 신우는 잠시 술이라도 깰 겸 한 바퀴 돌고 오겠다고 했다. 윤호는 다시 오지 않아도 좋다는 듯 신우를 쳐다보지도 않고 등 떠밀어 내보냈다.

하지만 사람이 미어터지는 길을 걷다 보니 술이 깨기도 전에 깔려 죽을 것 같아서 신우는 한 바퀴는커녕 반 바퀴도 돌지 못하고 다시 바 안으로 들어왔다. 그리고 여리와 신우에게 방해가 되지 않도록 두 사람이 있는 테이블에서 조금 떨어진 곳에 앉았다. 신경 쓰지 않으려고 했지만 그럴수록 신경이 더 쓰여서 어느 순간부터 신우는 고개까지 삐죽 내밀고 여리를 쳐다보고 있었다.

"전에는 뭐 했어요?"

"아르바이트도 하고. 드라마 엑스트라도 하고."

"아, 배우가 꿈?"

남 얘기 듣는 건 왜 이렇게 재미있는 건지. 훔쳐 들을수록 감질만 나서 윤호와 여리의 대화를 듣던 신우는 아예 윤호 쪽으로 다가와 앉아 맞은편의 여리를 보았다. 다시 돌아온 신우를 보며 여리는 웃었고, 윤호는 왜 또 왔냐는 얼굴로 바라봤다.

"배우 되고 싶었죠. 연극영화과 가려고 했는데…… 못 갔어요."

여리의 말에 윤호는 오디션이라도 보지 그랬냐고 했지만, 여리는 씁쓸히 웃으며 포기한 지 오래라고 대답했다.

"왜요? 지금도 예쁜데."

"예뻐요?"

"그럼요."

여리는 윤호의 말에 살짝 상기된 얼굴로 미소를 지었다. 그때 옆에서 떨떠름하게 있던 신우가 피식 웃으며 예쁘긴 무슨, 뭐 말도 안 되는 소리를 하냐는 식으로 받아쳤다. 그 말에 상기되어 있던 여리의 얼굴은 실망으로 어두워졌다. 자신의 말 한마디로 싸해진 분위기며 눈에서 레이저라도 나올 듯 쏘아보는 윤호의 시선에 신우는 여리와 윤호를 등진 채 괜히 바 안의 스크린을 보는 척했다.

"정말 예쁜데."

윤호는 어떻게든 여리를 달래 주려 노력했다. 윤호 눈에는 신우의 여자친구인 윤지보다 여리가 몇만 배는 더 예뻐 보였다. 하지만 미모가 가격을 정해 놓고 파는 물건도 아니고, 왜 제 가격을 붙이지 않냐고 신우에게 화를 내거나 따질 수는 없는 일이었다.

친구들끼리 이상형을 고를 때 하나 둘 셋 하고 찍으면 유일하게 자신과 겹치는 게 신우였는데 이번에는 좀 다르구나 하는 생각도 들었다. 하긴, 신우가 제 눈에 예쁘고 아까운 여자를 아무리 친하다고 해도 자신에게 소개시켜 줄 리 없었다.

"저 정도는 나와 줘야 예쁜 거야."

신우는 스크린에 나오는 광고 모델들을 보며 말했다. 분명 자기가 유치하게 굴고 있다는 것도 알고, 주선자로서 분위기를 띄우지는 못할망정 분위기를 밟아 죽여 놓는 게 절대 잘하는 짓이 아니라는 것도 알았지만 오늘따라 마음이, 입이 말을 듣지 않았다.

"저런 거 해본 적 없죠? 지하철이나 버스, 그런 벽면광고나 학교 홍보모델 뭐 그런……."

"있는데? 9호선 흑석역에 가면 내 사진 있어요. 광고사진."

간죽대며 잽을 날리던 신우에게 여리가 시원한 어퍼컷을 날렸다. 예상치 못한 여리의 대답에 신우는 입을 다물지 못한 채 눈만 끔뻑거렸고, 여리는 피식 웃었다. 윤호 역시 웃으며 여리에게 정말이냐고 물었다. 그녀는 밝게 웃으며 고개를 끄덕였다.

"잘 찾아보면 있어요."

이미 광고사진에서 전의를 상실한 신우는 퉁퉁 부은 얼굴로 다른 테이블이나 스크린을 봤고, 그럴 거면 집에 가서 쉬라고 여리와 윤호가 말했지만 그는 안 들리는 척 그 자세를 고수했다. 딱 못된 초등학생 같았다.

여리와 윤호는 신우 없이도 이런저런 이야기를 나누었고, 고개를 돌린 채 멍 때리던 신우는 몇 번인가 두 사람이 박수까지 치며 웃는 소리에 깜짝 놀라 정신을 차렸다. 이야기는 주로 윤호가 리드했고, 여리는 그런 윤호의 이야기를 잘 들어주었다. 아니, 잘 들어주는 게 아니라 정말 재미있게 듣는 것처럼 보였다. 두 사람이 마주보며 활짝 웃었다. 그런 여리를 보며 신우는 그녀에게 저런 모습이 있었나 생경하게 바라보았다. 눈웃음이 저렇게 예뻤었나? 아니 저렇게 예쁘게 웃을 줄 아는 사람이었나?

1년 동안이나 여리를 보아 온 자기가 찾지 못한 그녀의 웃음을 윤호 이 녀석은 하루 만에 찾았다고 생각하니 못된 초등학생이 빙의되는 듯 기분이 나빠졌지만 더 이상 여리에게 상처를 주거나 놀리는 말은 하지 않았다. 그저 여리가 웃는 걸 바라보았고, 어느새 신우도 두 사람의 이야기를 듣거나 간간이 자신의 얘기를 하며 같이 웃고 있었다.

"여리 씨, 다시 만날 수 있죠?"

윤호의 말에 여리는 애매한 웃음을 지었다. 그 웃음의 의미를 몰라 그녀를 쳐다보는 윤호에게 여리는 미리 연습이라도 해온 듯한 말을 건넸다.

"정말 재미있고 즐거웠어요. 하지만 애프터는 사양하겠습니다."

여리의 말에 당황한 건 윤호뿐만이 아니었다. 신우 역시 뚱하게 그녀를 바라봤다. 재미있고 즐거웠는데 다시는 만나지 않겠다니. 역시 한 문장 안에도 반전을 갖고 있는 여자였다. 약간 얼이 빠진 듯한 두 사람의 얼굴을 바라보던 여리가 쓸쓸히 웃으며 말했다.

"저는 시한폭탄 같은 여자예요. 언제 터질지 몰라요. 저를 만나면 그 두려움, 공포 감수해야 돼요. 폭탄 안고 가시게요?"

"여리 씨 얘기 들었어요."

윤호의 말에 여리는 말없이 신우를 쳐다보았고, 이내 윤호와 신우 둘 모두에게서 시선을 피했다. 나지막이 한숨을 내쉬는 여리를 보던 윤호가 흔들림 없는 목소리로 말했다.

"전 보호하겠다고 마음먹는 순간, 목숨 걸어요. 전 총알이 날아오면 몸으로 막는 사람입니다."

신우는 윤호의 모습이 멋있다고 생각하면서도 뭔가 손발이 오글거리면서 픕 하는 웃음이 튀어나왔다. 여전히 진지한 윤호와 뭐가 웃긴지 모르겠다는 듯한 표정의 여리가 빤히 신우를 쳐다보자, 신우는 급하게 웃음을 지웠다.

그때 윤호의 휴대전화가 울렸다. 윤호는 휴대전화를 보더니 잠시 차 좀 빼주고 다시 오겠다며 양해를 구하고 자리에서 일어섰다. 윤호가 나가자 신우는 억지로 참고 있던 웃음을 터뜨렸다.

"지가 방탄조끼야? 총알을 막게?"

생각할수록 오글거려서 웃음밖에 안 나는데 여리는 그런 신우를 뚱하게 바라볼 뿐이었다. 신우가 웃기지 않냐고 물었지만 여리는 아예 고개를 돌려 버렸다. 그는 머쓱해하며 "웃긴데……." 하고 중얼거렸다. 꼭 며칠 전에 본 여리의 맞선남이 된 듯한 기분이었다.

그렇게 얼마가 지났을까? 돌아오고도 남았어야 할 시간인데 윤호는 아직이었다. 여리는 불안함을 애써 감추고 있었고, 신우는 그런 여리를 흘긋 보며 계속 윤호의 휴대전화로 전화를 걸었지만 전화는 신호만 갈 뿐 받지 않았다. 불안함을 이기지 못한 여리가 자리를 박차고 나갔고, 신우는 그런 여리를 뒤따라 나갔다.

지하주차장으로 달려온 여리는 윤호의 이름을 부르며 차와 차 사이를 샅샅이 뒤졌다. 그때 누군가 토하는 소리가 들렸다. 소리가 나는 쪽으로 뛰어가니 그곳에 기둥을 짚고 토하고 있는 윤호가 있었다. 윤호가 겨우 고개를 드는데, 이 사람이 방금 전에 보았던 그 사람과 같은 사람이 맞나 싶을 정도로 새하얗게 질린 채 두려움에 떨고 있었다.

벌써 주희가 그를 찾아온 게 틀림없었다. 여리가 질끈 눈을 감았다 뜨며 윤호에게 다가가려 했지만 윤호는 주춤하며 뒤로 물러났다. 여리는 그 자리에 멈추어 선 채 떨리는 목소리로 물었다.

"괜찮아요?"

"오지 마요."

윤호는 덜덜 떨며 겨우 말했다. 자신 때문에, 정확히 말하면 자신을 지켜주겠다는 말 한마디 때문에 겪지 않아도 될 일을 겪은 그를 보며 여리는 미안함과 안쓰러움, 그리고 두려움이 들었다. 그에게 조심스레 다가가며 그의 이름을 불렀을 때였다.

"오지 마!"

그가 버럭 소리를 질렀다. 흠칫 놀란 여리는 다시 걸음을 멈췄다. 윤호는 원망과 두려움이 뒤섞인 얼굴로 오지 말라며 절규하듯 말했다. 저 눈을 알았다. 다정하고 친절했던, 그래서 실낱같은 희망이라도 걸고 싶었던 사람들이 주희를 만나고 나면 모두 저 눈으로 변했다. 원망과 두려움, 분노가 한데 뒤섞인 눈으로 여리를 주희 보듯 끔찍해했다. 두려움과 무서움, 그리고 주희에게는 차마 내던지지 못했을 분노와 원망 그 모두를 여리에게 토해 내고는 그녀에게서 등 돌려 사라져 갔다.

윤호는 비틀거리며 차를 타고 그대로 가버렸고, 여리는 억지로 참고 있던 울음을 터뜨리며 주저앉았다. 또 한 사람이 그녀의 곁에 왔다가 다시 사라졌다. 역시 만나지 말걸 그랬다. 아니, 만났어도 그가 그런 말을 했을 때 차갑게 거절했어야 했다. 이 사람이면 어쩜 괜찮을지도 모른다는 기대가 주희를 자극시켰을 것이고, 주희는 그를 한순간에 끔찍한 공포의 나락으로 떠밀었을 것이다. 그렇게 씩씩하고 다부지던 사람이 저렇게 변했을 정도면, 얼마나 끔찍하고 잔혹했을지 보지 않아도 알 것 같았다.

"여리 씨."

지켜보고 있던 신우가 여리를 불렀다. 여리는 차마 신우도 돌아보지 못한 채 흐느껴 울며 연신 윤호에게 미안해서 어떡하냐는 말만 되풀이했다. 신우는 여리에게로 다가가 아무 말 없이 그녀를 품 안으로 끌어당겨 안았다.

땅 땅 땅 하는 소리와 함께 공이 포물선을 그리며 멀리 날아갔다. 여리는 땀을 뻘뻘 흘리며 배트로 공을 쳐내고 있었고, 신우는 그런 여리를 밖에서 바라보고 있었다. 소개팅이 잘 안 됐으니 주선자로서 책임지겠다며 어디 가면 기분이 좀 나아지겠냐고 했더니 그녀가 대뜸 말한 곳이 여기였다.

어쩌면 그녀와도 닮아 있는 공간이라는 생각이 들었다. 아무도 함께할 수 없는 곳, 피칭머신이 토해 내는 공처럼 끝없이 밀려드는 공포와 두려움을 오롯이 혼자 밀어내고 때로는 얻어맞고, 그렇게 피투성이가 되어도 아무도 도와줄 수 없는 그런 외로운 싸움을 그녀는 그 오랜 시간 계속해 왔을 것이다.

피칭머신이 멈추었다. 여리는 거친 숨을 토해 내며 벗어 둔 하이힐을 손에 든 채 밖으로 나와 신발을 신었다. 신우가 다가가 생수병을 건네자 여리는 땀을 닦으며 물을 마셨다.

"쳐봐요."

"야구 안 좋아해요."

"쳐봐요. 기분 좋아져요."

한참 울고 나서 그런지 평소보다 몇 배는 더 그렁그렁한 눈으로 여리가 그렇게 말하자, 신우는 "별로 안 좋아하는데……." 하고 말하면서도 배팅연습장 안으로 들어갔다. 피칭머신이 작동되기 시작하며 공이 날아들었다. 하지만 신우는 번번이 헛스윙이었다. 공을 너무 신중히 보고 치니 이미 공은 지나가 버리고, 조금 빨리 휘두르니 그제야 공이 오고, 잘 해보려고 해도 전혀 몸이 따라 주지 않았다. 나중에는 기계가 이상하다며 기계 탓을 하는 신우를 어이없이 바라보던 여리가 번트라도 해보라고 했지만 공은 배트가 아닌 신우의 손가락을 쳤다.

"악!"

아픈 손가락을 살피던 신우가 이번에는 등을 맞았다. 그렇게 피칭머신이 멈출 때까지 공한테 두들겨 맞은 신우가 참담한 얼굴로 연습장 밖으로 나왔다. 신우는 애써 태연한 척 여리가 있는 곳을 지나쳐 걸어갔고, 여리는 터져 나오는 웃음을 억지로 참으며 그의 뒤를 따라 걸었다.

"편하게 웃어요."

신우의 말이 끝나기가 무섭게 여리는 참고 있던 웃음을 터뜨렸다.

"어떻게 하나를 못 치나? 와, 정말!"

"그렇게 웃기나?"

웃으라고는 했지만 정말 대놓고 박장대소하는 여리를 보니 자존심도 상하고 여기저기 두들겨 맞은 데도 더 욱신거리는 것 같아 신우는 더 빨리 걷기 시작했다. 한참 웃던 여리는 신기하다는 듯 어떻게 파울도 안 나냐고 했고, 신우는 별로 안 치고 싶어서 그랬던 것뿐이라며 툴툴댔다. 여리가 피식 웃었고, 신우 역시 자기변명이 너무 초라해 헛웃음이 절로 나왔다.

새벽이었지만 카페 안에는 적지 않은 사람들이 앉아 커피를 마시며 이야기를 나누고 있었다. 신우는 주문한 코코아 두 잔을 갖고 여리가 있는 테이블로 왔다.

거리에는 사람들이 오가고 있었고, 그 사람들의 절반 이상이 커플인 듯했다. 손을 잡고 가는 커플, 서로의 허리에 팔을 두르고 가는 커플, 같은 디자인의 옷을 입은 커플 등등. 그 중에서 여리의 시선을 잡은 건 한쪽 무릎을 꿇은 채 끈이 풀린 여자친구의 운동화를 다시 묶어 주고 있는 남자였다. 이내 예쁘게 리본을 매어 주고 일어난 남자가 여자친구의 손을 잡고 다시 걷기 시작했다. 여리는 그 커플이 시야에서 보이지 않을 때까지 바라보았다.

여리가 어렸을 때, 아빠는 여리의 운동화 끈을 묶어 주곤 했었다. 중학교 때도, 고등학교 때도, 그 사고 이후 뭔가에 쫓기듯 도망치느라 운동화 끈이 풀린 것도 모르고 달려올 때면 아빠는 한쪽 무릎을 꿇고 앉아 여리의 운동화 끈을 묶어 주곤 했었다.

"이러다 넘어지면 어떡하려고 이러고 왔어? 어디 보자, 예쁜 우리 딸 얼굴 안 망가졌나. 시집가기 전까지는 아빠가 묶어 주고 결혼하면 니 신랑한테 인수인계해 줘야지."

아빠 생각이 나 씁쓸히 웃는 여리를 신우는 말없이 바라보았다.

웃으면 반달처럼 휘어지는 예쁜 눈, 오똑한 코, 무뚝뚝한 말밖에 못하지만 절대 거짓말은 하지 않는 입, 살짝 음영이 지는 턱선, 가는 목, 그리고 가슴. 그녀를 스케치하듯 천천히 내려갔던 시선이 다시 입술로 올라오고, 신우는 그녀의 얼굴을 두 손으로 감싸 키스를 한다. 그녀는 놀란 표정으로 그의 뺨을 때리고, 그는 아픈 얼굴을 잡고 당황해한다. 그때, 그녀가 양손으로 그의 셔츠를 잡더니 찢어 버리고는 자신이 한 것보다 더 격렬히 키스해 온다.

"왜 웃어요?"

여리의 말에 정신이 번쩍 든 신우는 괜한 상상으로 붉어진 얼굴을 감추며 아무것도 아니라며 코코아를 벌컥벌컥 들이켰다. 뜨거운 코코아에 입천장이 다 녹아 없어지는 것 같았다. 여리가 괜찮냐며 걱정스레 물었지만 신우는 애써 태연한 척했다. 하지만 괜찮을 리 없었다. 속이 타 들어가는 것처럼 뜨거웠고, 그보다 얼굴이 더 화끈거렸다. 뭘 훔치다 걸린 사람처럼 심장이 두근두근 뛰었다. 자신이 왜 여리를 보고 그런 상상을 했는지 알 수 없었다. 신우는 연신 손으로 부채질을 하며 얼굴에 오른 열을 식혔고, 그런 신우를 여리는 물끄러미 바라보았다. 붉어진 얼굴과 원샷해 버린 코코아가 아직도 뜨거운지 연신 후후거리며 뜨거운 숨을 뱉어 내는 입술에 여리는 저도 모르게 시선이 멈추었다.

"그만 갈까요? 아, 갑자기 피곤하네."

여리는 고개를 끄덕였고, 신우는 차를 가져오겠다며 먼저 나갔다.

여리의 집까지 가는 내내 두 사람은 별 다른 말이 없었다. 신우는 여리를 그녀의 집 앞에 내려주자마자 인사를 하는 둥 마는 둥 하더니 사라졌다. 신우의 차가 보이지 않을 때까지 바라보던 여리는 집으로 들어와 샤워를 했다. 짧은 시간 동안 너무 많은 일이 있었던 탓일까? 몸은 피곤한데 어찌된 일인지 정신은 말똥말똥했다.

잠이 오지 않아 뒤척이다 오늘 있었던 일들을 떠올렸고, 어느

새 머릿속이 신우로 가득 차서 잠은 더 멀어져 갔다. 주차장에서 자신을 꽉 끌어안아 주던 그가, 그의 체온과 완력이 생각났고, 배팅연습장에서 번번이 헛스윙만 치고 나와서는 피식 웃던 미소도, 카페 안에서 자신을 물끄러미 바라보다 당황하던 모습도 자꾸만 생각났다.

그때 여리의 소개팅을 자신이 더 들떠서 기대하던 민정이 어떻게 되었냐며 전화를 걸어 왔다. 그리고 여리의 얘기가 심상치 않음을 눈치 챈 민정은 바로 유진과 삼자통화를 연결했다. 어찌된 게 소개팅 상대방은 윤호였는데 신우에 대한 얘기가 훨씬 더 많았다. 여리는 카페에서 느낀 묘한 감정도 솔직히 털어놓았다.

"나…… 그 남자랑 키스하고 싶었어."

"굶어서 그래, 이년아. 불쌍한 년아."

여리의 말에 민정은 혀를 끌끌 차며 안타까운 듯 말했다. 이어 유진은 얼마나 굶었냐며 진지하게 물었다.

"중 3때 뽀뽀 잠깐."

여리의 고백에 민정은 땅이 꺼져라 한숨을 내쉬며 "주여."를 탄식처럼 내뱉었다. 유진은 차분한 목소리로 사람 일은 모르는 거니까 일단 이론부터 배우자며 키스 강의를 시작했다.

"키스에는 다섯 가지 종류가 있어. 햄버거, 슬라이딩, 에어클리닝, 캔디, 레슬링키스. 어떤 걸 알고 싶니?"

무슨 마트도 아니고 햄버거랑 캔디를 하나로 묶을 수 있나 하는 생각도 들고, 슬라이딩과 레슬링이라니 올림픽의 오륜기가 머릿속을 휙 지나가는 듯한 느낌도 들었다. 에어클리닝은 또 뭐고? 여리는 곰곰이 이것들이 뭘까 떠올려보다 그냥 물어보기로 했다. 선생님에게 학생이 질문하는 건 당연한 거니까.

"햄버거는 뭐야?"

"윗입술 아랫입술이 서로 교차하면서 빠는 거야. 감미롭게 쪽! 쪽! 근데 수염 난 애랑은 하면 안 된다. 털 들어와."

"에어클리닝은?"

"그건 내가 설명할게. 고개를 15각도로 꺾고, 시선처리는 30도 아래. 인형 있으면 한번 해봐."

민정의 말에 여리는 주위를 두리번거리다 옆에 있는 곰돌이 인형을 잡고 곰돌이의 목을 15도로 꺾었다가 이건 아닌 것 같아 곰돌이의 목은 원래대로 두고 자신의 고개를 꺾은 채 시선을 내리깔았다.

"여기서 입술을 맞대고 말이지. 이건 공기 좋은 데서 해야 돼. 야외에서. 웅? 공기를 입에 물고 줬다, 마셨다, 줬다, 마셨다. 인공호흡 같은 거야. 근데 이때 트림을 하는 새끼가 있어! 이런 새끼는 반 죽여야 돼!"

민정은 "내가 이 새끼를 잡아야 되는데!" 하며 흥분했고, 여리는 그녀가 겪었을 상황이 상상이 가자 웃음이 터져 나왔다. 민정은 당시 상황을 리얼하게 설명했고, 여리는 곰돌이를 팡팡 때리면서 눈물이 날 정도로 웃었다.

*

"그래, 나도 사랑해."

신우는 윤지와 통화를 끝내고는 다시 침대에 누워 멍하니 천장을 올려다보았다. 사랑한다고 말했고, 사랑하고 있다고 생각하지만 뭔가 거짓말 같았다.

사랑한다고 해서 늘 처음 연애할 때처럼 가슴이 두근대고 안 보면 미칠 것 같아야 하는 건 아니지만, 이게 사랑이 맞나 물어보고 사랑이기는 한데 뭔가 부족하고 부정적인 답만 나온다면 계속 심장이 뛰고 열이 오르는 것만큼이나 좋지 못한 징후였다. 그리고 더 최악은 머리와 마음이 사랑을 놓고 싸우는 짓이었다. 사랑한다는데 뭐가 문제냐는 머리와 그게 정말 사랑이 맞냐고 마음이 따지기 시작하면 골치 아파졌다. 요즘 신우가 딱 그랬다.

분명 윤지를 사랑하고 있지만, 머리는 확실하다고 하는데 마음이 자꾸 진짜냐고 물었다. 머리가 그렇다고 하면, 마음이 자꾸 여리를 꼬투리 잡았다. 왜 계속 여리가 웃는 걸 생각하고, 카페에서 왜 그녀와 키스하는 상상을 했냐고 마음이 따져 물으면 머리가 터질 것 같았다. 생각이든 상상이든 머리가 하는 일이긴 했지만, 가끔 자기 머리와 생각이 자기 스스로 통제되지도, 이해되지도 않을 때도 있나 보다.

처음에는 단순한 호기심이었다. 미스터리투성이인 그녀가 궁금했고, 그녀의 비밀을 알고 나니 안쓰럽고 안타까워져서 잘해 주고 싶었다. 맞선 보는 여리를 봤을 때 그냥 넘어가지 못했던 것도 여리가 훨씬 더 좋은 사람을 만날 수 있는데 그런 남자를 만나고 있으니 안타까워서 그랬던 거라고 생각했다. 여리가 좋은 사람을 만났으면 좋겠다고 생각했고, 그래서 윤호를 신우 본인이 소개시켜 줘놓고 묘하게 기분이 상했다. 그때부터 머리와 마음이 따로 놀기 시작했다.

머리로는 두 사람이 잘됐으면 좋겠다고 생각하면서 마음은 자꾸 저 혼자 삐딱선을 탔다. 주희 때문에 윤호가 충격 받고 여리가 상처 입은 건 마음 아팠지만, 파투 난 소개팅이 그리 나쁘지 않았던 것이다. 배팅연습장에서 흠씬 두드려 맞고 나와 카페에 갔을 때, 창밖을 바라보며 웃는 여리를 보고 가슴 두근거리며 키스하는 상상까지 했다.

그렇게 헤어지고 나서 여리와 의식적으로 거리를 두기는 했지만 자꾸만 신경이 쓰였다. 부산 공연 때도 관객들이 아닌 검은 천 안에 있는 여리가 더 잘 보였고, 우영이 바뀐 밥집이 어떠냐고 물었지만 그 집이 그 집 같았다. 이건 절대 안쓰럽고 안타까워서 잘해 주고 싶은 호의나 선의가 아니었다.

여리를 좋아하는 건가 하면 윤지가 걸렸고, 역시 그냥 동료로서 잘해 주고 싶은 건가 하면 키스하고 싶었던 그 순간이 걸렸다. 마음이 자꾸 여리를 떠올리면 의식적으로 윤지를 끌어 왔고, 그러다 보니 자신의 마음이 헷갈려 머리가 터져 버릴 것 같았다. 윤지가 보고 싶다며 사랑한다고 했을 때, "그래, 나도 사랑해."라고는 했지만 마치 How are you?라고 물으면 아무리 상태가 구리고 엉망이어도 저도 모르게 습관적으로 Fine, thank you. And you?라는 대답이 튀어 나가는 것과 비슷했다. 말하면서도 뜨끔했고, 말하고 나서는 계속 답답했다.

그때 휴대전화의 알람이 울렸다. 신우는 알람을 끄며 자리에서 일어났다. 한 시간 후에 있을 전체 스태프 회의에 늦지 않으려면 슬슬 준비하고 나가야 했다.

극장으로 오는 길에 길이 좀 막혀 약속시간보다 10분 정도 늦게 도착했다. 하지만 나머지 사람들도 조금씩 늦는지 극장 앞에는 아무도 보이지 않았다. 신우는 차에서 라디오를 들으며 기다렸지만 30분이 지나도록 극장 앞은 휑하기만 했다. 기다리다 지친 신우는 슬슬 짜증이 나기 시작했다. 그는 담배를 꺼내 물고 우영에게 전화를 걸었다.

"어떻게 된 거야?"

"뭐가?"

"한 시 미팅인데 왜 아무도 안 오냐고?"

"니가 금요일로 옮겼으면 좋겠다며. 단체 문자까지 싹 다 돌렸는데 못 봤어?"

우영의 말에 신우는 휴대전화 문자를 확인했다. 오늘 1시 미팅이 금요일 3시로 변경되었으니 금요일에 보자는 단체 문자였다. 문자를 확인함과 동시에 몸에 기운이 쫙 빠지고 정신이 멍해지는 것 같았다. 신우는 극장 간 김에 청소나 하고 가라는 우영의 말에 대꾸도 않고 전화를 끊었다. 공연에 인터뷰에 방송 스케줄까지 정신없이 바쁠 때도 이런 적은 없었는데 정말 요즘 정신머리를 어디 두고 다니는 건지.

"저기……."

누군가가 부르는 소리에 돌아보던 신우는 창 쪽으로 고개를 쓱 내미는 여리를 보고 깜짝 놀라 하마터면 담뱃불로 입술을 지질 뻔했다. 신우는 담배를 재떨이에 비벼 끄고, 살짝 데인 입술을 만지며 여리를 보았다. 평소보다 몇 배는 더 창백한 얼굴이며 오들오들 떠는 걸 보니 그녀도 신우처럼 극장 어디선가 사람들을 기다리다 그의 목소리가 들리자 이쪽으로 온 듯했다.

"사람들, 왜, 안, 와요?"

여리는 입이 얼어 말도 잘 안 나오는지 덜덜 떨며 말했다. 아무래도 우영이 단체 문자를 보내면서 늘 그렇듯 한두 사람 빠뜨린 듯했다. 신우는 차 문을 열어 주며 우선 차에 타라고 했다. 여리는 잠시 의아하게 신우를 보다 차에 탔다. 신우는 히터를 빵빵하게 틀며, 금요일로 변경되었는데 여리에게 연락이 안 간 것 같다며 우영 대신 사과했다. 여리는 고개를 끄덕이며 신우를 보다 가방에서 뭔가 주섬주섬 꺼냈다.

평소보다 가방이 좀 크다고는 생각했지만, 티셔츠와 트레이닝 바지, 치약, 칫솔, 샴푸, 린스, 비상약, 도시락까지 나오는 걸 보고 신우는 깜짝 놀랐다. 어디 피난이라도 가는 건가 싶어 여리를 보는데, 그녀가 비상약통에서 소독약과 연고를 꺼내 신우에게 내밀었다. 이걸 왜 주는 건지 몰라 뚱하게 보자, 여리가 손끝으로 입술을 가리켰다. 겨우 잊고 있었는데 또 며칠 전 까페가 떠올라 신우는 괜히 창밖을 쳐다보았다. 여리는 그런 신우의 고개를 획 돌렸다. 신우가 깜짝 놀라 눈만 깜빡거리며 보자 여리가 소독약 뚜껑을 열어 신우의 입술에 부었다.

"으……."

담뱃불에 데인 입술이 녹아 없어질 것처럼 따가웠고, 그보다 자기가 무슨 생각을 한 건지 낯 뜨거웠다. 여리는 창문을 내리고 손을 내밀어 소독약으로 엄지와 검지를 씻더니 연고를 쭉 짜서 신우의 입술에 발랐다.

"이런 거 늘 갖고 다녀요?"

꺼냈던 것들을 다시 가방에 챙겨 넣는 여리를 보며 신우가 물었다.

"아뇨. 엠티 간다고 해서 이것저것 챙겨 왔는데 쓸모가 있긴 있네요."

"엠티요?"

신우가 어이없다는 듯 묻자, 여리는 뭐가 잘못되었냐는 듯 쳐다보다 며칠 전 우영에게서 온 단체 문자를 보여 줬다.

이번 주 전체 스태프 MT. 수요일 1시, 극장에서 봅시다!

뭐든 줄여 부르는 걸 좋아하는 우영이기는 했지만 미팅을 MT로 줄일 줄은 몰랐다. 신우는 우영의 문자를 어이없이 보다가 여리를 보았다. 우영 때문에 미팅을 엠티로 오해하기는 했지만 여리는 엠티에 갈 준비를 하고 온 거였다. 1년 동안 그렇게 회식에 오라고 해도 피하더니 뭔가 심경에 변화라도 생긴 게 아닐까? 지금보다 더 안으로 틀어박히는 건 말리겠지만 그 반대라면 분명 좋은 변화였다. 어렵게 고민하다 내딛은 첫발일 텐데 혼자 착각한 거니 다시 집으로 들어가라고 하기가 뭐했다.

"엠티라. 뭐, 갑시다! 가면 되지."

신우는 벨트를 매고 시동을 걸더니 차를 출발시켰다. 여리는 갑자기 움직이는 차에 깜짝 놀라 벨트를 매며 신우를 쳐다보았다.

"뭐, 뭐 하는 거예요? 금요일에 다 같이 가는 거라면서요?"

"그 MT, 엠티가 아니고 미팅이에요. 우영이 형이 줄여 부르는 걸 병적으로 좋아해서……."

신우는 다시 생각해도 우영의 문자가 어이없는지 피식 웃었다. 어이없고 당황스러운 건 여리가 더했다. 정말 엠티인 줄 알고, 문자를 받은 순간부터 오늘 아침까지 계속 갈까 말까 고민했는데 그게 미팅이었다니.

회식처럼 엠티도 번번이 빠져 왔지만 한 번쯤은 가보고 싶었다. 아직도 여행이라고 하면 고등학교 때 수학여행, 정확히 말하면 그때 사고와 주희가 떠올라 두려웠다. 단체로 떠나는 여행은 그 트라우마 때문에 피했고, 혼자 하는 여행은 대학교 때 몇 번인가 갔었지만 늘 혼자인데 여행까지 혼자라니 쓸쓸해져서 매번 예정보다 일찍 집으로 돌아오곤 했었다.

우영의 문자를 받고도 한참을 고민했었다. 가고 싶었지만 가면 안 된다는 생각이 컸고, 가지 말자고 생각하면 또 가고 싶어졌다. 결국 가기는 하되, 다른 사람들과 절대 친하게 지내거나 가까이하지 말자고 마음을 다잡고 왔다. 그런데 약속시간에서 한참이 지나도록 사람들은 보이지 않았고, 역시 그냥 돌아갈까 하던 그때 신우의 목소리가 들렸다. 어떻게 된 건지 물어보기나 하고 집으로 돌아갈 생각이었는데, 자신의 예상과는 달리 어디론가 가고 있었다. 그냥 내려달라고 할까도 했지만, 며칠 동안 고민하고 애태운 시간이 아까워서라도 이대로 집에 가기는 싫었다.

"지금 어디 가는 거예요?"

"나도 몰라요. 어디 가고 싶은 데 있어요?"

신우의 말에 여리는 한참 동안 골똘히 생각했다. 어디 가고 싶냐고 묻는 것보다 어디만 아니면 되는지를 묻는 게 더 쉬울 만큼 가고 싶은 곳도, 하고 싶은 것도 많았다. 애국가에 나오는 그 모든 곳에 가보고 싶었다. 해가 지는 것도 보고 싶고, 뜨는 것도 보고 싶고, 유채꽃도 보고 싶고, 맑은 계곡물에 발도 담가보고 싶고, 단풍도 보고 싶고, 독도에도 가보고 싶었다. 하지만 이 계절에 유채꽃이나 단풍을 보는 것도, 꽁꽁 얼었을 계곡물에 발을 담그는 것도, 독도에 가는 것도 불가능했다.

"말 안 하면 이대로 부산까지 갈지도 몰라요."

"바다에서 해 뜨는 거 직접 보고 싶어요."

"그럼 정동진?"

"울산 대왕암에서 보고 싶어요."

간만에 세상 밖으로 나와 가고 싶은 곳이 왕비의 수중무덤이라니. 이왕 울산으로 가는 거 간절곶으로 가는 게 낫지 않냐고 말하려던 신우는 그냥 여리가 가고 싶어 하는 곳으로 가기로 했다. 신우는 내비게이션을 울산 대왕암으로 맞추고는 옆자리에 있는 여리를 흘긋 보았다.

뭔가 마음이 뒤숭숭했다. 여리가 다시 세상에 나오려고 노력하는 건 분명 좋은 일이고, 얼마든지 도와줄 수 있지만 문제는 신우 자신이었다. 여리에 대한 마음이 애매한 상황에서 둘이 여행을 가는 게 잘 하는 짓일까? 하지만 한편으로는 어쩌면 괜히 피하고 속이고 숨기며 헷갈려하는 것보다, 이렇게 정면으로 부딪혀 보는 게 그 마음을 가장 빨리, 그리고 정확하게 깨달을 수 있는 길이 될지 모른다는 생각도 들었다.

울산에 도착하니 어둑한 저녁이었다. 시간상으로는 여섯 시가 채 되지 않은 시간이었지만 해가 짧은 겨울이라 더 어둡게 느껴졌다. 신우는 해수욕장으로 들어가는 입구 쪽 주차장에 차를 세우고 뒷좌석에 던져 놓은 외투를 챙겨 내렸다. 해풍 때문에 쌀쌀한 바람에서 소금맛이 느껴지는 듯했다.

오는 길에 휴게소에 들러 여리가 싸온 도시락을 나눠 먹었지만 대형 수족관 안에서 펄떡대는 물고기들을 보니 절로 회 생각이 났다. 여리 역시 물고기들이 예쁘다거나 사랑스러워서 저렇게 애절한 눈으로 보고 있는 건 아닌 듯했다. 신우는 여리와 함께 횟집 안으로 들어갔다. 회를 내어 오는 동안 고구마, 부침개, 샐러드, 구운 꽁치, 멍게와 낙지 등이 먼저 한 상 가득 차려 나왔다. 여리는 배고팠던 듯 이것저것 맛있게 먹기 시작했다.

"이런 걸로 배 채우면 회 맛없어요."

"이런 거 먹어도 회 맛있게 먹을 수 있어요. 우리 술은 안 시켜요?"

여리는 별 걱정을 다 한다는 듯 말했고, 신우는 어련하겠냐는 듯한 얼굴로 소주를 주문했다. 차려진 음식들과 소주를 먹고 있는 사이 회가 나왔다. 회는 신선하면서도 쫀득쫀득했고, 서울에서 먹던 맛과는 또 달랐다. 그렇게 회는 점점 줄어 갔고, 그에 반비례해 소주병은 점점 늘어났다.

"술은 언제부터 그렇게 잘 마셨어요?"

신우의 물음에 여리는 대답 대신 피식 웃으며 빈 잔에 술을 따랐다.

"내가 대학교 1학년 됐을 때, 우리 아빠가 이제 때가 됐다면서 술 한 잔 하자고 하더라고요. 술 마시고 취해도 괜찮고, 화내도 괜찮고, 울어도 괜찮고 다 괜찮다고. 사고 이후로 계속 말도 잘 안 하고 웃지도 않고, 울지도 않고 그러니까."

아빠가 따라 주는 술을 그냥 멀뚱히 보고 있는데, 아빠가 그런 여리를 가만 보더니 여리의 잔에 자신의 잔을 부딪치더니 원샷 했다. "크~" 하는 소리와 함께 아빠는 여리를 보고 빙긋이 웃었고, 여리는 술잔과 아빠의 얼굴을 번갈아 보다 조심스레 잔을 들어 그대로 마셨다. 알싸하니 속에서부터 열이 확 오르는 듯했지만 나쁜 느낌은 아니었다. 아빠는 여리의 빈 잔에 다시 술을 따라 주었다. 그렇게 같이 마시기도 하고 주거니 받거니 하며 빈 병은 늘어 갔다. 그리고 어느 순간 여리는 울컥 서러워져 아빠 앞에서 펑펑 울며 평소에 말해지 못했던 이야기들을 다 털어놓았다. 아빠는 말없이 여리를 안아 달래 주었고, 아빠의 품에서 여리는 한참 동안이나 울고 또 울었다. 아빠는 "괜찮아, 다 괜찮아질 거야." 하며 여리를 달랬다. 그때는 몰랐지만 돌이켜 생각해 보면 아빠도 같이 울고 있었고, 괜찮아질 거라는 말은 아빠 자신에게 하는 말이기도 했을 것이다.

여리의 얘기를 듣던 신우는 물끄러미 그녀를 바라보았다. 여

166

리는 살짝 눈물이 맺힌 눈을 손바닥으로 슥슥 닦고, 코까지 팽 풀고는 다시 씨익 웃었다. 마치 울고 난 후에는 바로 웃어야 한다는 강박증이 있는 것처럼 보여서 안타까웠다.

"매번 아빠 얘기만 하네요. 엄마 서운하시겠어요."

"엄마는 요정이 나오는 집에 사니까 좀 서운해도 괜찮아요."

뜬금없는 여리의 얘기에 신우는 뭔 소리냐는 듯 그녀를 바라보았다. 여리는 히 하고 웃더니 엄마는 노르웨이에서 요정 나오는 집에 사는데 자기는 귀신 나오는 집에 산다면서 불공평하다며 툴툴댔다. 취한 정도는 지난번에 셔츠 잡아 뜯었을 때와 비슷한 것 같은데 자기 욕을 안 해서 그런지 훨씬 귀여워 보였다. 발그레해진 얼굴이며 혀가 살짝 풀려 평소에는 상상도 못 할 혀 짧은 소리를 내는 것도 의외의 모습이라 신우는 그녀를 보며 웃었다.

"신우 씨도 신우 씨 얘기 좀 해요. 맨날 나만 얘기하고 있잖아요. 고해성사도 아니고."

그러고 보니 매번 여리의 이야기를 듣기만 했지, 자신의 이야기를 한 적은 없었다. 그리고 그녀가 아니라 다른 사람들에게도 쉽게 자기 이야기는 하지 않는 편이라, 신우는 무슨 얘기를 어떻게 해야 할지 몰랐다.

"마술은 여자들한테 잘 보이려고 배웠는데 나 덕분에 대박

난 거 맞죠?"

"여리 씨 덕분에 대박 난 건 맞는데 여자들한테 잘 보이려고 마술 배운 건 아니에요. 이 얼굴에, 이 성격에 마술 같은 거 안 해도 내가 마음만 먹으면 다 넘어와요. 하지만 여자 때문에 배운 건 맞아요. 우리 엄마 때문에."

신우는 쓸쓸히 엄마를 떠올렸다. 엄마가 웃는 게 좋았고, 엄마를 웃게 하는 일이라면 뭐든 못 할 게 없을 것 같았다. 공부도 그랬고, 운동도 그랬고, 엄마를 기쁘게 하는 일은 뭐든 열심히 했고, 잘해 냈다. 여리는 물론 세상이 다 아는 그의 번지르르한 프로필은 엄마가 없었다면 불가능했을 일들이었다.

반짝반짝하고 반질반질하던 그의 인생이 투박해지고 여기저기 상처를 입기 시작한 건 그가 대학교 2학년이 되던 그 겨울부터였다. 중소기업이 줄줄이 도산하던 그때, 신우 아버지의 회사도 최종 부도를 맞았다. 아버지는 모두에게 미안하다는 유서를 남기고 회사 건물 옥상에서 뛰어내렸다. 집 안 여기저기에 압류 딱지가 붙었고, 엄마는 아버지를 잃은 아픔도 달래지 못한 채 하루가 멀다 하고 집으로 찾아오는 사람들에게 시달려야 했다. 상속포기를 하고 더는 아버지의 빚 때문에 시달리지 않아도 되었지만, 그해 봄부터 엄마는 시름시름 앓기 시작했다. 어느 날 수업을 마치고 집으로 돌아오니 엄마가 화장실 앞에 쓰러져 있었다. 신우는 그녀를 들쳐 업고 병원으로 달렸다.

며칠 후 엄마는 다발성골수종이라는 진단을 받았다. 말 그대로 하늘이 무너지는 기분이었다. 엄마는 항암치료를 시작했고, 신우는 휴학계를 내고 그녀 곁을 지켰다. 항암제 때문에 엄마는 점점 쇠약해져 갔고, 웃음도 다시 살 수 있을 거라는 희망도 점점 잃어 갔다.

"그때부터였을 거예요. 무슨 수를 써서라도 엄마를 웃게 해야 겠다고 작정한 것도, 여자 우는 거 무서워진 것도. 뭘 해도 아무 반응 없던 엄마가 어느 날 텔레비전에 나오는 마술쇼를 보면서 웃더라고요. 아, 저거다 싶어서 닥치는 대로 배웠어요."

하루에 하나씩, 새로운 마술을 배워 와서 밤새 연습해 그 다음 날 엄마에게 보여 주었다. 엄마는 신기해하며 엷게나마 웃었다. 만 가지라도 보여 줄 테니 제발 오래오래 살라고 하면, 엄마는 천천히 눈을 깜빡였다. 하지만 그해 첫 서리가 내린 새벽, 엄마는 감았던 눈을 다시는 뜨지 못했다.

"내가 말했잖아요. 나 부러워할 거 하나도 없는 놈이라고."

신우는 쓸쓸히 웃으며 소주를 마셨다. 여리는 그런 신우를 보는 게 마음 아팠다.

'난 슬프게 끝나는 영화는 안 봐요. ······슬픔을 웃음으로 승화시키잖아. 얼마나 좋아.'

예전에 그의 집에 갔을 때 그가 한 말이 떠올랐다. 신우가 슬픈 영화를 보지 않는 건 여리가 공포영화를 보지 않는 것과 같은 맥락이었다. 이미 현실에서 겪은 것만으로도 충분히 끔찍하고 아프고 괴로웠는데 다시 그런 아픔을 떠올려 자신을 괴롭히고 싶지 않았던 것이다.

살짝 무거워진 분위기에 비스듬하게 앉아 있던 여리가 바로 앉으며 장난기 어린 얼굴로 화제를 돌렸다.

"소주 맛있게 마시는 법 세 가지 알아요?"

여리의 말에 신우 역시 비스듬히 앉아 있던 자세를 고쳐 앉았다. 그녀는 "우리 아빠가 알려줬는데요." 하면서 자신과 신우의 빈 잔에 소주를 따르고는 잔을 잡았다. 신우 역시 그녀가 하는 대로 따라 했다.

"소주를 맛있게 마시는 법, 일! 그냥 마신다."

여리는 그렇게 말하며 원샷 했다. 무슨 특별한 비법이라도 있나 보다 했던 신우는 어이없다는 듯 피식 웃으며 그녀를 따라 원샷 했다. 여리는 다시 빈 잔에 술을 채웠고, 이번에야말로 비기를 전수할 것 같은 얼굴로 잔을 얼굴 높이까지 올렸다. 신우가 멍하니 바라보고 있으려니 턱 끝으로 신우의 잔을 가리켰다. 신우는 엉겁결에 잔을 치켜들었다.

"소주를 맛있게 마시는 법, 이! 부딪친다."

여리의 잔이 신우의 잔을 밀며 가볍게 부딪쳤다. 짠 하는 맑은 소리와 함께 찰랑인 소주가 서로의 잔에 담겼다. 신우와 여리는 또 한 번에 소주를 들이켰다. 여리는 킥 웃으며 "소주를 맛있게 마시는 법, 삼! 사랑하는 사람과 마신다!" 하고 외쳤다. 순간 둘 사이에 묘한 정적과 함께 어색함이 감돌았다.

"없으면 말고!"

여리가 딴청을 피우며 말했다. 신우는 여리의 잔과 자신에 잔에 술을 따랐다.

"자, 마시고 죽자."

"죽으면 안 돼. 적당히. 적당히."

신우의 농담에 여리는 진지한 얼굴로 중얼거리듯 말했다. 신우는 그런 그녀의 모습에 다시 웃음을 터뜨렸다. 신우가 웃자 그제야 어색한 마법이 풀린 듯 여리도 밝게 웃었다. 두 사람은 그렇게 주거니 받거니 하며 술을 마시며 한참을 떠들었다.

"괜찮아요?"

주인이 걱정스러운 얼굴로 쳐다보며 물었다. 가게 안의 다른 손님들도 신우와 여리의 테이블을 흘끔거리며 쳐다보았다. 그런 시선을 아는지 모르는지 여리는 신우의 셔츠 조각을 손에 꼭 쥔 채 편안한 얼굴로 테이블에 엎어져 잠들어 있었다. 신우는 그나마 남아 있는 셔츠로 몸을 감싸며 덤덤히 말했다.

"저 괜찮아요. 저 옷, 옷 가져왔어요."

신우는 한 손으로는 몸을 가리고, 다른 한 손으로 외투를 집어 들어 보여 주며 말했다. 신우는 외투에 팔을 꿰고는 지퍼를 올렸다. 그리고 여전히 자신을 불쌍하게 쳐다보는 주인에게 카드를 건넸다. 주인은 카드를 긁고 신우가 사인할 때까지, 아니 여리를 들쳐 업고 가게를 빠져나갈 때까지 그 시선을 거두지 않았다.

"으, 추워."

가게에서 나오자마자 쌀쌀한 바닷바람에 깬 건지 여리가 잠이 덜 깬 목소리로 중얼거렸다.

"걸을 수 있으면 걸어요. 무거워 죽겠네."

여리는 아무 대꾸 없이 두 손으로 그의 어깨를 잡았다. 신우는 뭐라 하기에도 힘에 부친지 여리를 업은 채 걸었고, 여리는 그런 그의 등을 바라보다 추운 바람을 피해 그의 등에 얼굴을 묻었다.

누군가의 등에 업히는 건 정말 오랜만이었다. 예전에는 엄마나 아빠가 이렇게 업어 주곤 했었는데 언제부턴가 누군가에게 업히는 걸 꺼리게 되었다. 뭐랄까, 그럴 리는 없겠지만 업히는 순간, 자신의 몸무게 끝자리에 '0'이 하나 더 붙어서 그 사람에

172

게 전해질까 봐 겁이 났다고 해야 하나. 그리고 좀 더 지나서는, 가끔 혼자 걷는데도 자신의 무게만으로도 버거워 가쁜 숨을 몰아쉬게 되는 날들이 늘어가면서부터는, 다른 사람들도 이럴 텐데 절대 내 무게까지 얹는 민폐는 끼치지 말자고 생각했다.

하지만 오늘만은, 이 사람에게만큼은 좀 더 업혀 있고 싶었다. 이 사람, 자신의 무게만으로도 힘들겠지만 아주 잠시만 그런 눈치나 배려 없이 그냥 이렇게 업혀 있고 싶었다. 그의 등은 단단하면서도 포근하고 따뜻했다. 그만 내려달라고 해야 하는데 자꾸만 스르르 눈이 감겼다.

신우는 여리를 업은 채 몇 분째 모텔 앞에 서 있었다. 찜질방에 갈까 했지만, 술해 취한 상태로 가면 몸도 상할뿐더러 다른 손님들에게도 민폐가 될 게 뻔했다. 그냥 차에서 잘까 하는 생각도 해봤지만 술 먹고 히터 틀고 자다가 다음 날 변사체로 발견되고 싶지는 않았다.

계속 고민만 하다가는 결국 이렇게 여리를 업은 채로 모텔 앞에서 잠들 것 같아 신우는 눈을 질끈 감고 모텔 안으로 들어갔다. 주인이 방 열쇠를 카운터 위에 올려놓았지만, 여리를 업고 있느라 남는 손이 없었다. 입으로 물고 가야 하나, 여리를 잠시 내려놓아야 하나 잠시 망설이던 그때, 주인이 신우를 흘긋 보더니 따라오라며 방으로 안내했다.

방으로 들어오자마자 여리를 침대에 눕혀 놓고, 신우는 땀복이 된 외투를 벗었다. 붉은 조명에 무방비하게 누워 있는 여리. 청바지만 입은 채 벌거벗은 자신을 보니 괜히 부끄러웠다. 신우는 샤워를 하러 욕실로 들어가려다 갈아입을 옷이 필요할 것 같아 다시 방을 나가 편의점으로 갔다.

"혹시 티셔츠 없어요?"

신우의 말에 가게 안을 둘러보던 아르바이트생 남자는 없는 것 같다고 했다. 신우는 한숨을 내쉬며 골라 온 속옷을 계산대 위에 올렸다. 바코드 기계로 속옷을 찍던 남자가 갑자기 뭔가 생각난 듯 잠깐만 기다리라고 하더니 창고로 들어갔다.

"이거라도……?"

신우는 남자가 들고 나온 붉은 악마 티셔츠를 멍하니 보다 그것도 같이 계산해 달라고 했다. 작년 월드컵 때도 안 입었던 붉은 악마 티셔츠를 이 겨울에 입게 될 줄은 꿈에도 몰랐지만, 계속 이렇게 외투를 땀복으로 만드는 것보다는 그거라도 입는 게 나을 것 같았다.

신우는 방으로 돌아와 샤워를 하고 하얀 러닝셔츠와 청바지를 차례대로 꿰어 입었다. 여전히 여리는 술에 취한 건지 잠에 취한 건지 잠들어 있었다. 신우는 잠든 여리의 얼굴을 가만히

들여다보았다. 평온한 얼굴이 갑자기 찡그려지더니 금방 울 것
같은 얼굴로 변했다.

"악몽이라도 꾸는 건가?"

다들 잘 때만큼은 평온하다던데 이 여자는 왜 이 순간마저
이렇게 괴로워해야 하는 건지, 뭐가 이토록 괴롭고 아프게 하는
건지 안타까운 마음이 들었다. 신우는 뒤척이는 여리를 우는 아
기 어르듯 가만히 토닥였다. 그것만으로도 안정이 되는지 그녀
의 찌푸려진 얼굴이 풀어져 갔다.

이렇게 작은 토닥임만으로도 평온해지고 안정을 찾는구나
하는 생각과 함께 그녀가 혼자 지냈을 그 숱한 밤들이 떠올랐
다. 끔찍한 현실에 지쳐 잠이 들어도 또 다른 악몽이 그녀를 짓
눌렀을 것이고, 그렇게 악몽에서 깨어나면 다시 끔찍한 현실을
마주해야 했겠지. 그러는 사이 친구들이 떠나고, 가족들이 멀어
지고, 그렇게 덩그러니 혼자 남아 이 세상 전체가 감옥 같은, 그
런 나날들을 보내 온 거겠지.

신우는 씁쓸하고 안타까운 마음으로 한참 동안 그녀를 바라
보다 저도 모르게 그 옆에 쓰러져 잠이 들었다.

똑 똑 똑. 수도꼭지에서 물 떨어지는 소리가 들렸다. 여리 옆
에서 새우잠을 자던 신우는 그 소리에 살짝 눈을 떴다. 아직 날
이 밝지 않았는데 어둑한 방 안에서 누군가의 인기척 소리가

난 듯했다. 뭔가 중얼거리는 소리도 들렸다. 여리가 잠에서 깬건가 싶어 그녀가 있는 쪽을 쳐다봤지만 그녀는 그가 잠들기 전에 보았던 그대로 자고 있었다.

화장대 쪽에 어떤 여자가 앉아 있는 게 보였다. 오른손을 천천히 좌우로 움직이며 립스틱을 바르고 있는 듯했다. 이 방에는 분명 여리와 신우 자신밖에 없었고, 여리는 지금 그의 곁에서 자고 있었다. 대체 저 여자는 누구일까?

신우가 다시 화장대를 봤을 때, 여자가 자리에서 일어나더니 아주 천천히 신우 쪽으로 고개를 돌렸다. 신우는 질끈 눈을 감았다. 잠시 후 눈을 떴을 때, 화장대 쪽에는 아무도 없었다. 신우는 휴 하고 안도의 한숨을 내쉬었다. 순간, 등 쪽에 서늘한 기운을 느낀 신우는 천천히 뒤를 돌아보았다. 그의 뒤에 화장대 쪽에 있던 여자가 바짝 붙어 있었다. 서늘하게 그를 바라보던 그녀가 초점 없는 눈으로 입 꼬리만 바짝 당겨 웃었다. 신우는 그녀가 주는 공포에 짓눌려 손끝이 떨려 왔다. 여리가 말했던 주희라는 여자가 바로 이 여자일 거라는 직감이 들었다. 별거 아니라고, 그냥 꿈일 뿐이라고 생각하며 넘겨 보려 해도 떨림은 점점 온몸으로 퍼져 나갔다.

"조금만 참아요."

자는 줄 알았던 여리가 손으로 신우의 눈을 감겨 주며 귓속

176

말로 속삭였다. 신우는 그녀 쪽으로 돌아누웠다. 여리는 그를 꼭 끌어안은 채 눈을 감았다. '그도 곧 떠나겠구나.' 그렇게 생각하니 그를 안고 있어도 마음이 허한 것만 같았다.

잠시 후, 주희가 사라지자 여리는 그를 안고 있던 팔을 풀었다. 신우는 넋이 나간 듯 멍하니 침대 끝에 앉아 있다가 밖으로 나갔다. 여리도 그런 그를 바라보다 뒤따라 나섰다.

신우는 여전히 멍한 얼굴로 바닷가에 앉아 있었다. 생각했던 것보다 끔찍하지는 않았지만, 아무렇지도 않은 건 더더욱 아니었다. 서늘하게 자신을 바라보던 그 두 눈이 자꾸만 눈앞에 아른거리는 듯했다.

"마셔요."

여리가 편의점에서 사온 커피 캔을 신우에게 건넸다. 신우는 떨리는 손으로 그 캔을 받았다. 그 떨리는 손이 모두 자기 때문인 것 같아 여리는 미안하고 안쓰러웠다. 여리는 애써 밝게 씨익 웃고는 신우 앞에 섰다. 신우가 영문을 몰라 쳐다보자, 여리가 숙련된 조교처럼 말했다.

"따라 해요. 들이쉬고, 내쉬고, 들이쉬고, 내쉬고."

여리는 양팔을 벌려 심호흡을 했고, 그런 여리를 물끄러미 바라보던 신우는 커피 캔을 내려놓고 일어나 그녀를 따라 심호흡을 했다. 차가운 공기가 들어가니 몽롱하던 머리도, 쿵쾅대던 가슴도 어느 정도 진정되는 듯했다.

"공포를 극복하는 법, 일! 배터지게 먹는다."

여리의 말에 잠시 생각하던 신우는 고개를 저었다. 원래 먹는 걸 좋아하지도 않을뿐더러 그렇게 과식하면 먹는 동안에는 공포를 잠시 잊게 될지 몰라도 먹고 나서 배가 꺼질 때까지 후회할 것 같았다. 떨떠름한 신우의 반응에 여리는 두 번째 방법을 제시했다.

"공포를 극복하는 법, 이! 웃는다."

신우는 그저 뚱하니 여리를 바라볼 뿐이었다. 지금 웃고 싶지 않아서 안 웃고 있는 게 아니지 않은가. 신우도 아무 일 없었다는 듯 웃어넘기고 싶었고, 웃고 나면 이 무겁고 찜찜한 기분이 조금은 나아질 것 같았지만, 아무리 웃긴 생각을 하고 예전에 웃겼던 일을 떠올려 봐도 그냥 '웃기네.' 하는 생각만 맴돌 뿐 웃음은 나오지 않았다.

그런 신우의 얼굴을 보며 여리는 그와 처음 만났던 날을 떠올렸다. 아빠의 기일이라 추모의 집에 다녀왔던 그날, 집으로 돌아가는 길에 거리에서 마술을 하고 있는 그를 보았다. 사람들은 그의 쇼를 보며 연신 놀라거나 박수까지 치며 즐거워했지만, 여리는 추모의 집에서 너무 운 탓에 손가락 하나 움직일 힘도 없이 그저 멍하니 보고만 있었다. 그는 자신을 웃게 해주겠다며 나뭇잎을 꽃으로, 꽃을 돈으로, 돈을 다시 강아지로 변하게 했었다. 그가 얼마나 애쓰고 있는지 눈에 보였지만, 그런 그가 무안하지 않도록 웃어 줘야 한다고 생각도 했지만 웃음이 나오지 않았었다.

지금 그도 그럴 거라는 생각이 들었다. 여리가 무안하지 않도록, 자신의 노력이 헛되지 않도록 웃어 주고 싶지만 웃음이 나지 않는 거겠지. 하지만 여리는 꼭 그를 웃게 만들고 싶었다. 그에게서 웃음을 앗아 간 게 자신이니 되돌려주는 것도 자신이어야 한다고 생각했다.

"자, 물 먹은 개구리 소리를 내보겠습니다."

여리는 입에 바람을 넣고는 볼을 움직여 개구리 소리를 내기 시작했다. 여리에게 저런 면이 있었나 싶기도 하고, 진지한 얼굴로 열심히 입을 오물거리고 볼을 씰룩대는 여리가 귀여워 신우는 웃음을 터뜨렸다.

"어! 웃었어! 웃었어!"

신우의 웃는 모습에 자기가 더 신나하며 좋아하는 여리였다.

방금 자신의 모습이 얼마나 우스꽝스러웠을지 떠올린 건 그의 웃는 얼굴을 보고 한참이 지나서였다. 하지만 상관없었다. 지금 중요한 건 그가 다시 환하게 웃었다는 거였고, 그거면 충분했다.

"공포를 극복하는 법, 삼! 위로받는다."

여리는 신우에게 다가가 양팔을 벌렸다. 그런 여리를 보던 신우는 그녀를 끌어당겨 품에 안았다. 여리는 당황해서 잠시 굳어 있다가 그의 등을 토닥였다.

여리는 슬픔을 나누면 반이 되고 기쁨을 나누면 배가 된다는 말 따위는 믿지 않았다. 그렇게 감정을 다른 사람과 나눌 수 있는 거라면, 그래서 어떤 효과가 있는 거였다면 지금까지 이렇게 혼자 외롭지는 않았을 것이다. 그녀가 가진 외로움, 두려움, 그런 것들은 누군가와 나눠 가질 수도 없고, 그 누군가들도 나눠 받기 원치 않는 것들이었다.

하지만 그런 감정들이 아니라 체온이라면 나눠 가질 수 있지 않을까 하는 생각이 들었다. 이렇게 몸과 마음이 쌀쌀할 때 서로에 곁에 있는 것만으로도, 서로를 안고 있는 것만으로도 그럭저럭 '따뜻하게' 이 추위를, 시간을 버틸 수 있을 것 같았다.

헌데 이것도 문제는 있었다. 언제까지 이렇게 있어야 좋을지 애매했다. 자신이 위로해 주겠다며 안기라고 해놓고 충전기나 주유기도 아니고 이만하면 되었다며 밀어내기도 애매했고, 그렇다고 밤새 이 자세로 있을 수도 없는 노릇이었다. 게다가 주변이 고요하니 자신과 그의 숨소리만이 크게 들렸고, 심장이 쿵쿵 뛰는 소리가, 그 박동이 너무 크게 들리는 것 같아 민망했다.

그건 신우 역시 마찬가지인 듯했기에 여리는 그를 안았던 팔을 슬쩍 풀었다. 신우 역시 여리를 안은 팔을 풀더니 다 식은 커피를 한 번에 들이켜고는 딴청을 피우며 물었다.

"잠 잘 자는 법, 세 가지는 없어요?"

"있기는 한데……. 혹시 차에 텐트 있어요?"

여리의 말에 신우는 그녀의 집에서 봤던 텐트를 떠올렸다. 아마 여름에 놀러 다닐 때 넣어 두고 빼지 않은 텐트가 트렁크에 그대로 있을 터였다.

신우와 여리는 차에서 텐트를 꺼내 모텔 안으로 들어갔다. 주인은 그런 둘을 멀뚱하니 쳐다보았다. 설마 멀쩡한 방이랑 침대를 두고 저걸 치고 자지는 않겠지 하는 눈빛이었다.

여리와 신우는 방에 들어오자마자 텐트를 치기 시작했다. 오랜만에 쳐보는 거라 낑낑대며 힘들어하는 신우와 달리 여리는 자신의 텐트가 아님에도 불구하고 꽤 익숙하게 텐트를 쳤다.

"그냥 던지면 지가 알아서 되는 거 살걸. 매번 칠 때마다 헷갈리네."

"자꾸 치다 보면 안 헷갈려요. 그리고 그런 건 왠지 내 집 같지가 않아서 싫던데."

"텐트가 다 똑같지 않나?"

"왠지 그런 건 누가 던져 놓고 간 집에 기어들어 가서 사는 것 같아서."

여리의 말에 신우는 피식 웃었다. 그녀 말대로 이리저리 뚝딱 거리며 만들면 그 고생만큼 내 집 마련한 것 같은데, 쉽게 던져 놓고 뒤돌아봤을 때 벌써 지어져 있는 거면 이게 내 집이 맞나 하는 생각이 들 것 같기도 했다.

신우와 여리는 텐트 안으로 들어가 각각 텐트 끝 벽 쪽에 베 개와 이불을 폈다. 멀쩡한 침대를 놔두고 이게 뭐 하는 짓인가 하는 생각이 들었지만, 주희와 맞닥뜨린 그 침대에서 잠이 올 것 같지도 않았다.

여리는 베개를 베고 이불을 코끝까지 올려 덮었고, 그런 여리 를 보던 신우가 불편하지 않냐고 물었다.

"괜찮아요. 안녕히 주무세요."

"잘 자요."

신우는 텐트 밖으로 나가 방의 불을 끄고 다시 텐트 안으로 들어왔다. 자리에 누웠지만 잠이 쉬 오지 않았다. 옆으로 돌아 누우니, 이쪽을 보고 누워 있다가 신우가 눈치 채지 못하도록 천천히 돌아누워 최대한 벽 쪽으로 붙는 여리가 보였다.

'안 덮치니까 그만 가라. 텐트 뚫리겠다.'

신우는 속으로 중얼거리며 그 역시 그녀에게서 등을 돌린 채 옆으로 누웠다. 처음 본 주희의 모습, 그리고 그때 느낀 두려움

은 여전히 또렷하게 남아 있었다. 하지만 지금 잠이 오지 않는
건 주희가 아닌 여리 때문이었다. 아까 바닷가에서 그녀를 안았
을 때, 자신의 품에 쏙 안겨 들어오던 그녀의 몸과 체온, 체취가
자꾸만 머리에서 떠나지 않았다.

　신우는 다시 몸을 돌려 그녀를 바라보았다. 그녀와 안고 있을
때 쿵쾅대면서 몸 밖으로 튀어나올 것 같던 두근거림은 분명
자신의 것만은 아니었는데 저렇게 새근새근 세상모르고 자는
걸 보면 자신의 착각이었던 건지도 모르겠다는 생각이 들었다.

　사춘기 소년도 아니고 이 새벽에 뭐 하는 짓인지 저도 모르
게 피식 웃음이 새어나왔다. 그는 여리가 깰까 봐 급히 손으로
입을 틀어막고는 한참 더 그녀를 바라보다 잠이 들었다.

　다음 날 두 사람은 해가 뜨고도 한참 지나서야 눈을 떴다. 같
이 아침을 맞는 것도, 서로의 부스스한 모습을 보는 것도 낯설
었지만 신우가 먼저 피식 웃자 여리도 따라 웃었다.

　일출은 놓쳐 버렸지만 여기까지 왔으니 바다는 보고 가기로
했다. 여리가 세면도구를 챙겨 욕실로 들어간 사이 신우는 텐
트를 해체했다. 텐트를 텐트가방에 집어넣을 때 여리가 나왔고,
신우도 욕실로 들어갔다. 샤워를 마친 신우는 붉은 악마 티셔츠
가 부끄러워 쭈뼛거리며 나왔다. 여리 역시 그의 옷을 보며 큭

큭대며 웃었다.

"이게 다 누구 때문인데?"

신우가 여리 쪽을 홱 돌아보며 말하자 그녀는 급히 웃음을 지우고 가방을 쌌다.

여리와 신우는 근처 식당에 들어가 늦은 아침을 먹고 대왕암으로 갔다. 평일 오후라 가는 길은 한산했고, 주변으로 펼쳐져 있는 숲길을 걸으니 간밤의 술도 확 깨는 것 같았다. 조금 더 걸어 들어가니 탁 트인 바다가 보였다. 두 사람은 대왕암으로 가는 구름다리 쪽으로 갔다. 바람이 너무 세게 불어서인지, 술이 덜 깬 건지 여리가 휘청거리자 뒤따라오던 신우가 붙잡아 주었다. 그때 구름다리 위에서 사진을 찍고 있던 커플이 신우에게 사진을 찍어 달라고 부탁했다. 신우가 싱긋 웃으며 카메라를 받아 들자 커플은 다정한 포즈를 취했다.

"두 분도 찍어 드릴게요."

신우에게 부탁했던 남자가 카메라를 다시 받아 들며 말했다. 신우는 애매하게 웃으며 도망가려는 여리의 팔을 끌어당겼다.

"여기까지 왔는데 인증샷은 찍어야죠."

신우는 자신의 휴대전화를 남자에게 주며 잘 부탁한다고 말하고는, 활짝 웃으라며 여리의 옆구리를 쿡쿡 찔렀다. 여리는 난감해하다 신우의 붉은 악마 티셔츠를 보고 피식 웃었고, 신우 역시 여리를 보며 웃었다.

구름다리를 지나 바위 사이사이에 놓인 난간을 지나자 둥근 난간이 보였다. 여리와 신우는 그곳으로 걸음을 옮겼다. 청록 빛의 바다는 맑고 투명해 그 속까지 비치는 듯했고, 우죽비죽 솟아 있는 바위들은 그 하나하나가 장관이었다. 아이처럼 헤에 입까지 벌리고 신기한 듯 바다를 보는 여리를 신우는 휴대전화 카메라로 몰래 찍었다. 그 소리에 여리가 신우를 돌아보자, 딴 청을 부리며 바다 풍경을 찍는 척했다. 조금 더 머물고 싶었지 만 바람이 너무 쌀쌀해서 둘은 왔던 길을 되돌아갈 수밖에 없 었다.

두 사람은 서울로 돌아오는 차 안에서 별말이 없었다. 여리는 차에 타자마자 잠이 들었고, 신우는 떠나기 전보다 더 복잡해진 마음 때문에 답답했다. 여리에 대한 자신의 마음이 선의나 동정 이 아니라는 건 확실해졌지만, 어젯밤에 본 주희와 곧 돌아올 윤지가 마음에 걸렸다. 여리를 좋아하지만 주희까지 감당할 수 있을지 자신이 없었고, 그 모두를 감당하며 윤지를 버릴 수 있 을까 하는 생각도 들었다. 자신의 마음을 알고 나면 조금은 길 이 보일 거라 생각했는데 더 막막해진 것만 같았다.

오랜 시간 동안 운전해서인지, 어젯밤 잠을 제대로 못 잔 탓인지, 그보다 머리가 복잡해서인지 서울에 도착하자마자 긴장이 탁 풀리면서 졸음이 몰려 왔다. 생각 같아서야 여리를 집까지 데려다 주고 싶었지만 지금 상태로 보아 그랬다가는 길바닥에서 그대로 굻아떨어져 황천길로 갈 것 같았다. 고민하던 신우는 일단 자신의 집으로 간 다음 여리를 택시 태워 보내야겠다고 생각하며 집으로 향했다.

자신의 집 앞에서 윤지 비슷한 여자를 본 것 같았지만 신우는 이내 고개를 저었다.

'이틀 후에야 한국으로 돌아올 윤지가 여기에 있을 리가……'

있었다. 윤지는 해사하게 웃으며 그의 차 쪽으로 다가오다 신우 옆에 잠들어 있는 여리를 보고는 표정이 굳었다. 신우는 차에서 내렸고, 차 문이 닫히는 소리에 여리도 잠에서 깼다. 그리고 자신을 무표정하게 빤히 쳐다보고 있는 윤지와 눈이 마주쳤다.

여리는 주섬주섬 짐을 챙겨 차에서 내렸다. 그러고는 두 사람에게 꾸벅 인사한 후 집으로 가려고 하는데 뒤에서 윤지가 불러 세웠다.

"잠깐 얘기 좀 하죠, 우리."

집에 들어서자마자 쏘아붙일 거라 생각했는데, 윤지는 부엌으로 가 칼과 접시를 들고 거실로 왔다. 그러고는 무표정한 얼굴로 자신이 사들고 온 과일을 깎기 시작했다. 그녀의 표정과 번뜩이는 칼이 섬뜩해 신우와 여리는 아무 말도 못한 채 그녀의 칼에 벗겨지는 과일껍질만 바라보고 있었다.

"시작해."

"뭘?"

"뭐든. 할 말 있을 거 아냐."

윤지의 말에 신우는 일출을 보려고 울산에 갔었고, 오래 운전하다 보니 너무 피곤해서 그녀를 내려주지 못하고 집까지 같이 온 게 다라고 얘기했다. 모텔 이야기를 하지 않은 게 양심에 찔렸지만, 아무 일도 없었는데 괜한 얘기를 해서 상황을 더 악화시킬 필요는 없다고 생각했다. 그녀는 여전히 표정 없는 얼굴로 그의 얘기를 들으며 계속 과일을 깎았다.

여리는 곤란해하는 신우와 간신히 화를 참고 있는 듯한 윤지를 보며 나지막이 한숨을 내쉬었다.

가끔 어기면 안 된다는 걸 알면서도 깜빡 위반하게 되는 것들이 있다. 무단횡단, 과식, 과음 등등. 하지만 대개 자기가 저지르고 자신이 고스란히 그 벌을 받게 되는 이런 것들은 그나마 양호한 축에 속했다. 자기가 잘못을 했으니 자기가 고통스러워지는 건 어찌 보면 당연한 수순이니까. 하지만 애인 있는 사람 건드리는 것처럼 자기가 저지르고 타인에게까지 고통과 괴로움을 주는 짓은 정말 할 짓이 못 됐다. 그의 여자친구가 지금 아무렇지 않아 보인다고 해서 정말 아무렇지 않을 리 없었다.

윤지는 칼을 내려놓고는 여전히 속을 알 수 없는 차분한 목소리로 신우에게 커피를 내려달라고 부탁했다. 신우는 윤지와 여리를 번갈아 보다 자리에서 일어나 부엌 쪽으로 갔다.

"전 두 분 사이 의심 안 해요. 드세요."

과일접시를 여리 앞에 내려놓으며 윤지가 말했다. 여리는 그런 윤지를 바라보았다. 그녀는 한 치 흔들림 없는 말투로 얘기했고, 그 말에 거짓이나 연기는 없어 보였다. 시원한 이목구비에 똑 부러지는 말투, 당당한 목소리에 여리는 괜히 더 기가 죽는 것 같았다.

"그쪽 사연 들었어요. 프랑스에서 통화했거든요. 쉽지 않은 상황이던데……?"

윤지가 무슨 말을 할지 몰라 걱정된 신우가 다시 거실로 왔다. 그리고 윤지에게 더 이상 말하지 말라는 뜻의 눈짓을 보냈지만, 그녀는 눈썹 하나 까딱하지 않고 신우를 바라보다 여리 쪽으로 시선을 옮겼다. 여리는 애써 당황함을 숨긴 채 겨우 대답했다.

"쉽지…… 않죠."

"신우는 걱정 안 해요. 설령 그쪽한테 빠졌다 해도 감당 못 해요, 신우는."

윤지의 단호한 말에 여리는 아랫입술을 꼭 문 채 말라빠져 가는 과일을 바라보았다. 자신의 남자친구가 다른 여자와 함께 1박2일로 여행을 다녀온 걸 제 눈으로 봤음에도 불구하고 별다른 의심이나 화를 내지 않는 건 이유가 있었다. 상대가 되지도 않는 사람을 두고 괜히 열 올리며 싸울 필요 없다고 생각하는 거겠지. 어떤 관점에서 보든 자신이 여리보다 훨씬 낫다는 자신감과 자신의 연인 신우가 어떤 사람인지 잘 알고 있기에 가능한 일이었다.

"감히 조언하자면 여리 씨는 여리 씨를 케어해 줄 수 있는 남자를 만나는 게 좋아요. 신우는 아니에요. 슈퍼히어로가 와도 해결이 날까 말까 한데 신우는 너무 평범하잖아. 안 그래?"

윤지의 마지막 말은 신우를 향했지만, 화살의 방향은 여리를 향해 날아갔다. 그녀는 화내지 않는 듯 화를 내고 있었고, 공격하지 않는 듯하면서 여리와 신우 양쪽 모두에게 비수를 날리고 있었다. 정말이지 고급 기술을 자유자재로 쓰는, 내공이 장난 아닌 여자였다. 하지만 잠자던 무림고수를 깨운 건 여리 자신이었고, 그녀의 말이 틀린 것도 아니라 여리는 잠자코 듣고 있었다. 신우 역시 냉정할 정도로 자신을 까발리는 윤지의 말에 발끈하기는 했지만 따로 반박할 말을 찾지 못했다. 그 역시 서울로 돌아오는 차 안에서 계속 고민했던 문제였고, 신우가 내린 답도 윤지의 말과 크게 다르지 않았다.

"이해는 해요. 가족도, 친구도, 애인도 없고. 모두에게 버림받고 많이 외롭고 쓸쓸하던 차에 신우가 잘해 주니까 흔들렸겠죠. 신우도 그런 여리 씨가 불쌍해서 더 잘해 줬을 테고. 호의는 오해하기 쉽고, 오해는 착각하기 쉽죠. 동정이 사랑일지도 모른다는 그런 오해, 착각. 그러고 보면 대단해요. 내가 그 상황이었으면 벌써 자살했을……."

"그만해!"

아무리 여리와 신우 자신에게 화가 났다고 해도, 그래서 어느 정도는 참고 들어주려고 했지만 이건 너무 지나쳤다. 신우가 윤지의 손목을 잡아 일으키려 했지만, 그녀는 무덤덤한 얼굴로 그의 손을 뿌리쳤다.

입을 꼭 다문 채 말라빠져 가는 과일을 쳐다보던 여리가 애써 담담하게 윤지를 쳐다보며 말했다.

"이해한다고 하면서 오해하고 계시네요. 호의를 오해하고 착각할 만큼 외롭고 쓸쓸하지도 않고 멍청하지도 않아요. 자주 못 볼 뿐이지 가족이랑 친구도 있고요. 잘 모르면 쪽팔려도 물어보지 그러셨어요? 대답해 드렸을 텐데. 가볼게요."

여리는 신우와 윤지에게 꾸벅 인사를 하고는 돌아섰다. 윤지

의 솔직함은 잔인했고, 차마 그녀처럼 솔직할 수 없어 자신까지
속이며 애써 태연한 척하는 건 비참했다.

　밖은 맑고 화창한 날씨였다. 여리는 활기찬 표정의 사람들 사
이를 지나 홀로 우중충한 기분으로 지하철을 타고 집까지 왔다.
집에 오자마자 텐트 안으로 들어가 이불을 머리끝까지 뒤집어
쓰고 애써 잠을 청했다.

　다시 눈을 떴을 때는 이미 어둑한 저녁이었다. 여리는 불도
켜지 않은 채 멍하니 거실에 앉아 있었다. 윤지와 그녀가 나누
었던 얘기들이 자꾸만 떠올랐고, 그럴 때마다 한숨이 나왔다.
물끄러미 마주 보이는 벽에 걸린 액자들을 바라보았다. 엄마 아
빠, 그리고 여진의 모습과 그 사이에 행복해 보이는 여리의 모
습이 보였다.

　한참 사진들을 보던 여리는 작은 방으로 가 사진이 잔뜩 든
상자를 꺼내 왔다. 다용도실에 가서는 빨랫줄과 빨래집게를 가
져왔다. 그러고는 상자 속에서 사진들을 꺼내 한 장씩 집게로
줄에 집기 시작했다. 어느 새 한 줄이 꽉 채워졌다. 여리는 그것
을 갖고 텐트 안으로 들어가 텐트 안을 빙 돌며 끝에서 끝까지
걸었다. 그리고 텐트 안에 누워 텐트 안벽에 죽 내걸린 사진들
을 바라보며 쓸쓸히 웃었다.

　그래도 마음이 풀리지 않아 여리는 부엌으로 가 냉장고를 열

었다. 소주와 김치가 담긴 통을 꺼냈다. 그렇게 한 잔이 한 병이 되고, 한 병이 다시 서너 병이 되었지만 여전히 마음은 돌이 얹힌 듯 답답하고 갑갑했다.

씻고 자리에 누웠지만 잠이 오지 않아 뒤척이던 여리는 민정에게 자냐고 문자를 보냈다. 민정이 바로 전화를 걸어 왔다. 여리는 잠시 고민하다 어제와 오늘 있었던 일을 보고하듯 담담히 말했다. 민정은 잠자코 듣다가 유진을 연결했다. 여리는 이야기를 하면 맘이 좀 풀릴 거라고 생각하고 전화했는데 얘기를 할수록 더 울컥 치밀어 올랐다.

"내가 그렇게 불쌍해 보이나? 불쌍하다면서 멀쩡히 있는 가족이랑 친구는 왜 없애? 모두에게 버림받긴 뭘 버림받아? 내가 쓰레기도 아니고. 우리 가족들이 나 버린 거 아냐. 내가 보낸 거지. 그리고 니들이 친구 아니면 뭐야? 내가 얼마나 행복하게 잘 살고 있는데……."

"강한 년이야. 안 까는 척하면서 은근히 까."

민정이 쓸쓸한 듯 중얼거렸더니 어디를 가나 그런 년들이 꼭 있다며 여리보다 더 흥분해서 떠들었다. 여리와 민정이 한참 떠드는 동안 가만있던 유진은 불같은 수다를 뿜어 내던 두 사람이 잠잠해지자 여리에게 물었다.

"정말 잘살고 있니?"

그 질문에 괜히 뜨끔했지만 여리는 내색하지 않고, 그렇다고 대답했다.

"니가 정말 그렇다면 그 여자가 뭐라고 하건 상관없잖아? 그런데 왜 그렇게까지 괴로워해?"

유진의 말에 여리는 자기도 모르게 신우를 떠올렸다. 그와 보낸 보름 남짓한 시간들이 꿈처럼 행복했었다. 꿈이기에 언젠가 깰 수밖에 없다고 생각하면서도 행복했는데 오늘 윤지라는 현실을 맞닥뜨렸고, 꿈은 현실 앞에 무력했다. 아무 일도 없었던 것처럼 지내려고 했지만 자꾸만 혼자 있는 시간이, 지금까지 잘 버텨 온 그 시간이 새삼 힘들고 괴로웠다. 몇 번이나 그에게 연락을 해볼까 했지만 그를 떠올리면 윤지가 했던 말들이 생각났고, 그녀의 말이 억울할 정도로 정확해서 별수 없이 다시 전화를 내려놓았었다.

"……모르겠어."

"여리야, 너 스스로한테 좀 솔직해 봐."

유진의 말에, 혼자서도 잘살고 있고, 그럭저럭 행복하게 지내고 있다고 떵떵거리던 여리의 목소리가 풍선에 바람 빠지듯 힘이 약해지는 게 느껴졌다. 신우가 보고 싶다고, 그와 보낸 시간들이 그립다고 말하고 싶었지만, 여리는 애써 꾹 눌러 참았다. 그렇게 말한다 한들, 스스로에게 솔직해진다 한들 나아지거나 달라지는 건 없었다.

"왜 그러는지 모르겠네, 나 행복해.

유진은 한숨을 내쉬며 물었다. 아무도 없는 집에서 혼자 사는게 행복하냐고, 날마다 귀신들이 찾아오는 게 행복하냐고. 행복할 리 없지만, 여리는 애써 장난스럽게 행복하다고 했다. 그래, 지금까지 그렇게 살아온 것처럼 행복하다고, 아무렇지 않다고 믿으면서 살아가면 그만이었다. 그런 거짓말쟁이는 여리 자신 하나로 충분했다. 신우를 좋아하면 좋아할수록, 신우가 자신을 아끼면 아낄수록 주희는 그와 자신을 더욱 괴롭힐 것이고, 윤지 그녀의 말처럼 신우는 그걸 감당할 수 없을 게 뻔했다.

"여리야, 행복은 세뇌하고 주문을 거는 게 아니라 그냥 단순하게 느끼면 그걸로 되는 거야. 뭐가 그렇게 어렵고 힘들어야 돼?"

유진의 말은 이리저리 꼬인 변화구도 속도가 빠른 강속구도 아닌 평범한 직구였지만, 여리는 그 말이 아팠다. 그녀의 마음 속에서 뭔가 툭 터지는 것 같았다. 오래전에 생긴 상처였다. 차마 마주할 용기가 없어 당장 흐르는 피만 닦아 내고 방치해 두었던 그 오랜 상처가 유진의 말에 다시 찢어졌고, 비명조차 지를 수 없을 만큼 고통스러워졌다.

"웃자. 분위기 왜 이러니?"

애써 울음을 삼키는 여리와 아무런 말도 없는 유진 사이에서 민정이 분위기를 띄우려고 했지만 소용없었다. 여리 역시 다시 웃으며 아무렇지 않은 듯 털어 내고 싶었지만 잘 되지 않았다.

사람의 감정을 스위치처럼 똑딱거리며 바꿀 수는 없었다. 웃자고 해서 눈물을 뚝 그치게 만들 수도 없었고, 슬픔이 꺼지게 할 수도 없었다. 밝음의 반대가 어둠이 아니듯 모든 건 명쾌하게 뚝 떨어지는 게 아니라 그 양극 사이에 존재하는 자잘한 단어들과 그 단어들로는 설명되지 않는 감정들이 존재했다. 그리고 그것들은 각각 따로 존재하는 게 아니라 동시에 공존하고 있었다. 다시 보게 된 상처를 다시 덮고 싶은 마음과 이제는 제대로 마주하고 싶은 마음처럼.

억눌러도 이제는 더 이상 내려가지 않는 마음이, 가려지지 않는 상처가 여리 안에서 토해 내듯 흘러나왔다

"나…… 너무 무섭고 힘들어. 평생 이렇게 살다 죽을까 봐, 죽어도 아무도 모를까 봐 겁이 나. 외롭고 쓸쓸해서 그 사람이 잘해 주는 게 동정이라도 고맙고 좋았어. 말로만 하는 행복이 아니라, 머리로만 생각하는 행복이 아니라 진짜 행복했어. 나도 이제 행복하고 싶어. 미쳐 죽을까 봐 억지로 꾸며 만드는 그런 가짜 행복이 아니라 나도 진짜 행복해지고 싶어."

누군가 생살을 갈가리 찢어 놓는 것처럼 아프고 쓰라렸다. 찢긴 그 틈 사이로 그동안 모른 척해 온 여리 자신이 보이는 것

같았다.

그 사고 이후, 여리를 피하는 것도 모자라 뭐든 잘 되지 않으면 여리 탓으로 돌리며 여리의 체육복이며 책, 운동화 등을 찢어 놓았던 아이들은 사과 대신 억울하면 전학이나 가버리라고 했다. 하지만 여리는 집에 별다른 내색 없이 그 끔찍한 고등학교 생활을 견뎌 냈다.

대학교에 갔지만 별반 나아지는 건 없었다. 다가오는 사람들은 많았지만, 그들 모두 주희를 보고 나면 여리에게서 등을 돌렸고, 여리는 대학교 4년 내내 사람들의 수군거림과 눈치를 보며 다녀야만 했다.

아르바이트도 해봤지만 얼마 가지 않아 그만둘 수밖에 없었다. 그렇게 내내 집 안에 갇힌 듯 살았다. 아무런 장애도 없었지만 여리가 세상에서 할 수 있는 일은 아무것도 없었다. 그저 하루하루를 버티는 것 외에는.

사춘기였던 여진은 여리를 피했고, 길에서 여리를 봐도 친구들과 함께 모른 체 지나갔다. 엄마와 아빠만이 여리의 힘이었지만 그들 역시 조금씩 지쳐 갔다. 두 분은 어느 날부턴가 자주 다투는 날이 많아졌다. 서로의 잘못이 아니라는 것도, 여리의 잘못이 아니라는 것도 알면서 싸움은 계속되었다. 그러던 어느 날

밤 엄마와 다툰 아빠가 집을 나간 후 밤늦도록 돌아오지 않았다. 그리고 그 새벽, 아빠가 교통사고로 돌아가셨다는 전화를 받았다.

장례식장에서 친척들은 여리 때문이라며 수군거렸고, 여진 역시 언니 때문에 아빠가 죽은 거라고 울며 따졌다. 아빠의 발인을 마치고 돌아온 날, 여진은 넋이 나간 듯 짐을 챙기더니 집을 나가겠다고 했다. 아빠처럼 자기도 언니 때문에 죽게 될까 봐 겁이 난다고. 엄마가 여진을 혼냈지만 여진은 지지 않고 악을 쓰며 울었다.

아빠가 돌아가시고 난 후, 눈에 띄게 엄마는 수척해져 갔고 우울증도 심해졌다. 여리는 엄마에게 여진이랑 같이 큰이모가 있는 노르웨이로 떠나라고 말했다. 어떻게 너만 혼자 두고 갈 수 있겠냐며 절대 가지 않겠다는 엄마에게 여리는 밝게 웃으며 말했다.

"나 괜찮아, 엄마. 엄마랑 여진이는 나 때문에 힘들고, 나는 그런 두 사람 보는 게 힘들고. 우리 잠시만 떨어져 있으면서 서로 건강해지자. 나도 많이 행복해질 거야. 그러니까 엄마도 많이많이 행복해야 돼."

아마 그때부터였을 것이다. 행복해지자고, 행복하다고, 괜찮다고, 괜찮아질 거라고 스스로를 세뇌시켰다. 그렇게 말하다 보면 정말 괜찮아지는 것 같았다. 불행하다고 생각하면 정말 그 불행에 잡아먹힐 것 같았다. 자살을 생각해 보지 않은 것도 아니었다. 하지만 한 번도 잘사는 모습을 보여 주지 못하고 엄마보다 먼저 가는 게, 죽어서 아빠를 만나는 게 죄스러워 여리는 몇 번이나 마음을 고쳐먹었다.

'아프지만 괜찮아. 외롭지만 괜찮아. 조금 쓸쓸하면 어때. 다 괜찮아.'

그렇게 지금까지 살아온 것이다. 하지만 신우와 함께했던 그 짧은 시간이 지나고서 알게 되었다. 그 없이 다시 혼자인 시간이 너무 외롭고 쓸쓸하다는 것을. 지금까지도 그렇게 잘만 살아왔는데 왜 그러냐고 스스로에게 물어봤지만 그동안 행복하다고, 괜찮다고 우겨 대는 통에 고장 난 머리와 마음이 그 답을 줄 리 없었다.

하지만 다시 익숙해져야 했다. 지금까지 그랬던 것처럼 그 없는 외롭고 쓸쓸한 시간이 다시 아무렇지도 않을 수 있도록, 태연해질 수 있도록. 그러려면 그와 아무런 사이도 아니었던 1년 전으로 돌아가야 했다.

여리는 회사를 그만두기로 마음먹었다. 민정이 굳이 그럴 필요까지 있냐며 말렸지만, 그를 보면 자꾸 기대고 싶고, 욕심을 부릴 것 같았다.

여리는 다음 날 사무실로 전화를 걸어, 피디에게 다음 주부터 못 나갈 것 같다고 말했다. 피디는 갑자기 그만두는 이유라도 있느냐며 물었지만, 여리는 죄송하다는 말을 끝으로 전화를 끊었다.

*

우영은 원망이 뚝뚝 묻어나는 얼굴로 옆에 앉은 신우를 쳐다보았다. 이렇게 좋은 날씨에, 게다가 오프인 날에 왜 집 안에 커튼이란 커튼은 다 치고 이 시커먼 놈과 함께 공포영화, 그것도 이미 몇 번이나 봤던 〈여고괴담〉을 봐야 하는 건지 욕이 다 나올 것 같았다. 중요한 일이 있다고 해서 열일 제쳐 두고 달려왔더니 이 영화 비디오를 들어 보이며 혼자 보면 끝까지 못 볼 것 같아서 불렀다고 했을 때부터 우주 밖으로 하이킥해 주고 싶었지만 우영은 마술 아이디어 때문에 그런 거겠거니 하고 꾹 참았다. 하지만 아이디어 때문이라 하더라도 영화를 즐기면서 보는 것도 아니고, 영화 중간중간 움찔움찔하고 팔다리가 다 굳을 것처럼 긴장하면서까지 볼 필요는 없었다. 이런 거 안 봐도 충분히 잘해 왔는데 왜 그러냐, 자기 고문도 아니고 그만 보자고 몇 번이나 말했지만 신우는 별 대꾸 없이 고집스럽게 텔레비전화면만 응시하고 있었다.

쿵쿵쿵! 점프해서 다가오는 최강희의 모습에 신우는 "히익!" 요상한 소리를 내며 우영 옆으로 바짝 붙었고, 우영은 그런 신우를 한심하게 쳐다보며 툭 쳐냈다. 밀려난 신우가 머쓱해하며 다시 영화를 보는가 싶더니 조용히 우영에게 물었다.

"형, 귀신은 왜 항상 뒤에서 나타나?"

"앞에서 나타나면 웃기잖아."

우영은 말하고 말 것도 없다는 듯 심드렁하게 대답했고, 신우는 별말 없이 고개를 끄덕였다. 잠시 후, 툴툴 대던 우영도 영화에 집중했을 무렵 신우가 다시 그에게 물었다.

"형, 귀신은 왜 항상 여고에만 나타나?"

"공고에 나타나면 웃기잖아."

우영은 슬슬 짜증이 나는 걸 꾹 참으며 대답했고, 신우는 다시 고개를 끄덕이고는 넘어갔다. 그렇게 얼마가 더 지나서 신우가 다시 또 그를 불렀다.

"형, 귀신들은 왜 다 생머리야?"

"파마하면 웃기잖아."

부글부글 끓는 속을 이성과 그동안의 정으로 다스리며 우영이 말했고, 신우는 "아." 하고 힘없는 소리로 수긍하는 듯했다.

"형."

신우는 여전히 화면을 응시한 채 우영을 불렀다. 그에게 말해주고 싶었다. 실제로 보면 하나도 웃기지 않다고, 파마머리를 한 귀신이 공고에 나타난다고 해도, 뒤가 아닌 앞에서 나타난다고 해도 하나도 웃기지 않을 거라고. 저렇게 푸르스름한 조명에 음산한 음악을 굳이 깔지 않아도 그를 마주하고 있는 것 자체만으로도 끔찍하고 무서운 거라고.

아무리 공포영화를 좋아하는 사람이라고 해도 생활이 공포로 가득차기를 원하는 사람은 아무도 없다. 그저 평범하고 무난한 일상에서 가끔 스트레스 해소용으로 볼 뿐이지. 아무리 롤러코스터나 바이킹을 좋아한다고 해도 하루 24시간, 1년 365일 타라고 하면 끔찍하지 않을까? 먹을 때도 잘 때도 쉬지 않고 오르내리는 롤러코스터나 바이킹은 더 이상 재미있는 놀이기구가 아니라 그 자신을 옥죄는 고문 기구에 지나지 않을 터였다.

여리는 그런 롤러코스터에 타고 있는 사람이었다. 다른 사람과 절대 함께 탈 수 없는 롤러코스터를 타고 하루 24시간, 10년 가까운 시간들을 지옥처럼 살아왔다.

주희는 신우가 상상했던 것보다는 얌전했다. 윤호가 겪은 것처럼 지독하게 따라붙지도 않았고, 기괴한 웃음소리나 환영을 던지지도 않았다. 하지만 그녀 자체가 주는 공포의 후유증은 오래갔다. 며칠 동안 그녀에게 쫓기는 악몽을 꾸었고, 자신의 책상에 앉아 있던 그녀가 휙 돌아보며 그에게로 다가와 목을 조르는 가위도 눌렸다. 때문에 며칠 내내 제대로 자지 못해 피곤했고, 까무룩 잠이 들면 다시 그녀의 꿈이나 가위에 눌리기 일쑤였다.

어떻게든 여리를 지켜주고 도와주고 싶었다. 어떻게 해도 주희가 나타나는 걸 막을 수 없다면, 주희가 나타났을 때 최소한 겁먹고 여리를 두고 도망치고 싶지는 않았다. 그녀를 따로 불러들여 실전 연습을 해볼 수도 없으니 공포영화라도 보면서 좀 덤덤해졌으면 했다. 하지만 이런 걸 아무리 본다 한들, 그래서 이러한 영화가 주는 공포에 아무리 익숙해진다 한들 실제로 주희를 만나게 되면 그녀가 주는 공포에 질려 허탈하게 무너지지 않을까 하는 생각에 회의와 무력감이 밀려들었다.

"형."

"뭐? 뭐뭐? 왜왜왜? 왜!"

"그만 보자."

신우는 거실을 나가 버렸고, 우영은 그런 신우의 행동에 어안이 벙벙한 채 있다가 소파에서 일어나 신경질적으로 커튼을 걷었다. 그때 영화에서 갑자기 여자애들의 비명 소리가 터져 나왔고, 우영은 저도 모르게 커튼을 꼭 쥔 채 주저앉았다.

신우는 우영과 집을 나와 방송국 피디와 미팅이 있다는 그를 방송국 앞에 내려주고, 한참을 아무 생각 없이 달리기만 했다. 좀 달리면 머리가 맑아질까 했지만 달리면 달릴수록 머릿속은 복잡하게 꼬여만 갔다.

땅 땅 땅 하는 소리가 배팅연습장을 울렸다. 신우 양옆의 타석에서는 연방 홈런이 터졌지만 신우는 좀처럼 공을 맞추는 것조차 힘들었다.

'쳐봐요. 기분 좋아져요.'

"좋아지기는 개뿔."

신우는 여리의 말을 떠올리며 중얼거렸다. 하지만 툴툴대는 입과는 달리 신우는 여리가 배팅연습장 안에 들어가 잡던 자세와 배트를 쥐던 손, 그리고 공이 날아오는 순간을 놓치지 않고 치던 모습을 떠올리며 하나씩 따라 해보기 시작했고, 어설프게나마 공이 맞기 시작했다.

그렇게 신우는 치고 또 쳤고 어느 순간부터인가 공이 딱 딱 맞기 시작하더니 이따금 홈런성 타구도 나왔다. 배트가 볼을 밀어낼 때 손에 느껴지는 감각이 짜릿했다. 신우는 고민이나 잡념까지 다 날아가는 듯한 기분에 왜 여리가 땀까지 뻘뻘 흘리며 배트를 휘둘렀는지 알 것도 같았다.

신우는 살짝 지친 몸으로 벗어 둔 외투를 집어 들고는 배팅

연습장을 나왔다. 배팅 연습을 하며 흘린 땀이 차가운 겨울바람에 금세 얼어붙는 듯했다. 신우는 살짝 몸을 떨며 외투를 입었다.

그렇게 자신의 집에서 나간 다음 날, 그녀로부터 그만두겠다는 전화를 받았다며 피디가 아침 일찍 집으로 연락해 왔었다. 자기와 아무 상의도 없이 그런 결정을 내린 그녀가 야속했지만 그녀에게 뭐라 할 수도 없었다. 윤지에게 그런 말까지 들었으니 더 이상 자신과 부딪히고 싶지 않았을 것이다. 하지만 그런 이해와는 별개로 하루아침에 연락을 뚝 끊어 버린 여리가 서운하기도 했다.

오늘도 그녀에게서는 연락이 없었다. 먼저 연락을 해볼까도 했지만 막상 그녀가 전화를 받으면 뭐라고 해야 좋을지 몰라서 망설여졌다. 사귀던 여자친구와도 헤어지면 술에 취해서라면 모를까, 맨정신에는 전화하기 힘든 법인데 회사를 그만둔 직원에게 전화를 해서 뭘 어쩌자는 건지.

관계라는 게 그랬다. 별거 아닌 것 같아도 그 관계 때문에 대화의 주제가 정해지고 깊이가 달라졌다. 여리가 회사를 그만두지만 않았더라면 일적인 문제로라도 전화를 하고, 별일 없는지 물어볼 수 있었을 것이다. 하지만 더 이상 여리는 신우의 쇼 파트너도 아니었고, 직원도 아니었다. 그리고 이제 둘 사이의 관계를 규정할 수 있는 건 타인 외에는 아무것도 없었다.

그냥 그런 거 상관없이 전화를 해볼까? 전화를 하게 되면 무슨 말이든 나오지 않을까? 잘 지내는 거냐, 그때는 그렇게 보내서 미안했다, 그런데 왜 한마디 상의도 없이 일을 그만둔 거냐, 서운하고 섭섭하다, 언제 간단히 송별회라도 하자 등등 따지고 보면 할 말은 얼마든지 있었고, 옛 동료이자 사장으로서 그 정도 말은 할 수 있었다. 하지만 그렇게 말하고 나면 정말 그녀를 보내는 일밖에는 남지 않게 될 것 같아서 하고 싶지가 않았다. 그녀를 놔주고 말고 할 자격 따위 없다는 걸 뻔히 알면서, 그녀를 좋아하지만 주희가 두려워 그녀에게 가지 못하는 자신을 알면서도 그녀와 이런 식으로는 끝내고 싶지 않았다. 정말 놀부가 평생의 멘토로 삼을 법한 심보였다.

"무슨 생각해?"

맞은편에 앉아 와인을 마시던 윤지가 잔을 내려놓으며 물었다.

"아무 생각도 안 해."

명백한 거짓말이었다. 너무 생각이 많아서 스스로도 무슨 생각을 하는지 몰랐다. 윤지는 그런 신우를 물끄러미 보더니 담담하게 물었다.

"보고 싶어?"

"……자꾸 생각이 나."

신우의 집 앞에서 여리와 함께 있는 그를 본 그날 이후, 아니 여리가 그렇게 돌아간 이후 윤지 역시 곧바로 그의 집을 나왔지만 신우는 따라 나오지 않았었다. 그날부터 오늘까지 윤지는 그에게 전화도 문자도 하지 않았고, 그건 그 역시 마찬가지였다. 분명 둘 사이에 묘한 감정이 있었던 건 사실인 듯했지만 실제로는 서로의 마음조차, 아니 본인들의 마음조차 모르는 바보들에게 너무 몰아붙인 건가 싶어 윤지는 슬쩍 미안한 마음이 들었다. 그러던 차에 우영으로부터 여리가 신우의 회사를 그만두었다는 말을 전해 들었고, 그래도 신우를 이 자리까지 오게 해준, 그에게는 소중한 사람이었을 텐데 역시 너무했나 하는 생각에 윤지는 그의 집을 찾았다. 그리고 평소에는 잘 하지도 않는 요리와 와인까지 준비해 그를 기다렸지만 뭘 하다 왔는지 녹초가 된 몸으로 온 신우는 그녀가 만든 스파게티를 뜨는 둥 마는 둥 하며 저녁 내내 넋 나간 듯한 얼굴로 앉아 있었다. 여리 때문인가 싶어 슬쩍 미끼를 던져 봤더니 이 어류 같은 놈은 그를 덥석 물고도 찔리는 기색 하나 없었다. 여자친구인 자기 앞에서 이토록 당당하게 생각이 난다고 말할 수 있는 건 둘 중 하나였다. 정말 그녀가 여자로 보이지 않든가, 그녀 때문에 여자친구인 자신이 보이지 않든가.

"불쌍해서?"

"아니."

신우는 단호하게 말했고, 윤지는 직감적으로 자신이 후자 쪽에 서 있음을 느꼈다. 신우가 며칠 사이 이렇게 해쓱하고 기운이 없어 보이는 건 자신이 아닌 여리 때문에 마음고생을 한 탓이리라. 태어나서 단 한 번도 다른 여자에게 밀려 본 적도, 그런 상상도 해본 적 없던 윤지에게 신우의 선택은 적지 않은 충격이었다.

"솔직히 말해 줘. 지금 니 앞에 있는 나보다 그 여자가 더 보고 싶니?"

신우는 윤지의 말에 그녀를 쳐다보았고, 긍정도 부정도 하지 않았다. 윤지가 지금 왜 그런 질문을 하는 건지 모르는 바 아니었고, 솔직히 말해 달라고는 했지만 정말 그의 솔직한 마음을 그녀가 듣고 싶어 하지 않는다는 것도 알았다. 하지만 솔직히 대답해야만 한다고 생각했다. 더는 그녀도 자신도 속이고 싶지 않았다.

"……미안해."

윤지는 신우의 대답이 어이없어 화가 났다. 그리고 그 분노가 여리를 향했다가 신우를 향했다가 다시 자신을 향했고 결국에는 허탈해졌다. 신우의 마음이 자신이 아닌 여리 쪽으로 가 있음에 화가 났지만 그를 탓할 수 있는 곳이 없었다. 신우더러 왜 그 여자에게 마음을 준 거냐고 따질 수도, 왜 신우의 마음을 가져갔냐며 그녀에게 되돌려 달라며 따질 수도 없었다. 자신에게 오래 머물러 있어 자신의 것이라고 착각했던 것일 뿐, 신우는 처음부터 자신의 소유가 아니었다. 같은 맥락에서 그를 보내 준다는 것도 우스웠다. 그냥 윤지 그녀가 그를 떠나면 그뿐이었다. 그와 함께했던 시간과 그 속의 자신이 아까워서 그렇지, 그게 아프고 힘들까 봐 그렇지 신우를 떼어 낸다고 해서 그녀가 죽는 건 아니었다. 어차피 서로 따로 떨어져 있던 사람들이니 다시 그렇게 살아가면 될 일이었다.

"마지막이 이럴 거라고는 생각 못 했는데. 예쁘게 입고 올 걸 그랬다."

그와의 결혼을 꿈꿔 본 적도 있었다. 예쁜 집에서 그와 함께, 그와 자신을 닮은 아이를 낳고 행복하게 사는 상상도 했었다. 하지만 이미 깨어진 그릇에는 아무것도 담을 수 없었다. 그 그릇이 아깝다고 끌어안고 있는 건 끌어안는 자신만 베이고 찔리는 미련한 짓이었다.

윤지는 의자에 걸어 둔 가방과 외투를 챙겨 일어났다. 신우는 그런 그녀를 따라 대문까지 걸었다. 또각거리는 그녀의 구두 소리를 들으며 그녀의 뒷모습을 보았다. 저 모습에 반해 그녀를 따라갔었고, 그녀에게 고백을 했다. 그리고 2년이 지나 그는 다시 그녀의 뒤를 따라 걷고 있었다.

"이렇게 헤어지면 아쉬울 것 같아서 그런데 나 한 번만……."

대문 앞에서 윤지가 걸음을 멈추더니 홱 돌아서며 말했다. 뒤따라 걷던 신우는 그녀 앞에서 걸음을 멈추었다.

"너 때리게 해줘. 아니 때릴게."

신우가 뭐라 하기도 전에 그의 얼굴로 그녀의 매운 손이 날아들었다. 신우의 뺨은 금세 빨갛게 열이 오르며 부어올랐다. 그를 빤히 보던 윤지가 입을 꽉 다물더니 반대쪽 뺨을 한 대 더 때렸다. 그리고 그것으로도 분이 삭히지 않는지 윤지는 가방으로 신우의 팔이며 등짝을 마구 때렸고 신우는 그대로 맞고 서 있었다.

"그래도 나랑 헤어지고 나서 바로 그 여자한테 당장 달려가지는 마. 그래도 말 안 들을 것 같아서 마음 같아서는 팔다리 다 부러뜨려 놓고 싶은데 나 힘들어서 그만할게."

씩씩거리던 윤지가 심호흡을 몇 번 하더니 옷매무새를 가다듬고 작별인사를 했다. 그녀는 대문을 열고 나가 문을 쾅 닫았고, 신우는 욱신거리는 몸을 끌다시피 대문 쪽으로 가 슬쩍 문을 열었다. 윤지는 자신의 차 안에서 핸들에 고개를 묻은 채 울고 있었다. 그를 보던 신우는 조심스레 문을 닫았다.

헤어지는 그 순간. 상대적이며 절대적이라는 게 바로 이런 순간을 말하는 게 아닐까. 많이 아픈 쪽이 있는가 하면 상대적으로 좀 덜 아픈 쪽도 있겠지만 절대적으로 아프지 않은 쪽은 없었다.

신우는 그녀에게 행복하기를 바란다거나 자기보다 더 좋은 사람 만나라는 말 따위 하지 않기를 잘 했다고 생각했다. 그녀가 그러기를 간절히 바랐지만 자신 때문에 아프고 괴로운 사람에게 그런 허세에 중독된 듯한 말은 양심상 예의상 하면 안 되는 거였다.

이내 대문 밖에서 그녀의 차가 골목을 빠져나가는 소리가 들렸지만 신우는 한참 동안 그곳에 그렇게 서 있었다.

*

며칠째 집 안 청소를 안 했더니 집 안 전체에서 썩는 냄새가 나는 듯했다. 여리는 텐트를 걷고, 텐트 사방으로 널린 옷가지며 사진박스들을 치웠다. 청소기를 돌린 후에는 대대적으로 물걸레질까지 하며 집 안에 쌓인 먼지들을 닦아 냈다. 마지막으로 세탁기를 돌려놓고 나서 여리는 먼지를 뒤집어쓴 몸을 욕실로 향했다. 샤워를 하고 머리를 감았다. 젖은 머리를 수건으로 대충 말아 올리고는 칫솔을 꺼내 치약을 쭉 짰다. 거울을 보며 위아래 구석구석 깨끗이 닦으며 거울에 비친 자신의 모습을 쳐다봤다. 며칠 새 제대로 먹지 못해 해쓱해진 얼굴이며 퀭해진 눈이 안쓰러웠다. 여리는 치약을 뱉어 내고는 거울을 보며 애써 씨익 웃었다.

'공포를 극복하는 법, 이! 웃는다.'

신우를 웃게 만들려고 노력했던 자신의 모습과 결국 환하게 웃어 준 그의 모습이 떠올랐다. 여리는 고개를 가로저었다. 생각하지 않으려고 일까지 그만뒀으면서 집에만 있던 며칠 동안 내내 이런 식이었다. 여리는 다시 무덤덤한 얼굴로 양치질을 했다. 너무 힘주어 벅벅 닦은 탓에 뱉어 낸 양치거품에 피가 보였다.

그때 밖에서 초인종 소리가 들렸다. 택배 기사가 올 일도 없었고, 집에 찾아올 손님은 더더욱 없었다. 장난 많은 동네 꼬마 녀석들도 여리의 집만은 귀신 붙은 집이라며 얼씬거리지 않았다. 신문이나 우유를 받아 보라고 찾아오는 사람도 없었으며, 묘한 종교 단체에서 그 분을 믿으라며 찾아오는 일도 없었다. 여리는 고개를 갸웃하며 물로 몇 번 더 입 안을 헹궈 낸 후 목욕가운을 걸친 채 욕실을 나왔다. 비디오폰으로 누구냐고 물어

봤지만 벨을 누른 사람은 대답이 없었다. 역시 장난치는 건가 싶어 뒤돌아서는데 다시 초인종이 울렸다. 여리는 방으로 들어가 옷을 갈아입고 정원으로 나갔다.

"누구세요?"

그렇게 가열차게 초인종을 눌러 대더니 막상 물으니 대답이 없었다. 여리가 고개를 갸웃하며 집 안으로 들어가려는데 다시 초인종이 울렸다. 여리는 정원을 지나 대문으로 가서 살짝 긴장한 얼굴로 문을 열었다. 역시 아무도 없었다. 여리가 문을 다시 닫으려는데 누군가 슥 나타나 닫히려는 문을 막았다. 여리가 다시 문을 열자 문 앞에 한 여자가 서 있었다.

"오랜만이다. 친구야!"

여리는 낯익은 목소리에 여자를 다시 쳐다보았다. 살이 많이 쪄서 못 알아볼 뻔했지만 분명 저 얼굴은 민정이 틀림없었다. 여리는 반가움에 민정을 끌어당겨 안았고, 민정 역시 그런 여리를 따뜻하게 안아 주며 토닥였다. 민정은 고등학교 1학년 때 캐나다로 유학을 떠났다가 2년 전쯤 다시 돌아왔다. 그동안 전화로 서로 연락은 하고 지냈지만 얼굴을 보는 건 거의 12년 만이었다.

"좀 많이 불었지? 왜 돼지들을 좁은 데 가둬 놓고 밥만 먹이는지 고시 생활 하다 보니 알겠더라."

한참 만에 여리에게서 떨어진 민정이 멋쩍은 듯 하는 말에 여리는 피식 웃었다. 예전에 깡말랐던 몸에 비해 살이 많이 붙긴 했지만 웃으면 쏙 들어가는 보조개며, 밑으로 초옥 쳐져 웃을 때 더 귀여운 눈은 여전했다.

"그런데 연락도 없이 어쩐 일이야?"

"지가 울려놓고는 양심이 아파서 잠이 안 온다고 누가 찡찡거려서."

　민정이 피식 웃으며 옆으로 슬쩍 비켜섰다. 거기에는 처음 보는 여자가 서 있었다. 깡마른 몸매에 왜소한 체구라 덩치 큰 민정 뒤에 서 있으니 아예 보이지 않았던 것이다. 민정의 말을 유추해 보면 이 여자가 유진인 듯했는데 그녀가 말했던 팔등신에서 한참 모자란 등신이었고, 볼수록 귀여운 얼굴도 시크했던 유진의 목소리와는 매치가 되지 않았다. 여리가 상상했던 유진은 딱 봐도 왕언니 포스가 줄줄 흐를 것 같은 스타일이었는데 지금 여리 눈앞에 있는 사람은 그 왕언니가 좀 일찍 사고 쳐서 낳은 꼬마 같았다.

"니가 유진이야?"

　여리의 반신반의하는 얼굴에 꼬마, 아니 여자는 멋쩍은 듯 헛기침을 하며 손을 내밀었다.

"그러니까 뺑도 좀 양심을 갖고 쳐야지. 내가 풍 온다 했지?"

"얼굴 작아서 팔등신 맞거든?"

여리는 낯익은 유진의 목소리에 피식 웃었고, 그녀가 내민 손을 잡으며 와락 끌어안았다. 유진은 얼떨떨해하더니 이내 여리를 안았다. 목소리만 들으면서 한 번은 보고 싶다고 생각했었는데 진짜로 만나게 되니 너무 반가웠고, 그건 유진 역시 마찬가지였다.

"집 놔두고 여기서 이러지 말고 좀 들어가자. 밥 안 먹었지? 고기 사왔어."

"이년은 10년 만에 친구를 만났는데 고기부터 굽냐?"

"이년이! 10년 만에 친구 만나면 뭐 밥 안 먹어도 되냐?"

민정과 유진은 티격태격했고, 여리는 그런 둘의 모습을 보며 며칠 만에 환하게 웃었다.

여리는 정원 창고에서 한동안 안 썼던 그릴과 숯을 꺼내 왔다. 민정이 먼지가 뽀얗게 쌓인 석쇠와 불판을 깨끗이 씻고, 유진은 숯불을 피웠다. 그사이 여리는 집 안으로 들어가 채소와 소시지, 감자와 고구마, 고기와 술을 바구니에 담아 가지고 나왔다.

숯불이 준비되자 민정이 고기를 굽기 시작했다. 유진과 여리는 씻은 채소를 다듬고 감자와 고구마를 호일로 싸며 수다를 떨었다. 이 집에서 이렇게 사람들과 웃고 떠들고 밥을 먹는 게 얼마 만인지 모른다며 여리가 상기된 얼굴로 말했고, 그런 여리를 보며 두 사람은 역시 오기를 잘했다며 웃었다.

"우선 좀 먹고 모자라면 더 굽자."

민정이 고기를 담은 접시를 가져와 테이블에 앉으며 말했다. 유진은 고개를 끄덕이며 고구마와 감자를 숯 위에 얹어 놓고 다시 테이블로 왔다. 유진과 민정은 고기와 술을 먹으면서도 계속 티격태격했고, 여리는 그 모습을 보며 키득댔다.

"그 사람 보고 싶지?"

민정은 다 타들어 가는 숯불을 보다 조심스레 신우의 이야기를 꺼냈다. 여리는 대답 대신 쓸쓸히 웃었다. 그와 사귄 것도 아니고 잠깐 친하게 지낸 게 전부였는데 그를 잊는 게 생각처럼 쉽지 않았다. 그의 여자친구인 윤지가 말했던 것처럼 그는 단지 여리 자신이 불쌍해서 가벼운 호의를 보였을 뿐일 텐데, 자신이 너무 그 마음을 진지하게 받아들였던 것이다. 살아가는 데 일절 도움이 안 되면서 무겁기만 한 그 마음을 내려놓자고, 버리자고 하루에도 수백 번 생각하면서도 그게 말처럼 쉽지 않았다.

"남자가 소극적이라 잘 안 된 거야. 이 로맨틱 코미디는 말이야, 남자가 주도하는 거거든. 드센 여자가 나와도 리드하는 건 남자야. 그래야 여자들이 좋아해요."

유진의 말에 가만 듣고 있던 민정이 그렇게 잘 아는 년이 왜 여태 혼자냐고 톡 쏘아붙였다. 유진은 질세라 원래 주연은 혼자 사는 거라며 맞받아쳤다.

"너는 감초야, 이년아. 착각 좀 하지 마."

"니가 감초야, 이년아. 이 여주인공 친구 같은 년아!"

둘은 다시 티격태격했고, 그런 둘을 보며 여리는 주연이 아니어도 좋고, 떼로 지나가는 군중이어도 좋고, 존재감 없는 엑스트라여도 좋으니 혼자만 아니었음 좋겠다는 말을 꾹 눌러 삼켰다. 유진이 로맨틱 코미디와 실제 연애에 대해 일장연설을 늘어놓기 시작했다. 여리는 그 말을 들으며 그의 방 안 한쪽 벽을 채우고 있던 로맨틱 코미디 디브이디들을 떠올렸다. 아무리 주관적으로, 관대하게 생각해 봐도 슬프게 끝나는 영화는 보지 않는 겁 많은 남자와 일상이 공포인 여자는 도무지 짝이 될 수 없을 것 같았다. 그리고 그에게는 맥 라이언처럼 사랑스러운 눈웃음을 짓고 줄리아 로버츠처럼 매력적으로 웃는 여자친구가 있었다. 그렇게 봄 햇살 같은 여자를 두고 한겨울에 장맛비 내리는 날씨 같은 자신에게 올 리 만무했다.

그때 휴대전화가 울렸다. 민정과 유진은 자신들의 전화를 살피더니 여리를 쳐다보았다. 여리는 전화기의 화면을 보고 제 눈을 의심했다. 처음에는 잘못 본 건가 했지만 쳐다볼수록 그건 신우의 이름과 그의 번호가 틀림없었다. 민정은 울리는 전화를 바라보고만 있는 여리에게 어서 받아 보라는 눈짓을 했다. 잠시 머뭇거리던 여리는 조심스레 전화를 받았다.

"찾았다!"

"네?"

분명 신우의 목소리였지만 뭘 찾았다는 건지 알 수 없었다.

"흑석역 광고사진 찾았다고요."

가끔 듣고도 그게 무슨 말인지 모를 때가 있는데 지금 신우의 말이 여리에게 그러했다. 역의 광고사진이라면 예전에 윤호와 만났던 자리에서 신우가 하도 못생겼다는 식으로 얘기하며 광고 정도는 나와 줘야 한다는 식으로 말해서 발끈해서 잠깐 얘기했던 게 다였던 것 같은데.

"정말 그거 보러 역까지 간 거예요?"

"아니. 우연히 전철 타다가 보니까 딱 보이던데."

"그게 그렇게 딱 보일 사진이 아닌데."

"할 얘기 있는데 잠깐 안 나올래요?"

신우의 말에 여리는 민정과 유진을 보며 친구들이 와 있어서 오늘은 안 되겠다고 했다. 그는 아쉬운 듯 그럼 다음에 보자고 했다. 풀 죽은 그의 목소리에 미안하다며 전화를 끊으려는데, 민정이 여리의 휴대전화를 빼앗듯이 가져갔다.

"바로 갈게요! 이따 봐요!"

통화를 끝낸 민정은 얼떨떨하게 바라보는 여리를 홱 째려보며 그러다 평생 집구석에서 썩겠다며 쏘아붙였다. 늘 담담하고 시크한 유진 역시 한마디 거들었다.

"니가 자꾸 너 속이면 늙어서 너 지금의 너한테 화낸다."

한 번은 더 만나고 싶었다. 그렇게 그의 집에서 나온 후 아무 말 없이 회사를 그만둔 것도 미안했고, 그동안 고마웠다는 말도 하고 싶었다. 이대로 그냥 도망치듯 해버리면 유진의 말대로 나중에 후회할 것 같았고, 그 모두를 떠나서 한 번 더 그가 보고 싶었다. 여리는 결심을 굳힌 듯 자리에서 일어났다. 이미 자리를 치우고 있던 민정과 유진은 여기는 우리가 마저 정리하겠으니 넌 들어가서 꽃단장이나 하라며 등 떠밀었다.

마지막이 될지도 모르는 자리에 꽃단장이 무슨 소용이냐는 여리에게 유진은 "마지막이 될지도 모르니까."라고 대꾸했다. 마지막으로 남겨지는 모습이 되건, 처음으로 예쁜 모습을 보여주는 것이 되건 그 앞에 한 번이라도 예쁜 여자로 서보는 것도 나쁘지 않을 것 같았다.

한편 신우는 통화를 끝내고도 흑석역 안 의자에 앉아 있었다. 그러고는 흘끔 뒤를 돌아보며 피식 웃었다.

윤지와 헤어지고 나서 며칠 동안 신우는 집에만 있었다. 팔다리라도 부러뜨려서 여리에게 당장 못 가게 만들고 싶다는 윤지의 말 때문만은 아니었다. 여리가 그만두고 새로 들어온 파트너가 동선을 익히고 쇼 자체에 익숙해질 시간이 필요했고, 쇼는 일주일 동안 극장 내부 수리를 이유로 쉬기로 했다. 어떻게들안 건지 그동안 연락이 뜸했던 친구들이 술이든 밥이든 먹자고 전화를 걸어 왔지만, 신우는 다른 약속이 있다거나 몸이 별로 좋지 않다는 거짓말로 그 모든 자리를 피한 채 집에만 틀어박혀 있었다.

은둔형도 외톨이 체질도 아닌 그에게 은둔형 외톨이 코스프레는 너무 답답했다. 신우는 며칠 만에 바람이나 쐴 겸 밖으로 나왔고, 버스 정류장을 지나다 붙어 있는 광고 사진에 시선이 멈췄다. 문득 예전에 여리가 윤호와의 소개팅에서 했던 말이 떠올랐다. 그는 마침 정류장에 선 흑석역 가는 버스를 타고 역으로 갔고, 역사 안에 있는 광고사진들을 하나하나 둘러보았다. 하지만 여리의 모습은 좀처럼 눈에 띄지 않았다. 한참 열심히 찾던 신우는 아무리 찾아도 보이지 않자 다리도 아프고 조금 지치는 것 같아 의자에 털썩 앉았다.

근처에서 사람들이 역 주변을 멀티스크린으로 검색하고 있었다. 무심히 그들을 보던 신우는 그들의 대화에서 낯익은 가게 이름을 들었다. '빵 터지는 집'이라면 여리의 집 근처에 있는 베이커리 상호였다. 흔치 않은 독특한 상호였고, 여리의 집에 들르기 전 뭐라도 좀 사서 가야 하나 고민도 했던 터라 똑똑히 기억하고 있었다. 신우는 그들이 가자 멀티스크린 지도에서 여리의 집을 찾기 시작했다. 미로 같은 지도 속에서 여리의 집 즈음으로 보이는 곳을 찾아 그곳을 확대하자 뭔가가 보였다. 사진을 최대한 확대시키자 정원에서 하늘을 향해 두 팔을 벌리고 씨익 웃고 있는 여자가 보였다. 여리였다.

그는 바로 그녀에게 전화를 걸었다. 그동안 고민해 오던 문제의 답이 그녀를 보는 순간 분명해졌고, 그녀의 목소리를 듣는 순간 더 확실해졌다. 그녀를 좋아하고 있다는 것은 분명했지만 그 뒤는 늘 애매모호했었다. 그녀를 감당할 수 있을까? 정확히 말해서 주희가 주는 공포를 이겨 내고, 그녀를 오롯이 사랑할 수 있을까? 그녀에게 상처 주지 않으면서 그녀를 지켜 낼 수 있을까? 자신은 없었고, 애써 용기를 내도 방법은 막막하기만 했다. 하지만 여리가 웃고 있는 걸 보는 순간 웃음이 나왔고, 그녀가 보고 싶어졌다. 그리고 그녀의 목소리를 들으니 조금 더 용기를 내서 그녀 옆에 서고 싶어졌다. 쉽지 않을 뿐이지 방법이나 답이 아예 없는 건 아닐 터였다.

여리는 신우를 처음 만났던 그곳에 내렸다. 신우가 서 있던 자리에는 그가 아닌 다른 마술사가 있었고, 여리는 1년 전을 떠올리며 웃었다. 무슨 말을 하려고 자신을 부른 걸까 하는 생각에 괜스레 초조해져 여리는 마른입술을 깨물었다. 하지만 그의 들떠 있던 목소리를 생각하면 적어도 나쁜 일은 아닐 것 같았다. 여리는 긴장을 털어 내고 신우를 기다리며 마술을 지켜보았다. 그리고 얼마 지나지 않아 그녀의 얼굴은 또 다른 긴장으로 굳었다.

구경하는 사람들 속에 주희가 있었다. 차갑게 자신을 노려보는 그 눈과 마주친 순간, 여리는 저도 모르게 뒷걸음질 쳤다. 하지만 도망친 그곳에도 주희가 있었다. 마치 출구가 없는 미로 속을 헤매는 듯했고, 그 미로는 점점 좁혀들며 여리를 옥죄고 있었다. 하얗게 질린 여리는 더 이상 도망칠 곳이 없자 저도 모르게 앞쪽으로 튀어나갔고, 그 바람에 마술사와 부딪혀 넘어졌다. 사람들이 여리를 쳐다보았고, 여리는 고개를 들어 구경꾼 속에서 주희의 모습을 찾았지만 보이지 않았다. 그 순간 누군가 뒤에서 여리의 머리카락을 틀어쥐었다. 여리의 머리카락 사이로 나온 하얀 손에 구경하던 사람들은 비명을 지르면서도 자리를 떠나지 않고 빤히 쳐다보았다.

여리는 눈을 질끈 감았다. 멍청하게도 잠시 잊어버리고 있었던 것이다. 살아 있는 귀신처럼 외롭게 살라고 했던 주희의 말을, 그 경고를. 손에 잡힐 것 같던 진짜 행복이 비웃으며 저만치 멀어져 가고 있었다. 여리는 점점 숨이 가빠 오고 정신이 아득해졌다.

"와!"

순간, 여리는 가까이에서 느껴지는 따뜻한 체온과 바로 뒤이어 터지는 사람들의 탄성에 놀라 눈을 떴다. 여리가 뒤를 돌아보자 거기에 신우가 있었다. 신우는 여리의 귀 뒤에서 동전을 꺼내 마임을 했다. 동전은 다시 공으로 변했고, 공은 다시 카드로 변했다. 신우는 몇 가지 카드마술을 보여 주고는 마무리를 했다. 사람들은 박수를 치며 "마술이었구나." 하며 조금은 시시해하기도 했고, 신우를 알아본 사람들은 역시 호러 마술의 일인자라며 그의 사진을 찍어 가기도 했다.

신우는 살짝 떨리는 손끝을 애써 숨기며 여리를 바라보았다. 여리는 눈물이 그렁그렁한 눈으로 신우를 보았고, 신우는 그녀를 품에 끌어당겨 안았다. 한두 사람이 아니라 저 많은 사람들 앞에까지 나타나 여리를 괴롭히는 주희가 끔찍하고 무서웠지만 그래도 너무 늦지 않아 다행이었다.

여리도 그제야 긴장이 풀린 건지 신우 품에 안겨 울었다. 그는 그녀를 아기 달래듯 토닥였다. 그녀가 겪고 있는 일이 자신이 하는 마술 같은 거였으면 좋겠다고 생각했다. 허점 하나 없는 완벽한 현실 같지만 엄연히 트릭이 존재하고, 시작이 있으면 끝이 있는 마술처럼 그녀가 겪고 있는 이 일에도 밝혀 낼 수 있는 트릭과 끝이 존재했으면 했다.

조금 진정이 되자 여리는 그의 품에서 살짝 떨어졌다. 신우는 코끝까지 새빨개진 그녀가 안쓰러우면서도 귀여워서 웃음을 터뜨렸다.

"나 만나러 온다고 예쁘게 하고 왔는데 울어서 엉망 돼서 속상하겠어요."

"……좀 고치고 와도 돼요?"

"밥 먹으러 가요. 거기 가서 고쳐요."

신우는 여리의 손을 잡아 이끌었다. 여리는 그를 따라 그가 예약해 둔 레스토랑으로 갔다. 화장실에서 화장을 고친 후 테이블로 돌아온 여리는 그에게 오늘 보자고 한 이유를 조심스레 물었다. 신우는 급한 일 아니니 밥 먹으면서 얘기하자며 주문을 했고, 주문한 음식을 먹으면서는 다 먹고 나서 이야기하자고 했다. 그가 그렇게 미룰수록 대체 무슨 이야기를 하려고 저렇게 뜸을 들이는 건지 알 수 없었지만, 어차피 오늘이 마지막이 될지도 모른다고 생각하고 왔으니 그가 무슨 말을 하더라도 받아들일 수 있을 것 같았다.

다 먹은 음식들이 치워지고 테이블에 커피와 쿠키가 후식으로 놓였다. 여리는 신우의 말을 기다렸지만 그는 여리를 보다 어설프게 시선을 피했고, 여리가 보지 않으면 다시 그녀를 보다 그녀에게 들켰다.

"욕해도 되고, 원망해도 되고, 뭘 해도 좋으니까 말해요."

"욕이랑 원망은 왜요? 욕이나 원망 들을 짓 했어요?"

"아무 말 안 하고 일 그만둔 거 욕먹을 짓이고, 그것 때문에 힘들면 원망 들어도 싸죠. 내가 그렇게 말하고 가서 여자친구분한테 들볶였어도 그럴 만하고. 그러니까……."

"보고 싶었어요. 그것도 아주 많이. 그리고 앞으로도 계속 매일매일 봤으면 좋겠어요."

신우의 말에 여리는 말문이 막혀 그를 처다보았다. 이 남자가 하루 종일 들어도 모르는 소리를 해대는 통에 여리 스스로 '내가 생각보다 많이 멍청한가?' 하는 생각마저 들 정도였다. 버젓이 여자친구가 있는 사람이 이렇게도 당당히 양다리를 걸쳐도 되는 건가 싶기도 했고, 그냥 친구 하자는 건가 하는 생각도 들었고, 다시 회사에 나오라는 소리인가도 싶었다. 그런 여리의 표정을 보던 신우가 답답해하며 다시 말했다.

"양다리도 아니고, 그냥 성별 다른 친구 하자는 것도 아니고 복직 안 해도 돼요. 벌써 와이어 더 잘 타고 연기 잘하는 사람

224

뽑았어요. 우리 사귀자고 말하는 거예요."

예상하지 못했던 신우의 말에 놀란 여리는 들고 있던 뜨거운 커피를 그대로 들이켜다 쿨럭 하며 내뿜었다. 사레가 들려 한참이나 콜록대고 결국 눈물까지 쏙 빼고 나서야 좀 진정이 되는 듯했다.

여리는 신우에게 그의 말을 다시 확인했다.

"그러니까 우리 둘이……?"

"왜, 싫어요?"

"아니 싫을 리가 없잖아요! 아니, 그게 아니고 싫지는 않지만……."

뜨뜻미지근한 여리의 반응에, 내심 여리는 아무런 감정도 없는데 자기 혼자 너무 앞서 나간 건가 싶었던 신우는 여리의 말에 긴장이 풀리며 그제야 웃음이 나왔다.

"아까 그런 일, 아니 그보다 더 끔찍한 일 겪어야 할지도 몰라요. 아니 그럴 텐데 괜찮겠어요?"

여리는 주희를 떠올리며 조심스레 신우에게 물었다. 좋아하고 있는 사람에게 고백을 받자마자 하는 말이 이랬다. 시작도 하지 않았는데 끝을 물어야 한다는 게 비참하고 쓸쓸했지만 묻지 않을 수 없었다. 만약 오늘 주희와 그렇게 맞닥뜨리지 않았다면, 지금과는 다른 반응과 다른 말들을 그에게 했을 것이다.

윤지와는 어떻게 된 건지, 왜 갑자기 자신에게 이런 고백을 하는 건지 물었을 것이고, 그의 대답을 듣고 아니, 그가 거짓말이나 농담을 한다 해도 속는 셈치고 그의 고백을 받아들였을지도 모르겠다. 하지만 그건 말 그대로 만약이라는 가정이었고, 주희를 만난 건 맞닥뜨린 현실이었다.

"각오하고 있어요. 쉽지는 않겠지만."

신우는 여리를 보며 담담히 말했다. 시작도 하기 전에 끝을 떠올려 본 건 신우도 마찬가지였다. 간단히 무시할 수 없는 두려움이 있었고, 그것들이 며칠 동안 신우를 주저하게 만들었다. 하지만 일어나지도 않은, 어쩌면 일어나지 않을지도 모를 일 때문에 자신의 감정을 속이고, 그녀에게서 도망치는 게 싫었다. 그런 신우의 선택의 비웃기라도 하듯 오늘 주희는 다시 나타났고, 그는 또 한 번 흔들렸다. 하지만 그는 그녀에게서 도망치지 않고 여리를 지켜냈다. 여리가 그의 품에 안겨 울었을 때, 신우는 그녀를 달래며 흔들렸던 자신의 마음도 다잡았다. 조금은 무모해 보일지 몰라도 지금 당장만 생각하고 자신에게 솔직해지기로 결심한 것이다. 신우는 자신의 마음을 솔직히 그녀에게 털어놓았다.

"신우 씨, 나 만나려면 보험 들어야 돼요."

"하나 있어요."

"하나 가지고는 어림없어요. 상해, 생명 다 들어요. 짱짱한 걸로."

"그럴게요."

보험이 모든 역경과 고난을 막아 주고 이기게 해줄 슈퍼패스가 돼주지는 않겠지만, 주희가 끼칠지도 모를 물리적 신체적 피해에 대한 손해배상은 해줄 수 있을 터였다. 지금 이 자리에서 당장 할 수 있는 것들은 다했다. 그의 마음도 확인했고, 그로 인해 여리 자신의 마음도 더 확실해졌고 보험 확인도 끝냈다. 여전히 주희는 두려웠지만 어렵사리 용기를 내 자신의 곁으로 한 걸음 다가와 준 그를 밀어내고 싶지 않았다. 그가 솔직히 다가온 만큼 여리 역시 그에게, 자신에게 솔직해지고 싶었다.

여리는 결심을 굳힌 듯 신우를 보며 말했다.

"앞으로 신우 씨한테 일어나는 일, 도와줄 수는 있지만 책임은 못 져요. 나중에 이럴 줄 몰랐다, 너 때문에 내 인생 망쳤다, 나쁜 년, 무서운 년 하고 욕하지 말고 정신적 육체적 손해배상도 걸지 마세요. 대신, 그 전에 너무 힘들다 싶으면…… 그냥 도망가요."

영화 〈조제, 호랑이 그리고 물고기들〉에서 츠네오가 조제를 떠나갔던 것처럼.

츠네오는 조제에게서 도망갔지만, 그녀를 속이거나 배신하지는 않았다. 감당할 수 있을 거라 생각했지만 현실은 그렇게 녹록하지 않았고, 츠네오는 결국 그녀에게서 도망쳤다. 다리가 불편한 조제가 자신을 쫓아올 수 없다는 걸 뻔히 알면서도 숨이 턱 끝까지 차오를 만큼 도망친 츠네오가 숨을 헐떡이며 우는 장면에서 여리는 펑펑 울었다.

그리고 내가 사랑하는, 하지만 끝내 나와 함께할 수 없을 사람이라면 꼭 저렇게 떠나가 주었으면 했다. 언젠가 민정에게 이런 이야기를 했을 때, 그녀는 말랑말랑한 동화의 엔딩처럼 '행복하게 살았습니다'를 물 떠놓고 빌어도 모자랄 판에 뭐 그런 청승맞은 엔딩을 바라냐며 여리를 향해 쏘아 댔지만, 여리는 그게 맞다고 생각했다.

여리 자신을 속이는 건 아무래도 괜찮았다. 그럼 마음껏 원망하고 미워할 수라도 있으니까. 하지만 그가 자기 자신마저 속이며 행복하다고, 괜찮다고 하는 건 싫었다. 그건 자신을 더 작고 초라하게 만들 것 같았다. 원망하고 미워하는 마음은 독기가 있을지언정 생기라도 있지, 작고 초라해지면 그대로 사라져 버릴 것만 같았다. 그건 너무 끔찍했다.

신우는 잠시 말이 없었고, 여리는 아주 잠깐이라도 그가 절대 도망가지 않을 거라고 말해 주지는 않을까, 하는 작은 기대를 했다. 당장에만 듣기 좋은 말이라 할지라도, 설혹 거짓말이라고 할지라도 기대하게 되는 건 어쩔 수 없나 보다. 그래, 그와 함께

할 꿈같은 시간이 얼마나 갈지는 몰라도, 쉬는 시간 10분 동안 자는 쪽잠일지, 10시간 이상 푹 자게 되는 숙면일지는 몰라도 지금은 깨어야 할 시간이 아니라 잠들기 직전의 시간이었다. 그러니 조금은 이런 달콤한 상상을 하는 것도 괜찮지 않을까?

"그럴게요."

신우의 대답에 여리는 피식 웃었다. 기대는 엇나갔지만 그래도 꿈에서 깨어날 때 그리 힘들지 않을지도 모른다는 생각이 들었다.

"이제 나 말해도 되죠? 음, 휴대전화 요금 커플요금제로 바꿔요. 단축번호도 1번으로 하고. 아, 그리고 각종 기념일 100일, 짜장면 데이, 이런 건 하지 마요."

커플요금제도, 단축번호도 왠지 낯간지러운 느낌이었지만, 늘 티브이나 영화에서 보던 얘기를 현실에서 하게 되니 그리 나쁘지만은 않았다. 하지만 같은 맥락에서 각종 기념일과 100일도 내심 기대하고 있었는데 하지 말자니 조금 서운했다.

이미 많이 해봐서 질린 걸까? 그런 건 사소하다고 생각하는 걸까? 아님, 언제 끝날지 모르니까 날짜를 세는 게 의미 없다고 생각하는 걸까? 그래서 헤어지고 나서 해마다 찾아오는 매월 14일을 볼 때마다 덜컥 마음에 걸리는 일이 없도록 하고 싶은 걸까?

"그럼 생일도?"

"생일은 챙겨 주고."

여리는 신우의 대답에 내심 다행이라는 생각을 하면서 굳었던 표정을 조금 풀었다. 정말이지 생일만큼은 더 이상 혼자 보내고 싶지 않았다. 혼자 케이크를 사고 혼자 초를 꽂고 노래를 부르고 촛불을 불면서 이루어지지도 않을 소원을 비는 것도, 혼자 생일 케이크를 처리하느라 3일 내내 케이크만 먹는 것도 더는 싫었다.

마치 조인식을 하듯 서로의 요구 사항과 약속 이행을 서명하는 것 같았다. 그렇게 오늘부터든 내일부터든 1일이 되는 거겠지. 서로를 방해하지 않는 선과 방해하는 선을 왔다 갔다 하며 영화 보고 밥 먹고 떠들고 놀러 가고 그렇게 연애라는 게 흘러가는 거는 거겠지. 문득 오래전부터 꿈꿔 왔던 연애가, 겁나고 조심스럽기만 했던 연애가 뚜껑을 막상 열어 보니 별거 아니구나 하는 생각이 들었다.

여리의 시금털털한 표정을 보며 신우가 왜 그러냐고 묻자, 여리는 "연애도 별거 없네요." 하고 중얼거리듯 대꾸했다.

"아니, 뭘 기대한 거야?"

"글쎄요……."

평생 연애 한 번 못 해보고 죽는다고 해도 어쩔 수 없다고 생각하고 반쯤 포기한 적도 있었지만, 그 와중에도 분명 두근거림과 설렘은 있었다. 만약 연애를 하면 어떤 일이 일어날까, 그와 자신이 어떤 모습일까 궁금하기도 했다.

하지만 연인들이 흔히 하는 단축번호 1번과, 커플요금제를 기본 매뉴얼처럼 장착하면서 각종 기념일은 빼버리니 플러스 마이너스 제로 같았다. 각종 계산들과 매뉴얼들이 모두 거품처럼 사라지고 나니 가장 중요한 그와 자신 이렇게만 명확히 들어왔다. 두 사람이 하는 것, 그래 연애가 그럼 혼자 하거나 셋, 넷 단체로 하는 거겠어? 둘이 하는 거지. 별거 없네. 따위의 생각이 들었다.

신우 역시 막상 준비했던 말을 다 털어놓고 나니 시원하면서도 어딘가 허전했다. 정말 며칠 동안 고민하고 준비했던 이 시간이 무슨 계약을 체결하는 듯한 자리가 된 것 같기도 했다. 뭐랄까, 자리에서 일어나 악수라도 하면서 사진을 찍어야 할 것 같은 느낌이랄까.

"잘해 봐요 우리. 잘 부탁해요."

여리가 갑자기 일어나더니 옆으로 와 손을 불쑥 내밀며 말했다. 신우는 그녀 역시 같은 생각을 하고 있었던 건가 싶어 피식 웃었다. 여러 번 연애를 했지만 이런 시작은 없었다. 어설프고 서툴기 짝이 없는 고등학교 때 첫 연애조차도 이렇지는 않았다. 하지만 이런 시작이, 그녀가 나쁘지 않았다. 신우는 말없이 그녀가 내민 손을 잡았다. 그러고는 휴대전화를 꺼내 인증샷을 찍었다.

그렇게 그녀와의 연애가 시작되었다.

3. 달콤 살벌한 연애

"너도 귀신이야?"

신우가 그렇게 묻는 것도 무리는 아니었다. 그렇게 매정하게 떠날 때는 언제고,

프랑크푸르트로 날아가고 있어야 할 사람이 자기 집 대문간에 앉아 있으니.

"왜 왔어? 그렇게 독하게 떠날 때는 언제고?"

"자자고 꼬셔 놓고 겨울 이불 빨래를 시키냐?"

"이불을 빨아야 덮고 자지. 잔말 말고 밟아."

신우는 대야에 담긴 이불 호청들을 퍽퍽 밟았고, 여리는 피식 웃으며 주전자로 끓여 온 따뜻한 물을 고무 대야에 부었다.

어느덧 계절은 겨울을 지나 봄을 맞고 있었다. 아직 봄이라기에는 매서운 바람이 아침저녁으로 쌀쌀한 공기를 만들었지만, 그래도 한낮은 따뜻했다.

그와 함께 겨울을 보내고 봄을 맞을 수 있을 거라고는 생각하지 못했었다. 짧으면 며칠, 길어야 한 달 정도가 아닐까 했는데 벌써 100일이 다 되어 가고 있었다. 함께 크리스마스를 보냈고, 작년 마지막 날과 첫날도 함께였다. 여리는 태어나서 처음으로 연말에 텔레비전에서 듣는 게 아닌 실제 보신각 타종 소리를 들었고, 그 길로 울산으로 내려가 지난번에 보지 못했던 일출도 그와 함께 보았다.

'하루만 더 행복하게 해주세요.'

그가 무슨 소원을 빌었냐고 묻다 지쳐 삐치는 걸 보면서도 여리가 끝내 말해 주지 않은 소원이었다. 그와 함께 밥을 먹고, 자고, 일어나는 일상이 행복했고, 영화나 연극을 보러 가거나 놀이동산에 놀러 가는 것처럼 어쩌면 다른 사람들에게는 별 대수로울 것도 없는 일들이 여리에게는 감격스러울 정도로 특별했다.

그사이 주희가 그들을 찾아오지 않은 건 아니었다. 개장 이래 단 한 번도 고장이 없었던 놀이기구가 여리와 신우가 탄 그 시각 한동안 기계 오작동으로 멈춰 섰다. 연극을 보러 간 극장에서는 암전이 아닌 타이밍에 전체 조명이 나가기도 했다. 주희는 그 순간마다 여리와 신우의 앞에 나타났고, 여리는 신우를 살폈다. 그는 태연한 척하려 했지만 살짝 떨리는 손끝이며 등 뒤로 흐르는 식은땀은 숨길 수 없었다. 한동안 시간과 장소를 가리지 않고 나타나던 주희는 언젠가부터 두 사람 앞에 나타나지 않았다. 하지만 여리가 혼자 있을 때는 이따금씩 찾아와 끔찍한 공포를 안겨 주고는 사라졌다. 신우에게도 그가 혼자 있을 때 찾아가 괴롭히는 게 아닐까 걱정스러웠지만, 다행히 그런 일은 없는 듯했다. 그에게 작은 것 하나 숨기거나 거짓말하고 싶지 않았지만, 최근에야 안정이 되어 가는 듯한 그를 다시 불안하게 만들고 싶지 않아 여리는 주희에 관한 이야기만은 가능한 숨기고 피했다.

"나 신데렐라가 왜 춤바람 났는지 알 거 같아."

신우는 이불 속통을 햇빛에 널며 진지하게 말했다. 지난번에는 백설 공주가 오냐오냐 큰 공주가 버릇이 없자 새엄마가 난장이 특별캠프에 보내서 개과천선한 이야기라더니, 이번에는 또 무슨 소리를 하려나 싶어 여리는 그를 가만 쳐다봤다.

"하루 종일 빨래하고 청소하고 그러는데 어떻게 춤바람이 안나겠어? 머리가 도는 것보다 춤바람 나는 게 훨씬 낫지. 나도 춤바람 나고 싶어."

"아까 대야 안에서 춤바람 났던데 또 무슨? 이거나 같이 짜줘."

여리는 신우가 발로 밟아 빤 호청을 깨끗한 물로 몇 번 행구고는 신우를 불렀다. 신우는 끝없이 부려먹는 여리를 홱 째려보면서도 여리 쪽으로 왔다. 두 사람은 각각 호청의 끝을 잡고 돌렸다.

어느 정도 물기가 빠진 호청을 여리와 함께 탁탁 털면서 신우는 어제 공연에 굉장히 예쁜 여자가 골수팬이라며 찾아왔다는 얘기를 헤벌쭉 웃으며 했다. 가만 듣고 있던 여리는 갑자기 호청을 놓았고, 그 바람에 신우는 잔디에 벌러덩 자빠졌다. 여리는 홱 째려보더니 집 안으로 들어갔고, 신우는 구시렁거리며 호청을 탁탁 털어 건조대에 널었다.

여리와 사귀는 3개월이 쉽지만은 않았다. 그래도 다시 처음으로 돌아가서 사귈지 말지 정한다면 신우는 망설임 없이 사귀는 쪽을 택할 것 같았다. 생각보다 지저분하고 애정표현도 서툴렀지만, 작은 것에 기뻐하고 감동할 줄 알고 거짓말과는 거리가 멀었다. 그리고 무엇보다 그녀 앞이라면 꾸미거나 덧씌우지 않고 자신을 있는 그대로 보여 줄 수 있었다. 그녀가 주는 그런 편안함과 따뜻함이 좋았다. 이 여자를 정말 사랑하고 있다고 느낀 건 신우가 해외 공연 때문에 처음으로 일주일 정도 떨어져 있었을 때였다.

전화로는 잘 지낸다고 했으면서 막상 공항에서 보니 얼마나 울었는지 눈이 통통 부은 여리가 신우를 보자마자 울면서 달려와 안겼다. 떨어져 있던 그사이 여리가 신우를 얼마나 그리워하고 필요로 했는지, 그 역시 그녀를 얼마나 사랑하고 있는지 깨달았던 그날, 두 사람은 처음 같이 잤다. 그리고 그날 이후로 신우의 농노 같은 생활은 시작되었다.

한밤중에 달려와 그녀의 집 전기 콘센트를 수리하라지를 않나, 황금 같은 오프에 도배를 하라지를 않나. 나중에는 여리 소유의 논밭이나 과수원이 없다는 걸 하늘에 감사할 정도였다. 쉬는 날 쉬지 못하고 일하다 공연장으로 가면 속도 모르는 우영이나 피디가 신우의 퀭한 눈과 해쓱한 얼굴을 보고 저들끼리 키득거리고는 "쉬어가면서 좀 해. 무리하다 병난다."며 지나가곤 했다.

한 번은 참다 참다 "왜 이렇게 못 부려 먹어서 안달이야? 내가 머슴이야 남자친구야?"라고 버럭 하자 잠시 주저하더니 "그동안은 혼자 거실에서만 지내서 집이 이런 줄도 몰랐고, 그냥 보고 싶다고 하면 뭔가 창피해서. 미안." 하고 말끝을 흐렸다. 그 모습이 귀여워 내려던 화도 잊어먹고 그냥 안아 버린 게 오늘 겨울 이불 빨래에까지 동원되게 만들었다. 제 눈 제가 찌른 격이니 어디 하소연할 곳도 없었다.

"뭐 먹고 싶어? 월남쌈 먹을래, 쌀국수 먹을래?"

여리가 냉장고를 뒤적거리며, 거실 소파에 널브러져 야구를 보고 있는 신우에게 물었다. 신우는 잠시 고민하다 "월남쌈." 하고 말했다. 여리는 알겠다고 하더니 냉장고 안의 갖은 채소와 고기를 꺼내 채 썰기 시작했다.

농노니 노예니 해도 저런 모습을 보는 게, 그녀와 같은 공간 안에서 지내는 게 신우는 좋았다. 같이 청소를 하고, 빨래를 하고, 뭔가 뚝딱거리며 같이 만들기도 하고, 여리가 요리를 하고 그 음식을 같이 먹는 게 좋았다. 저녁을 먹고 설거지를 같이하며 이런저런 얘기하다 장난도 치고, 텔레비전의 코미디 프로그램이나 영화를 딱 달라붙어 보다 옆의 여리를 보면 히죽 속없는 웃음이 새어나오기도 했다.

그리고 뭔가를 꼭 같이하지 않아도, 서로가 곁에 있다는 건 알지만 의식하거나 신경 쓰지 않아도 된다는 게 편했다. 신우는 신우대로, 여리는 여리대로 자기가 하고 싶은 걸 했고, 그러다 자연스럽게 그가 그녀 곁으로 가거나 그가 하는 걸 그녀가 같이하고는 했다.

거실 소파에 올려 둔 여리의 휴대전화가 울렸다. 신우는 전화기를 들고 부엌으로 가서 여리에게 휴대전화를 건넸다. 여리가 전화를 받는 동안 신우는 여리가 채 썬 채소를 그릇에 담고, 고기를 볶았다. 여리는 뭔가 난감한 얼굴로 통화를 했다. 신우는 그런 그녀를 흘긋 보며 볶은 고기와 새우, 버섯을 그릇에 담고, 게살과 파인애플도 따로 담았다.

"야!"

이것저것 주워 먹고 있던 신우는 여리 목소리에 깜짝 놀라 그녀를 쳐다보았다. 여리는 고개를 저으며 신우더러 한 말이 아니라는 듯 고개를 저었다. 그러더니 결국 힘없이 전화를 끊고 신우를 보았다.

"왜 그래? 민정 씨 전화 아니었어?"

"맞아."

"그런데 표정이 왜 그래?"

"10분 안에 쳐들어오겠대. 집 안 꼴 엉망인데. 자기 그 옷 말고 다른 옷 없어?"

여리는 중얼거리며 거실에 널린 옷이며 쓰레기들을 후다닥 치웠다. 신우는 급히 자신의 모습을 훑었다. 이불 빨래 하면서 베잠방이처럼 둘둘 걷어붙인 트레이닝 바지와 살짝 늘어난 티셔츠. 너무 꾸밀 필요도 없었지만 그래도 처음 보는 여리 친구들을 이런 모습으로 만나는 건 좀 그랬다. 신우는 급히 대문 앞에 세워 둔 차로 가서 트렁크를 뒤졌다. 검은 비닐봉지에 언제 넣어 둔 건지 모를 청바지 하나가 있었다. 꺼내 보니 길이도 조금 짧고 품도 좁은 게 우영의 것인 듯했지만, 무릎 튀어나온 트레이닝 바지보다야 나을 것 같아 그거라도 집어 들고 집으로 돌아왔다.

옷을 갈아입고 나온 신우는 텐트 안에 온갖 잡동사니들을 담아 옮기는 여리를 도와 안방에 텐트를 밀어 넣었다. 어느 정도 말끔해진 집 안과 자신들의 모습을 찬찬히 둘러보던 그때, 초인종 소리가 울렸다. 신우는 살짝 긴장했다. 유진과 민정의 이야기야 여리에게 워낙 많이 들어왔고, 전화 통화도 몇 번 한 적도

있었지만 실제로 보는 건 처음이었다. 걸걸한 민정과 시크함이
뚝뚝 떨어지는 유진, 어느 쪽도 만만하게 볼 수는 없었다.

민정은 이번에도 고기를 사왔고, 그렇지 않아도 만들어 둔 월
남쌈 재료가 넷이 먹기에는 부족하던 차에 여리는 잘됐다고 생
각했다. 여리는 민정과 유진을 정원 테이블에 앉히고 신우에게
는 정원 창고에서 그릴을 꺼내 달라고 부탁했다. 그녀들과 형식
적인 인사를 나눈 이후 동물원 원숭이처럼 구경당하고 점수 매
겨지고 있던 신우는 할 일을 던져 주는 여리가 고마웠다. 신우
는 창고에서 그릴을 꺼내서 석쇠와 그릴도 닦았다.

예전에도 여자친구의 친구들을 만나 본 적 있었지만 이렇게
소수의 인원이 강력한 포스를 뿜어 내는 건 겪어 보지 못했었
다. 처음에 넉살 좋게 농담도 건네 봤지만 심드렁한 민정과 정
색하며 단칼에 자르는 유진의 반응에 백기를 들었다. 뭘 좋아하
고 뭘 싫어하는지 기본적인 성향을 파악할 시간이 필요했다.

신우는 고기를 구웠고, 민정과 유진은 그동안 매긴 점수표를
여리에게 내 보였다.

"야, 잡지에서 보던 것보다 훨씬 멋있는데?"

"동감. 기절할 정도로 미남은 아니지만 훈남이라고만 하기에
는 많이 아까워."

그 외에도 자상하고 착하고 귀엽고 일도 잘하고 돈도 잘 버

니 담력만 조금 더 키우면 완벽하겠다는 찬양을 늘어놓았다. 먼 발치서 안 듣는 척하면서 다 듣고 있던 신우는 그 말에 긴장이 조금 풀리는 것 같았다.

신우는 고기가 구워지는 대로 테이블로 가져왔고, 다시 그릴 쪽으로 가 고기를 구웠다. 여리는 이불 빨래를 비롯해 계속 일만 시키고 제대로 못 챙겨 주는 것 같아 쌈이라도 싸서 먹여 주고 싶은데 민정과 유진에게 눈치 보이고 부끄러워서 주저주저했다. 유진이 땀 흘리는 선배 수건 챙겨 주고 싶은데 쎕힐까 봐 눈치 보는 여고생이냐고 했고, 민정 역시 신경 쓰지 말고 닭털 폴폴 날리며 달달하다 못해 설탕물 질질 흘러도 좋으니 맘껏 연애질 하라며 여리를 떠밀었다. 그리고 자기들이 떠밀어 놓고는 서로 먹여 주고 챙겨 주는 두 사람을 보며 쓸쓸해하는 유진과 민정이었다.

아직 봄이라고는 하지만 저녁이 되자 쌀쌀해졌다. 고기를 먹고 늘어져 있던 네 사람은 서둘러 테이블을 치우기 시작했다. 하지만 처음에 같이 치우던 민정과 유진은 잠시 한눈파는 사이 사라졌고, 나머지는 신우와 여리가 다 치웠다. 설거지까지 해놓고 나니 노곤해져서 서로에게 기댄 채 소파에 앉아 있으니 졸음이 밀려오는 듯했다.

"어허! 아직 해도 안 떨어졌는데."

어디선가 다시 쳐들어온 유진과 민정이 서로의 어깨에 기대 잠들어 있는 신우와 여리를 깨웠다. 그러더니 두 사람의 눈을 가리고 정원으로 데리고 갔다. 쌀쌀한 날씨에 미적미적 붙어 있던 잠이 화들짝 깨는 듯했다.

"하나 둘 셋! 100일 축하해!"

민정이 셋까지 세었고, 유진과 민정은 동시에 여리와 신우를 가리고 있던 손을 치웠다. 여리는 테이블 위에 놓인 샴페인과 케이크를 보며 얼떨떨해했고, 그건 옆에 있는 신우도 마찬가지였다. 초들을 빡빡하게 꽂은데다 바람도 세게 불어서 케이크 위는 마치 불타고 있는 것 같았다. 유진은 다 태워 먹기 전에 어서 소원 빌고 끄라고 두 사람을 재촉했다.

신우와 여리는 각자 소원을 빌고는 서로를 보았고, 같이 촛불을 불어 껐다.

"100일 같은 건 안 챙긴다고 했다면서요? 여리가 살짝 섭섭해하는 것 같아서 우리가 대신 챙겼어요."

케이크를 먹으며 민정이 하는 말에 신우는 여리를 쳐다보았다. 하고 싶으면 하고 싶다고 말하지 이렇게 한 다리 건너서 듣게 되니 여리에게 미안하기도 했고 서운하기도 했다. 여리는 괜찮으니 신경 쓰지 말라는 듯 고개를 가볍게 저으며 웃었다. 신우는 그런 여리의 반응에 더 난감해졌다. 100일을 챙기지 않는 것도 모자라 깜빡한 사람이 된 것 같았다.

100일이라고 꼭 무슨 이벤트를 해줘야지 하는 건 없었지만, 그래도 오늘 저녁에 여리가 좋아하는 레스토랑에 가려고 예약까지 해뒀는데 민정과 유진이 오는 바람에 취소했었다. 하지만 구차하게 설명하면 더 초라하고 지질해질 것 같아 신우는 애써 태연한 척 웃었다.

"그런데 왜 100일 같은 거 안 챙겨요?"

"살면서 내가 며칠째 살고 있구나, 오늘은 며칠째니까 특별히 뭘 해야지, 그러지는 않잖아요? 그냥 하루하루 재밌게 오래오래 살면 그걸로 좋고, 여리랑은 그렇게 사귀고 싶어서요."

신우가 제 속내를 털어놓는 게 영 부끄러운지 뒷머리를 긁적이며 말했다. 민정과 유진은 만족스러운 대답을 들은 면접관처럼 마주 보며 웃었다.

"요즘은 걔 안 오지?"

민정이 물었고, 여리는 신우를 흘긋 보고는 고개를 끄덕였다. 유진은 메뚜기도 한철이라더니 걔도 이제 철 지나서 하늘나라로 돌아간 것 같다며 빈 잔에 샴페인을 따랐다. 유진이 잔을 들자, 나머지 셋도 잔을 들었다. 유진이 두 사람의 100일과 주희로부터 해방을 축하하는 말을 했고 네 명은 잔을 부딪쳤다. 잔이 부딪치면서 나는 청량한 울림이 봄밤에 퍽 잘 어울렸다.

하지만 이내 추위를 이겨 내지 못하고, 네 사람은 집 안으로 들어왔다. 술은 샴페인에서 맥주로, 다시 소주로 바뀌었다.

"야, 이제 그 망할 것도 사라졌으니 많이 많이 행복해야 돼. 우리가 죽을 때까지 니 옆에 있어 줄게."

"야, 그만 마시고 일어나."

"왜? 지금 다들 분위기 좋고 신나는데. 왜 벌써 일어나?"

"정말 지금 다들 분위기가 좋고 신나는 것 같아? 우리가 오늘 뭘 축하해 주러 왔는지 까먹었어?"

살짝 취해 기분 좋게 떠들던 민정을 유진이 눈치를 주며 잡아 일으켰다. 민정은 유진의 말을 이해했다는 듯 외투를 챙기며 의미심장하게 웃었다. 유진은 자신과 민정의 가방을 챙기면서 신우에게 대문 앞에 세워 둔 차까지만 민정을 부축해 달라고 부탁했다. 유진은 먼저 차로 갔고, 여리와 신우는 취기 때문에 살짝 비틀거리는 민정을 양 옆에서 꼭 붙든 채 대문 앞까지 나가 차에 태웠다.

유진이 축하해 주러 와서 민폐만 끼치고 간다고 하자, 신우는 아니라고 손사래를 치며 덕분에 즐거웠다고 했다. 민정은 차창 너머로 주희 욕과 여리와 신우 두 사람을 축하하는 말을 번갈아 해댔다. 유진은 신고 들어오기 전에 철수해야겠다며 차에 올라탔다. 여리와 신우는 골목을 빠져나가는 차를 향해 손을 흔들었다.

두 사람은 난장판이 된 거실을 대충 치우고, 설거지는 내일 하기로 했다. 낮부터 이불 빨래에 갑작스러운 손님맞이에 술까지 마시고 나니 너무 나른하고 졸렸다.

"오늘도 텐트?"

신우가 물었다. 여리는 잠시 고민하다 고개를 저으며 안방 침대에서 자자고 했다. 그렇게 말하는 여리 눈에 피곤이 뚝뚝 묻어나는 것 같아 신우는 여리에게 먼저 씻으라고 했다. 그사이 안방에 숨겨 놓듯이 한 텐트를 다시 거실로 가져와 텐트를 해체했다. 이것도 자주 치고 해체하다 보니 어느덧 익숙해진 듯했다. 처음에는 어디서 어떻게 시작해야 할지조차 몰랐었는데.

100일이라는 시간이 긴 시간은 아니지만 그리 짧지도 않았다. 많이는 아니지만 서로를 변하게 했고, 앞으로를 기대하게 만들기에는 충분한 시간이었다. 신우는 해체한 텐트를 가방에 담아 다용도실에 밀어 넣었다. 놀러 갈 때가 아니면 다시 꺼낼 일이 없기를 바라면서.

소파에 잠깐 앉아 쉰다는 게 그만 잠이 든 모양이었다. 여리의 씻고 자라는 잔소리에 신우는 비몽사몽 욕실로 가 씻었다. 저렇게 졸면서 씻다가 욕실에서 자빠지는 건 아닌가 걱정스러웠지만 다행히 그런 일은 없는 듯했다.

여리는 안방 침대에 누워 있는 게 왠지 어색하고 부끄러웠다. 텐트에서 같이 자는 건 아무렇지도 않았는데 침대는 뭔가 낯설기도 하고 기분이 좀 묘했다. 뭐라 명쾌하게 설명할 수는 없지만 한 번 의식하니 자꾸 신경이 쓰였다. 신우가 젖은 머리를 털며 나오는 것도, 스킨을 바르는 것도, 여리를 보며 씨익 웃는 것도 하루 이틀 본 게 아닌데 오늘 따라 야해 보이는 건 여리 자신이 침대에 누워 있기 때문일 거라는 생각을 했다.

"너 얼굴이 데친 문어 같은데, 열나는 거 아냐?"

"열 안 나. 잘 자."

괜히 무뚝뚝하게 대꾸하고는 여리는 이불을 머리끝까지 뒤집어썼다. 신우는 그런 여리를 보며 피식 웃고는 안방의 불을 끄고 어둠 속을 더듬어 여리가 있는 침대로 가 여리의 옆에 누웠다. 신우도 막상 눕고 나니 여리 얼굴이 왜 그랬던 건지 십분 이해가 가고도 남을 것 같았다. 신우는 여리의 몸을 지익 끌어왔고, 여리는 그대로 끌려 와 안겼다.

"우리 지난 100일 동안 그랬던 것처럼 앞으로도 같이 재밌게 살자."

여리는 대답 대신 신우를 더 꽉 끌어안았다. 신우는 웃으며 여리의 머리에 입을 맞췄다.

사람들은 매순간을 자신이 기억한다고 생각한다. 기쁘고, 화나고, 슬프고, 즐겁고, 그 모든 순간을 기억한다고 말이다. 힘든 순간들에는 왜 이렇게 이 시간이 진창처럼 헤어 나오기가 힘이 드냐고 하고, 즐거운 순간들에는 절대로 이 순간을 잊지 않겠다고 단언한다. 하지만 시간이 흐르고 흐르면 힘든 순간도, 즐거웠던 순간도 모두 공평한 조각으로 남는다. 그리고 그 모두가 하나의 통 안에 담겨 그 통을 꺼내 보는 그 시점의 기분으로 그 모두를 다시 추억하게 된다. 돌이켜 생각하는 그 순간이 행복하다면 과거는 행복했던 일이 더 많은 것으로 기억되고, 그 순간이 불행하다면 과거는 불행했던 일이 더 많은 것으로 기억된다.

하지만 행복이 행복으로, 불행이 불행으로 이어진다고 해서 받아들이는 것도 그를 따라가지는 않는다. 불행했고, 지금도 불행하지만 그 과거를 이겨 내고 여기까지 왔으니까 이번에도 잘 이겨 낼 수 있을 거라는 희망을 가질 수도 있는 것이다.

지난 100일이 두 사람에게는 그랬다. 늘 기쁘고 재미있었던 것만은 아니었지만 그래도 지금 행복했고, 지나간 그 시간들을 행복하고 아름답게 추억할 수 있었다. 그리고 앞으로의 시간들도 그렇게 만들 수 있을 거라고 조심스럽게 자신해 보는 것이다. 신우는 어느새 그의 품 속에 잠든 여리를 사랑스럽게 바라보다가 이내 그 역시 잠이 들었다.

예전에 사고가 났던 그 강가에 민정과 유진이 피투성이가 된
채 쓰러져 있었다. 주희가 신우를 데리고 물속으로 걸어 들어갔
다. 여리가 신우의 이름을 목이 터져라 불렀지만, 신우는 주희
를 따라 점점 더 강 깊숙한 곳으로 들어갈 뿐이었다. 여리가 신
우를 쫓아가 그를 잡았다. 그는 처음 보는 사람인 듯 여리를 낯
설게 바라보았다. 여리가 신우의 앞을 막아섰지만 그는 여리를
매몰차게 내치고는 주희의 손을 잡았다. 여리가 다시 몸을 추
스르고 일어났을 때 신우는 이미 물속으로 사라져 가고 있었다.
여리는 첨벙대며 그가 있는 곳까지 뛰었다. 턱 밑까지 물이 차
올랐다. 여리가 다시 신우의 손을 잡고 밖으로 이끌었지만, 신
우는 꿈쩍도 하지 않았다. 신우를 잡고 있는 손에 점점 힘이 빠
지는 듯하더니 이내 여리의 몸도 강바닥 밑으로 내려앉는 듯했
다. 여리는 신우의 손을 잡고 물 밖으로 나가려 했다. 하지만 무
언가가 자꾸 여리의 머리를 짓눌렀다. 벗어나려 발버둥 치면 칠
수록 몸에 힘이 빠져 갔다. 여리는 서서히 가라앉는 그 순간에
자신을 짓누르던 실체를 확인했다. 신우였다. 어느새 주희와 같
은 눈을 한 신우가 싸늘히 여리를 바라보며 차갑게 웃고 있었
다. 여리는 자신의 눈을 의심하며 신우의 손이라 믿고 있었던
손을 쳐다보았다. 새하얗고 가느다란 손가락과 팔, 그리고 낯익
은 교복을 따라가던 여리의 시선은 입이 찢어질 듯 웃으며 그

녀의 손을 꽉 쥐고 있는 주희의 얼굴에서 멈추었다.

　주희의 미소가 섬뜩해 여리가 눈을 질끈 감았다 떴을 때, 여리는 강이 아닌 고등학교에 서 있었다. 본관의 계단을 내려가 별관으로 가는 길. 사람들이 모두 검은 옷을 입고 이쪽을 향해 걸어오고 있었다. 표정을 읽을 수 없는, 아니 표정이 없는 얼굴들이었다. 별관으로 가는 길목에 선 나무들마다에는 사진들이 걸려 있었고, 국화꽃이 그 밑에 깔려 있었다. 유진의 사진도 있고, 민정의 것도 있었다. 아빠의 사진이 걸린 나무 아래 여진과 엄마가 울고 있었다. 그들이 우는 걸 보자 여리도 눈물이 왈칵 쏟아졌다. 그렇게 다다른 마지막 나무에서 여리는 자신의 사진을 보았다. 아무도 울어 주지 않는 나무 앞에서 여리는 혼자 울다가 누군가 자신의 등을 토닥이는 걸 느꼈다. 그에게 안겨서 우는데 점점 등과 팔에 느껴지는 완력이 강해졌다. 여리는 고개를 들어 그를 확인했다. 주희였다. 표정 없는 얼굴에 입만 찢어질 듯 웃고 있었다. 여리는 그녀를 밀치고 도망쳤다. 다리에 힘이 풀려 넘어지고, 끝없이 밀려드는 조문객들에 밀려 쓰러지면서도 여리는 다시 일어나 도망쳤다. 숨이 턱 끝까지 차올랐다. 더 이상 주희가 보이지 않자 여리는 가쁜 숨을 몰아쉬었다. 그때 발밑에 물방울이 하나둘 생기기 시작하더니, 점점 여리 주변으로 물웅덩이가 패어 갔다. 당황한 여리가 도망치려 했으나 그럴수록 웅덩이는 더 빠르고 깊게 패어 갔고, 눈을 감았다 뜨니 다시 강물 속에 있는 자신이 보였다. 새하얗게 질린 얼굴, 뻣뻣하게 굳어 버린 몸으로 끝없이 가라앉고 있는 자신의 모습이 보였다. 자세히 보니 누군가의 손이 그녀를 끌어내리고 있었다. 주희였다. 주희는 여리를 끌고 어디론가 가고 있었고, 갑자기 획 돌아보며 여리의 눈을 보고 씨익 웃었다. 평소 서늘하고 무서운 주희의 얼굴에 장난감을 손에 넣은 듯한 아이의 표정까지 더해져 소름이 끼쳤다.

끔찍한 악몽에 시달리다 겨우 눈을 떴다. 머리는 둔중한 것으로 두들겨 맞은 듯 묵직한 통증이 밀려왔고, 온몸은 식은땀으로 축축하게 젖어 한기마저 느껴졌다. 여리는 이불을 끌어올리며 눈을 감은 채 신우 쪽으로 파고들었지만 그는 없었다. 눈을 떠 옆을 보자, 자고 있어야 할 신우가 보이지 않았다. 잠깐 화장실에 갔을 거라 생각하고 지끈거리는 두통을 참으며 기다렸지만 신우는 오지 않았다. 점점 심해지는 두통 때문에 속까지 메스꺼워졌고, 겨우 몸을 일으켜 침대에 걸터앉았지만 그마저도 힘들었다. 여리는 토기가 치밀어 오르는 걸 억지로 참으며 기다시피 해서 방문을 열고 나갔다.

부엌 쪽에서 신우가 뭔가 하고 있는 게 보였다. 여리는 그대로 벽에 기대어 앉았다. 여전히 머리는 무거웠고 속도 어지러웠지만 신우를 보니 조금은 진정이 되는 듯했다. 팬에 재료들을 올려놓고 볶던 신우가 흘긋 안방 문 쪽을 바라보았고, 문 옆 벽에 앉아 그를 바라보고 있던 여리와 눈이 마주쳤다.

"언제부터 그러고 있었어? 시끄러워서 깼어? 조용히 한다고 했는데."

신우는 미안함과 멋쩍음이 뒤섞인 얼굴로 웃으며 여리 쪽으로 다가왔다. 부엌에서 봤을 때는 몰랐는데 가까이 다가갈수록 여리의 파리하게 질린 얼굴 하며 까슬하게 튼 입술이 눈에 들어왔다. 이마는 물론 온몸이 식은땀으로 축축했고, 애써 태연한 척하고는 있지만 떨리는 몸도 안쓰러웠다. 분명 또 나쁜 꿈을 꾼 게 틀림없었다. 신우는 여리를 말없이 끌어안았다.

"괜찮아."

신우는 그녀를 토닥였고, 여리 역시 그를 꽉 끌어안았다. 불안하게 뛰던 심장이 그의 심장 뛰는 소리와 비슷해져 갔고, 싸늘했던 몸에도 그의 따뜻한 체온이 느껴지면서 점차 안정되어 갔다.

"뭐 타는 냄새 나."

여리의 말에 신우는 화들짝 놀라 부엌으로 튀어 갔다. 여리는 역겨운 냄새에 입을 틀어쥔 채 화장실로 달려갔다. 시원하게

토하고 나면 좀 괜찮아질 것도 같은데 속만 더부룩하고 답답할
뿐 게워져 나오는 건 없었다. 한동안 변기 앞에 쪼그려 앉아 있
던 여리는 물로 입을 헹구고 화장실 밖으로 나왔다.

부엌은 여전히 매캐한 연기와 함께 탄내가 진동했다. 신우는
콜록대며 열어 놓은 부엌 창 쪽으로 연기를 몰아내고 있었다. 부
엌으로 가보니 가스레인지 주변은 폭탄을 맞은 듯 여기저기 양
념이 튀고, 눌어붙어 있었고, 개수대에는 까맣게 태워 먹은 프라
이팬이 있었다. 뭘 만들려고 했던 건지 알 수 없는, 까만 숯덩이
가 되어 버린 음식을 보며 여리는 피식 웃었다. 신우 역시 멋쩍
은 듯 웃었다. 신우는 자기가 치울 테니 들어가서 쉬라고 했지만
여리는 괜찮다며 행주로 벽지와 바닥에 튄 양념을 닦았다.

"맛있는 거 해주려고 했는데."

신우가 개수대에서 숯덩이를 집어 내 음식물 쓰레기통에 넣
으며 아쉬운 듯 중얼거렸다.

평소와 달리 아침 일찍 눈이 떠졌고, 좀 더 잘까도 했지만 어
제 민정이 했던 말이 생각났다.

'얻어먹지만 말고 가끔은 직접 요리도 해주고 그래요. 오래
얻어먹고 싶으면.'

여리가 깨지 않도록 조심스레 침대에서 빠져나와 부엌으로
간 건 민정의 말 때문만은 아니었다. 오늘부터 리뉴얼 오픈 공

254

연이 시작되고 주말에는 일본과 대만 공연까지 잡혀 있어 엄청 바빠질 텐데 그 전에 여리에게 뭐라도 해주고 싶었다. 크림파스 타면 어떻게 흉내 정도는 낼 수 있겠다 싶어서 휴대전화 인터 넷으로 검색해서 꽤 그럴듯하게 만들고 있었는데 여리 걱정에 자기가 뭘 하고 있었는지 깜빡한 게 화근이었다.

말끔해진 부엌에서 여리는 찌개를 끓였고, 신우는 냉장고에 서 반찬들을 꺼내 담고 밥을 퍼 담았다.

"아침부터 사고 쳐서 고생만 시켰네. 미안."

"안 하던 짓 하면 원래 그래. 내가 이상해지거나 내 주변이 이 상해지거나."

여리 자신 때문에 그런 거니 신경 쓰지 말라고, 자기가 더 미 안하다고 말하려 했는데 생각과는 영 다른 말이 튀어 나왔다. 살짝 굳은 분위기에 신우가 "그렇지. 아니, 그렇다 해도 그렇지 마음만으로 고맙다, 다음에는 더 잘할 거다. 그런 위로나 격려 는 빈말이라도 못 해주나?" 농담 반 진담 반으로 웃으며 받아쳤 고, 여리는 미안하다는 말 대신 밥을 한 숟가락 크게 떠 입 안으 로 밀어 넣었다. 신우가 장난으로 풀어 놓은 분위기에 "미안."이 라고 말하면 다시 찬물을 끼얹을 것 같았다. 미안하지만 미안하 다는 말을 하지 않는 게 가끔 최선은 아니더라도 차선은 될 수 있었다.

속도 안 좋고 몸도 으슬으슬한 게 몸살 초기 같았지만, 여리
는 안간힘을 써서 참아 내고 있었다. 오전부터 있을 무대 리허
설부터 주말에 있을 일본과 대만 공연 준비만으로도 정신없이
바쁠 텐데 그에게 괜한 걱정을 끼치고 싶지 않았다. 지난밤에
꾼 꿈도, 컨디션이 바닥을 치는 지금의 몸 상태도 그가 극장으
로 출근하기 전까지만이라도 숨기고 싶었다.

"갔다 올게."

신우가 대문 앞에서 여리를 보고 씩 웃으며 말했다. 여리는
마른침을 삼키며 애써 밝게 웃었다. 아침에 일어날 때부터 좋지
못했던 몸이 금방이라도 쓰러질 듯 위태위태했지만 여리는 벽
을 짚은 채 겨우 버텼다. 신우의 차가 골목을 빠져나가 보이지
않을 때까지 여리는 그곳에 서 있다가 집 안으로 들어왔다.

여리의 몸이 영 좋지 않은 것 같아 신우는 골목을 빠져나오
자마자 약국을 찾았다. 아무래도 어제 이불 빨래에 민정과 유진
까지 갑자기 들이닥치는 바람에 몸이 축난 것 같았다.

"몸살 초기 같아서요."

증상을 묻는 약사의 말에 신우는 아침에 여리가 보인 모습들
을 떠올리며 말했다. 약사가 약을 건네며 "식후 삼십 분 안에 드
시고요, 그렇게 얇게 입고 돌아다니면 나을 병도 안 나아요." 하

는 말에 여리가 아닌 자신의 약을 지었다는 걸 알았지만, 따로 조제한 약도 아니니 크게 상관없을 것 같았다.

신우는 약국을 나와 근처 편의점에서 전자레인지에 데워먹을 수 있는 죽과 초콜릿, 사탕을 사서 다시 여리의 집 앞까지 달렸다. 대문 옆에 있는 편지함에 약과 군것질거리가 든 봉지를 넣고는 여리에게 문자를 보냈다.

몸살기 있는 것 같아서 죽이랑 약 사서 편지함에 두고 가. 죽 먹고 약 먹고, 약 쓸까 봐 초콜릿이랑 사탕도 챙겼으니까 꼭 먹어! 빨리 나아. 저녁에 공연 마치자마자 날아올게.

문자를 보내자마자 아무리 집 앞이라지만 몸도 안 좋은데 역시 집 안에 들여다 주고 나오는 게 나을 것 같아 초인종을 누르려는데 휴대전화가 울렸다. 우영이었다.

"어디야? 왜 안 와?"

흘긋 손목시계를 보니 벌써 약속 시간에서 10분이 넘어가고 있었다. 그냥 갈까, 아님 이왕 늦은 김에 조금 더 늦는다 말하고 여리를 보고 갈까 망설이던 신우는 우영의 재촉에 다시 차에 탔다.

"좀 막히네. 다 와 가니까 조금만 기다려."

"대한민국 모든 도로가 뻥뻥 뚫려 있는 이 시간에 너만 막혀 있는 거기가 어딘데?"

신우는 우영의 말에 피식 웃으며 금방 맛있는 간식 사들고 가겠다며 전화를 끊었다. 골목을 빠져나가 큰길로 나가니 우영의 말대로 길은 뻥뻥 뚫려 있었다. 자신이 너무 대놓고 통하지 않을 거짓말을 했다는 생각에 민망했지만 이대로만 가면 곧 극장에 도착해 넉살 좋게 넘어갈 수도 있을 것 같았다.

신우는 극장으로 들어가는 골목에 차를 세우고는 커피와 도넛을 파는 가게 안으로 들어갔다. 스태프들이 넉넉히 먹을 수 있도록 이것저것 골라 담고, 극장 위치를 설명해 주며 커피는 따로 배달을 부탁했다. 도넛 박스를 든 채 나오는데 맞은편 횡단보도에서 한 아이가 신우를 빤히 쳐다보고 있었다. 분명 낯이 익은데 저 꼬마를 어디서 봤더라? 그때, 신호등이 빨간불로 변하면서 차들이 쌩쌩 지나가기 시작했다. 깜짝 놀라 아이가 서 있는 곳으로 가려던 신우는 그 자리에 우뚝 멈추어 섰다. 차들이 아이를 그대로 통과하며 지나고 있었고, 아이는 미동조차 없이 그 자리에 서서 신우를 보고 있었다.

그래, 예전에 신우를 찾아왔던, 교통사고로 죽었던 그 아이가 틀림없었다. 그때 그렇게 헤어지고 다시는 만날 일 없을 줄 알았는데 또 무슨 일이 있는 걸까? 신우는 다시 아이를 쳐다보았다. 아이는 어딘가를 바라보며 울 듯한 얼굴을 하고 있었다. 신우는 아이가 보는 곳을 쳐다봤다. 멀쩡히 차도를 달리던 차가 갑자기 인도로 올라와 신우가 서 있는 곳으로 그대로 돌진해 오고 있었다. 신우는 급히 가게 옆 골목으로 몸을 피했다. 차는 간발의 차로 아슬아슬하게 그를 스쳐 지나갔다. 차는 얼마 못 가 근처의 가로등을 들이박고 멈추었고, 놀란 사람들은 비명을 질렀다. 신고를 받은 경찰서와 소방서에서 이내 달려왔다. 경찰은 사고 현장 주변을 에워싼 사람들에게 도망간 운전자에 대해 물었다.

'운전자가 도망갔다?'

아니, 분명 신우가 몸을 피하면서 봤을 때, 이미 차 안에는 운전자가 없었다. 목격자들 역시 도망간 사람은 보지 못했다고 진술하고 있었다. 그들의 이야기에 경찰들은 그게 말이 되느냐며 답답해했다.

아이가 아니었다면, 조금이라도 늦게 피했다면 큰일을 당할 뻔했다. 안도의 한숨을 내쉬며 아이가 있던 곳을 쳐다보았을 때 아이는 이미 사라지고 없었다.

혹시 주희가 벌인 짓이 아닐까 하는 생각이 들었지만 신우는 이내 고개를 내저었다. 주희가 죽을 만큼 끔찍한 공포를 안겨주기는 했어도 지금까지 실제로 목숨을 위협한 적은 한 번도

없었다. 찜찜하기는 했지만 주회 때문이 아닌 그냥 사고일 거라
고, 신우는 그렇게 생각하기로 했다.

극장 앞에 다다라 차를 세우고 도넛 박스를 내리려는데, 배달
오토바이가 신우의 코앞을 쌩하니 지나갔다. 하마터면 치일 뻔
했다. 혹시 또 그런 일이 아닐까 했지만, 오토바이를 타고 배달
중이던 소년은 바로 오토바이를 멈추고 신우에게 와 미안하다
고 사과했다. 급히 배달 가는 길이라 미처 보지 못했다며, 다친
데는 없냐고 묻는 소년에게 신우는 괜찮다고 했다. 신우는 예민
하게 신경 쓰지 말자고 생각하며 떨어뜨린 도넛 박스를 주웠고,
소년은 같이 박스를 주워 주며 연신 미안하다고 사과했다. 신우
는 아직도 쌀쌀한 이 날씨에 땀을 비 오듯 뚝뚝 흘리는 그가 안
돼 보였다. 오죽 바쁘고 급했으면 그랬을까. 이러다가 사장이나
손님들한테 늦었다고 혼나는 건 아닐까. 신우는 그만 가보라며
그를 보내고 극장으로 들어갔다.

"너 왜 이렇게 늦었어? 아, 진짜 대한민국 사람들 '금방 가, 거
의 다 왔어.'는 이래서 못 믿는다니까!"

신우는 극장으로 들어서자마자 잔소리 폭격을 들이붓는 우
영의 입에 도넛을 하나 물리고는 기다리고 있던 스태프들에게
사과를 했다. 스태프들은 떨떠름한 얼굴로 못 이기는 척 신우가
내미는 도넛을 하나씩 집었고, 마침 따로 주문했던 커피도 극장

으로 배달되었다.

별생각 없이 커피를 마시던 신우는 뭔가 날카로운 것이 혀를 살짝 스치는 느낌을 받았다. 뭔가 싶어 손바닥에 뱉어 내보니 커터 칼의 부러진 조각이었다. 칼날이 혀를 살짝 스치면서 피가 났는지 입 안에서 짜고 비릿한 피 맛이 느껴졌다. 그냥 침을 삼키려던 신우는 끝내 역겨워 삼키지 못하고 컵에 뱉어 냈다. 피는 쉽게 멎지 않았고, 신우는 몇 번이나 피 섞인 침을 뱉어 내야 했다. 한 손에는 부러진 칼날을 들고, 한 손에는 피 섞인 침을 뱉어 내고 있는 신우를 보던 사람들이 깜짝 놀라 모두 자신들이 마시고 있던 커피를 빨대로 샅샅이 뒤졌지만 더 이상 칼날은 나오지 않았다.

신우는 걱정하는 사람들을 피해 컵과 쓰레기들을 들고 건물 밖 재활용 쓰레기들을 모아 두는 곳으로 나갔다. 마흔 개가 넘는 똑같은 커피 중에 유일하게 커터 칼이 들어 있던 컵을 고를 건 뭔지. 그나마 다른 스태프들이 먹지 않은 게 다행이라는 생각이 들었다. 신우는 자꾸만 입 안에 고이는 피를 훅 뱉어 내며 담배를 꺼내 물었다.

봄이라고는 해도 그늘진 건물 뒷벽은 아직 쌀쌀했고, 바람이 건물 2층에 있는 실외기들을 스칠 때마다 나는 끼이익 하는 소리가 을씨년스러웠다. 담배를 끄고 다시 극장 안으로 들어가려는 순간 머리 위에서 덜컹 소리가 났다. 깜짝 놀라 위를 올려다보니 신우의 머리 바로 위에 있던 실외기 한 대가 금방이라도 떨어질 것처럼 달랑거리고 있었다. 신우는 가슴이 덜컥 내려앉아 건물 안을 향해 빠르게 걷기 시작했다. 신우가 지날 때마다 실외기들이 동시다발적으로 떨어져 내렸다. 빨리 걷는 것으로는 안 될 것 같아 그는 극장 안까지 죽어라 뛰었다.

가쁜 숨을 몰아쉬며 신우는 오늘 자신에게 일어난 일들을 하나씩 떠올렸다. 자신이 있던 곳으로 돌진하던 운전자 없는 자동차, 마흔 개 넘는 컵 중에 유일하게 커터 칼이 들어 있던 컵, 그리고 실외기가 한두 대도 아니고 신우가 지나는 길에 있던 것들이 한꺼번에 떨어져 내렸다. 모두가 마치 신우를 노리고 벌어진 일들 같았다.

"이게 누가 일부러 그런 것 같지는 않고 겨울에 꽁꽁 얼어 있다가 따뜻해지면서 좀 느슨해졌나 봐요."

우영의 연락을 받고 온 서비스센터 기사가 실외기들을 꼼꼼히 살피며 말했다. 그러고는 실외기들을 수리하기 위해 한 대씩 트럭으로 옮겨 싣기 시작했다. 말이 수리지 부서진 실외기들은 다른 것들로 교체되어 올 게 뻔했다.

"최근에 이거 튼 적 없으시죠?"

"한겨울 지났다고 해도 아직 추운데 누가 에어컨을 틉니까?"

이상하다는 듯 묻는 기사의 말에 에어컨 수리 비용을 머릿속으로 두들기느라 예민해진 우영이 홱 쏘아붙였다. 기사는 우영의 가시 돋친 말에 무안한 듯 입을 꾹 다문 채 다시 실외기를 옮겼다. 기사가 실외기들을 트럭에 다 싣고 떠나기 전 신우는 그에게 물었다.

"아까 최근에 이거 튼 적 없냐고 왜 물으셨어요?"

"실외기 주변으로 물이 너무 많아서요. 최근에 비 온 적도 없는데 좀 이상하잖아요."

기사는 떠났고, 신우는 에어컨 실외기가 있던 곳을 올려다보았다. 기사의 말대로 물이 뚝뚝 흘러내리고 있었다. 그러고 보니 아까 극장 앞에서 마주쳤던 그 소년도 수상했다. 처음에는 유난히 땀을 많이 흘리는 거라고 생각했는데 아무리 땀을 많이 흘리는 사람이라도 그럴 수는 없을 것 같았다. 뭐랄까, 물에서 갓 나온 사람의 몸에서 물이 흘러내리는 것 같았다.

사람들은 영들이 장난을 친다고 생각하지만 여리는 그것들이 모두 죽은 이들이 보내는 사인이라고 말했었다. 불 때문에 죽은 영은 그를 알리기 위해 여기저기 불을 놓고, 교통사고로 죽은 영은 사고를 암시할 수 있도록 차와 관련된 힌트를 남기거나, 심한 경우 유사한 사고까지 내기도 한다고. 예전에 신우의 집에 찾아온 아이의 영혼이 신우의 모형 차들을 다 뒤집어

전복된 사고를 알린 것처럼.

　차와 피, 그리고 소년, 에어컨, 물. 여름이 다가오는 늦봄과 초여름 사이, 소년 또래의 아이는 교통사고를 당했다. 차의 파편에 찔리고 강 밑으로 떨어지면서 피투성이가 된 몸으로 겨우 물에서 구조되었지만 끝내 살지 못한 사람이라……. 혹시 주희가 아닐까 하는 생각이 신우의 뇌리를 스쳤다. 그가 오늘 겪은 일은 모두 주희가 주는 힌트였는지도.

　자신이 이런데 여리에게는 무슨 일이 벌어지고 있을지 상상하기도 싫었다. 신우는 떨리는 손으로 여리에게 전화를 걸었다. 전화를 받은 여리는 평소와 다를 바 없는 목소리로 신우에게 무슨 일이냐며 되물었다. 몸살기 때문에 기운은 좀 없어 보였지만 분명 나쁜 일이 있는 것 같지는 않았다. 당장이라도 여리에게 가고 싶었지만 그럴 수가 없었다. 자기 때문에 지연된 리허설도 시작해야 했고, 당장 몇 시간 후면 지난 두 달 동안 모든 스태프들이 고생해서 만든 리뉴얼 공연이 시작된다. 자기 한 사람 때문에 그 모두를 저버릴 수는 없었다. 신우는 그냥 보고 싶어서 전화해 본 거라며 둘러댔고, 여리는 그의 말에 피식 웃었다. 곧 리허설이 시작된다는 피디의 말에 신우는 급히 전화를 끊고 무대로 올라갔다.

　신우는 리허설 내내 평소보다 예민하고 깐깐하게 작은 소품

하나까지 체크했다. 절대 극장 안에서, 공연 중에 어떠한 작은 사고라도 일어나서는 안 되었다. 그를 사람의 힘으로는 어찌할 수 없는 것이라 한다 해도, 최대한 그가 할 수 있는 능력 한에서는 막아 내고 싶었다.

신우와의 통화를 끝내고 나서도 여리는 한참 동안 휴대전화를 바라보다 신우의 문자를 받고 편지함에서 가져온 약과 군것 질거리를 쳐다보았다. 약은 먹지 않았지만 죽은 끓여 먹고 사탕과 초콜릿도 몇 개 먹었다.

리뉴얼 오픈 공연 첫날이라 신경 쓸 일도 많을 텐데, 그래서 티 내지 않으려고 간신히 참았는데, 너무 맥없이 들켜 버려서 신우의 문자를 보자마자 허탈한 웃음이 새어나왔다. 그는 다 알고 있었던 것이다. 여리가 아픈 것도, 신우가 걱정할까 봐 애써 숨기는 것도 모두 다. 어디 뼈가 부러지거나 피가 철철 나지 않는 이상 병원 근처에도 가기 싫어하는 여리를 알기에 '어떻게 하면 티 내지 않고 병원에 데려갈까?' 하는 궁리를 리허설 예정 시간이 다 되어 갈 때까지 하고 있었을 것이다. 그러다 결국 좋은 수가 생각나지 않자 이렇게 약이라도 지어 편지함에 넣고 간 거겠지. 그 마음이 미안하고 고마웠다. 몸이 이렇지만 않았어도 신우의 리뉴얼 오픈 공연을 응원하고 축하해 주러 갔을 텐데.

여리는 초콜릿을 입에 물고는 신우에게 공연 잘하라며 문자를 보냈다. 그리고 어젯밤 신우가 텐트를 해체하면서 꺼내 놓은 사진 걸린 빨랫줄을 물끄러미 바라보았다. 신우와 함께한 시간 동안 사진도 많이 찍었는데 그동안 너무 옛날 사진만 걸어 두고 있었던 것 같았다. 여리는 빨랫줄에서 엄마와 아빠, 여진의 사진 한 장씩을 남겨 놓고는 다 떼어 냈다.

작은방으로 가 장롱 밑 서랍에서 사진들이 든 박스를 꺼냈다. 그대로 박스를 들고 장롱 문을 닫으려다 여리는 멈칫했다. 여리는 다시 장롱을 열고 엎드리다시피 해서 박스 뒤편, 장롱 깊숙이 박혀 있는 철제박스를 꺼냈다.

초등학교 때부터 고등학교 때까지 친구들과 주고받은 편지와 쪽지, 그 당시에 한참 좋아하던 가수들의 잡지와 디브이디, 일기장들이 들어 있는 박스였다. 예전에는 보물 1호라며, 집에 불이 나든 지진이 나든 이 박스부터 갖고 나올 거라고 했고, 만약 도둑이 들어서 훔쳐 가면 제일 슬플 것 같은 것도 이거였다. 하지만 그때 그 사고 이후로 열어 본 적은 단 한 번도 없었다.

이 박스 자체가 주희였다. 초등학교 때부터 같은 중학교 같은 고등학교를 다니면서 가장 친하게 지냈고, 가장 많이 싸우기도 했다. 그러면서 주고받은 편지들과 쪽지들, 그리고 유행처럼 썼던 교환일기장, 같이 찍은 사진들, 같은 가수를 좋아하면서 같이 가입했던 팬클럽의 카드나 공연 때 입고 갔던 비옷과 풍선까지 모두 이 안에 넣어 두었을 것이다.

한동안 이 박스 자체를 잊고 있었다. 주희 때문에 괴롭고 슬픈 날들이 너무 커 이 박스를 열 용기가 나지 않았다. 그녀와 행복하고 즐거웠던 추억들이 고스란히 담겨 있는 이 박스를 열면, 이 박스에 담긴 시간만큼 미워하고 미움 받고 있는 지금이 더 견디기 힘들어질 것 같았다. 하지만 지금은 다시 마주할 수 있을지도 모른다는 생각이 들었다. 그녀가 주는 괴로움은 여전했지만, 그를 이겨 낼 수 있도록 곁을 지켜 주는 신우가 있었다. 어쩌면 이 안에 지금까지 복잡하게 꼬인 인연을 풀 수 있는 뭔가가 있지 않을까 하는 생각도 들었다.

여리는 조심스레 철제박스를 열었다. 상자 안에는 여리가 생각한 그 모든 것들이 들어 있었다. 팔짱을 낀 채 여유롭게 훌라후프를 돌리고 있는 여리와 양팔을 뻣뻣하게 편 채 온몸으로 기를 쓰며 돌리고 있는 주희가 함께 찍힌 사진을 보며 여리는 씁쓸하게 웃었다.

여리가 주희의 집을 제집 드나들듯 한 것처럼 주희 역시 마찬가지였다. 저녁을 먹고 쉬고 있는데 체육 수행평가 과제인 훌라후프가 너무 안 된다며 도와달라고 여리를 찾아왔었다. 여리가 몇 번이나 방법을 알려줬지만 후프는 젓가락처럼 가늘고 길쭉한 주희 몸에서 앞뒤로 두어 번 정도 튕겨지다가 맥없이 떨어지곤 했다. 열심히 하면 할수록 그 모습이 웃겨서 여리는 가르치는 것도 잊고 박장대소했고, 그 소리에 시끄럽다며 따지러 온 여진 역시 자기가 왜 온 건지도 잊고 배를 잡고 구르며 웃다가 이런 건 남겨 놔야 한다며 카메라를 갖고 다시 들어왔었다.

함께 소풍 가서 찍은 사진, 운동회 때 팀은 달랐지만 같이 점심 먹으면서 찍은 사진, 중학교 수학여행 때와 졸업식, 고등학교 입학식 등 여리의 학창시절 모든 순간에는 늘 주희가 함께 있었다. 여리는 혼자 덩그러니 무표정하게 찍은 고등학교 졸업식 사진을 바라보다 힘없이 내려놓았다.

사진들과 편지들을 각각 정리해서 귀퉁이로 밀어 넣는데 박스 가운데 파묻혀 있던 뭔가가 보였다. 여리는 의아해하며 그것을 꺼냈다. 색이 바랜 천사 모양의 펜던트, 기억이 틀리지 않다면 이건 주희의 펜던트였다. 사고 때 잃어버린 줄 알았는데 이게 왜 여기 있는 걸까? 여리가 펜던트를 만지작거리던 그때, 작은 방 창문에서 들어온 빛에 펜던트가 반짝거렸다.

'왜 여리 씨를 먼저 살렸을까요?'

'나한테서 빛이 났대요.'

순간, 예전에 신우와 나눴던 대화가 머릿속을 지나갔다. 사고 당시에 펜던트를 주희가 아닌 여리 자신이 갖고 있었던 걸까? 그래서 이 펜던트 때문에 주희와 자신의 운명이 뒤바뀐 게 아닐까 하는 생각이 들었다. 만약 이 펜던트가 여리 자신이 아닌 주희에게 있었다면 그녀가 살고 자신이 죽었을까.

펜던트를 보며 멍해 있는데, 거실에 놓아 둔 휴대전화의 벨소리가 들려왔다. 여리는 펜던트를 넣은 박스를 다시 장롱 안으로 밀어 넣고는 거실로 나왔다.

"여리야, 너는 괜찮아?"

민정은 여리가 전화를 받자마자 바로 그렇게 물었다. 목소리가 떨리고 있었다. 그 목소리만으로도 여리는 민정에게 무슨 일이 일어났음을 직감했다.

"오늘 가기로 했던 신우 씨 공연 못 갈 것 같아. 그리고 한동안 연락 못 할 것 같아."

"무슨 일 있어? 혹시 주희가…… 찾아갔니?"

"……유진이도 연락 못 할 거야. 나중에, 조금 잠잠해지면 그때 만나서 다 얘기할게. 잘 지내."

민정은 다급히 말하며 전화를 툭 끊었다. 다시 걸어 볼까 하던 여리는 이내 휴대전화를 내려놓았다. 어젯밤, 언제까지고 여리 옆에 있어 주겠다고 한 민정이와 유진이의 말을 주희가 들은 것이리라. 그리고 그 말이 거짓말이 되도록, 다시 여리가 고

립되어 쓸쓸해지도록 주희는 그녀들을 찾아가 끔찍한 공포를 선물했을 것이다.

아무리 소중하고 좋아하는 친구라 할지라도, 끔찍한 공포가 밤낮을 가리지 않고 찾아온다면, 그 이유가 그 친구 때문이라면 그와 잠시 거리를 두고 싶어 할 것이다. 단지 그 친구와 연락하지 않고, 만나지 않는 것만으로도 그런 끔찍한 공포에서 벗어날 수 있다면 누구라도 그러하지 않을까. 여리는 민정과 유진을 이해했다. 입장이 바뀌어서 여리가 그녀들의 입장이 된다 해도 그랬을 것이다. 다만, 그녀들이 자신을 몰랐다면 겪지 않아도 될 일을 겪게 된 게 미안하고 마음 아플 뿐이었다.

별안간 신우 생각이 났다. 혹시 아까 전화해서 괜찮냐고 물어본 게 민정이와 같은 이유가 아니었을까? 여리는 긴장감에 바짝 타들어 가는 속을 겨우 달래며 신우에게 전화를 걸었다. 한참 신호음이 가던 전화는 연결이 되지 않고 끊어졌다. 몇 번이고 다시 전화를 걸어 봤지만 신우는 공연 중인지 전화를 받지 않았다.

끔찍하게 잔혹하고 슬펐던 꿈. 그리고 민정이와 유진이에게 찾아온 공포. 주희가 노리는 다음 대상은 신우일 것이 뻔했다. 벽시계를 보니 빨리 가면 공연이 끝나기 전에 도착할 수 있을 듯했다. 여리는 안방으로 들어가 옷을 갈아입고 모자를 푹 눌러

쓴 채 지갑만 챙겨 밖으로 나왔다.

나오자마자 골목을 빠져나가는 택시를 잡아타고 신우의 공연이 있는 극장을 기사에게 말했다.

"아저씨, 빨리 좀 가주세요."

하지만 점차 퇴근 시간이 다가오면서 차가 밀리기 시작했다. 여리는 불안과 초조로 가슴이 터져 버릴 것만 같았다. 결국 주차장이 되어 버린 도로에서 여리는 기사에게 내려달라고 했고, 그 길로 극장까지 뛰기 시작했다.

여리는 가쁜 숨을 몰아쉬며 극장으로 들어갔다. 극장 문 앞을 지키고 섰던 스태프가 그녀의 얼굴을 알아보고 들여보내 주었다. 여리는 빠른 걸음으로 복도를 지나 공연장 문을 열었다. 신우의 마지막 공연이 막 시작된 참이었다. 여리는 다른 관객들에게 방해가 되지 않도록 조심스레 가장 앞줄로 갔다. 무대가 잘 보이지 않아 관객은 받지 않고 스태프들과 장비들만 있는 곳이었다. 여리는 가쁜 숨이 새어 나오는 입을 가린 채 신우를 살폈다.

신우가 무대 가운데에 있는 장롱을 가리키자 오래된 장롱이 끼익 하는 소리와 함께 열렸다. 신우는 장롱 앞으로 다가가 장롱 안에 어떠한 장치나 사람도 없음을 관객들에게 확인시켰다. 그러고는 장롱을 덮고 있던 검은 천을 휙 걷어 내더니 그것을 던졌다. 검은 천은 마치 사람의 형체처럼 변했고, 이내 공중으로 떠 극장의 끝까지 갔다가 빠른 속도로 무대 앞까지 다시 되돌아와 관객들을 마주하고 섰다.

"당신은 왜 이곳에 있습니까? 하고 싶은 말이라도 있습니까?"

신우의 질문에 검은 천 안에서 뭐가 중얼거리는 소리가 났다. 관객들은 숨소리조차 죽인 채 무대에 집중했다.

"당신을 죽인 사람이 여기 있다?"

신우는 검은 천이 중얼거리는 소리를 전하듯 관객들을 보며 말했고, 관객들은 물론 여리까지도 긴장했다.

"어디 있죠? 당신을 죽인 사람이?"

신우의 질문에 검은 천에서 손가락 하나가 삐죽 나오더니 객석을 가리켰다. 희고 가느다란 손가락은 천천히 사람들을 훑더니 맨 앞줄에 있는 여리를 가리켰다. 신우는 여리와 눈이 마주쳤고, 여리는 원래 약속된 여자가 아닌 자신을 가리키는 검은 천을 피하지 않았다. 손끝부터 바들바들 떨려 왔지만 간신히 참고 있었고, 관객들은 일제히 여리를 쳐다보았다.

검은 천이 여리의 앞으로 슥 다가왔다. 천의 밑단에서 물이 뚝뚝 흘러내리고 있었다. 모든 스태프들은 예상치 못한 전개에 당황했다. 주희가 벌이고 있는 일이란 생각에 신우는 여리보다 더 긴장한 채 상황을 지켜보고 있었다.

검은 천은 슥 내려앉는 듯 여리의 머리 위까지 가더니 마치 여리를 들여다보며 조롱하듯 여리 주변을 맴돌았다. 그리고 한 순간 갑자기 여리를 덮쳤다. 신우는 무대에서 뛰어내려 여리 쪽으로 달려갔다. 하지만 신우의 손이 닿기 직전, 여리를 집어 삼킨 검은 천은 열려 있던 장롱 안으로 빨려 들어갔고, 장롱 문은 굳게 닫혔다.

신우는 애써 긴장을 억누르며 다시 무대 위로 올라가 장롱 문을 열었다. 신우가 여리에게 손을 뻗었지만, 단단한 유리벽이 그를 막고 있었고, 유리벽 안으로 물이 차오르고 있었다. 여리는 물속에 갇힌 채 신우를 바라보았다. 신우가 유리벽을 때려 부술 듯이 강하게 쳤지만 소용이 없었다.

새하얗게 질려 가는 여리를 보며 급하게 주변을 두리번거리던 신우는 무대 끝에 있는 소방용 도끼를 발견하고는 뛰어갔다. 도끼를 들고 온 신우는 장롱 쪽으로 뛰어가 도끼를 높이 쳐들었다. 하지만 장롱을 내리치려는 순간, 어떤 힘에 의해 떠밀리듯 역으로 내쳐졌다. 신우는 그대로 무대 밑으로 떨어졌다. 여리는 그런 신우를 보며 괴로움에 질끈 눈을 감았다. 장롱 문이 쾅 하며 다시 닫혔고, 극장 안의 모든 조명이 한순간에 나갔다.

주변이 깜깜해졌고, 여리는 서서히 눈을 떴다. 장롱 안보다 훨씬 깊은 물속, 마치 사고가 났던 그 강에 다시 와 있는 듯했다. 주희가 뒷모습을 보인 채로 서 있었다. 여리는 주희에게 다가가 그녀의 어깨를 잡았다.

"나 허락받았다. 엄마가 다음 달부터 학원 다니는 거 허락해
주겠대."
"그럼 너 이제 탤런트 되는 거야?"
"바로 되는 건 아니겠지만 뭐 그렇겠지?"
여리는 벌써 스타라도 된 것처럼 의기양양한 주희의 모습에
웃음을 터뜨리고, 주희 역시 같이 웃는다. 주희는 탤런트가 되
면 하고 싶은 것들을 늘어놓기 시작하고, 그 이야기를 들으며
여리는 주희만큼이나 들떠 한다.
"다른 애들 자는 거 안 보여? 떠들고 싶으면 좀 조용히 떠들어."
여리와 주희의 앞자리에 앉아 자고 있던 반장이 날 선 목소
리로 두 사람에게 경고를 준다. 주희와 여리는 바로 그러겠다고
한다. 그리고 반장이 자리에 앉자마자 주희는 여리만 들을 수
있는 소리로 반장의 말과 표정을 따라 한다. 여리는 킥 웃다가
입을 틀어막는다.
주희가 어디쯤 왔는지 궁금해하며 커튼을 젖힌다. 그때 햇빛
을 받아 반짝이는 주희의 펜던트가 여리의 눈에 들어온다. 예쁜
천사 모양의 투명한 펜던트가 빛을 받아 반짝인다.
"와, 이거 진짜 예쁘다. 나 한 번만 해보면 안 돼?"

"야, 안 돼. 선재 오빠가 준 거란 말이야."

"한 번만 해보자 응? 한 번만 해보고 금방 돌려줄게."

"좋아. 딱 한 번만이다."

여리가 고개를 끄덕이자, 주희는 씨익 웃으며 펜던트를 뺀다. 그 순간 차가 중심을 잃고 비틀 하더니 쾅 하는 소리와 함께 다리 난간을 들이받는다. 난간에 걸려 덜컹이던 차는 무게를 이기지 못하고 강으로 떨어져 내린다.

주희는 의식을 잃은 듯 점점 강바닥 밑으로 가라앉으려 하고, 여리는 안간힘을 써 주희의 손을 잡으려고 한다. 겨우 주희의 손을 잡지만 힘이 빠져 놓치고, 다시 손을 뻗으면 주희의 펜던트 줄이 여리의 손가락 끝에 걸린다. 여리 역시 호흡이 가빠지며 의식을 잃어 간다. 끝까지 주희의 손을 더듬다 그녀의 손이라고 생각하며 꽉 잡는데 그녀의 손이 아닌 펜던트다.

주희와 여리는 뭍으로 구조되어 의식을 잃고 쓰러져 있다. 두 사람에게로 다가온 구급대원이 두 사람 중에 누구를 먼저 살릴 건지 고민한다. 주희와 여리를 번갈아 보던 대원의 눈에 여리가 쥐고 있는 펜던트가 반짝이는 게 보인다. 그는 그것을 신의 가호라고 여기고 여리를 먼저 살리기로 한다. 제세동기를 작동시켜 여리의 몸에 가져간다. 한 번, 두 번, 세 번. 여리의 몸이 들썩

하더니 물을 토해 내고, 대원은 여리의 기도를 터준다.

이미 숨이 끊어진 주회가 살아난 여리를 차갑게 바라보고 있다. 아니, 여리의 손에 들려 있는 펜던트를 보고 있다.

"만약에 니가 그렇게 조르지 않았다면, 내가 끝까지 펜던트를 하고 있었다면 어땠을까? 그 사람은 누구를 먼저 살렸을까?"

"……너겠지."

"니가 날 죽인 거야. 그런 니가 아무 일도 없었다는 듯 웃고 떠들고 행복하게 사는 게 싫어. 살아도 죽은 것처럼, 귀신처럼 살라고 했잖아. 저 사람도 결국 니가 저렇게 만든 거야."

"저 사람은 아무 죄 없어. ……너도 알잖아."

"니 옆에 있는 거, 너를 웃기고 즐겁게 하는 거, 행복하게 하는 거 다 싫어."

"왜 하필…… 오늘이니? 지금까지 그 사람한테는 나타나지도……."

"않았을 거라고 생각하니?"

여리는 주회 말에 눈앞이 아득해졌다. 아무 일도 없으니 불안해하지 말라는 그 말만 믿었다. 가끔 자다가 깨보면 그가 없었다. 찾아보면 잠이 잘 오지 않는다며 정원에서 담배를 피우고 있다가 추우니 얼른 들어가자며 여리를 안고 들어왔다. 유독 지쳐 보이는 얼굴로 극장에서 돌아와 아무 말 없이 한참 동안 여리를 꼭 안고만 있었던 적도 있었다. 언젠가 새벽에 그가 화장실로 달려가 토하는 걸 들은 적도 있었고, 또 한 번은 식은땀을 흘리며 악몽을 꾸는 그를 본 적도 있었다. 그럴 때마다 괜찮냐고 물어보면 그는 특유의 미소를 지으며 "그럼, 괜찮지." 했다.

잠이 오지 않는 건 리뉴얼 오픈 공연에 대한 부담 때문이라고 했고, 지친 건 운동 부족인지 나이 탓인지 예전만 못하다고 했고, 토하는 건 저녁을 너무 급하게 많이 먹어서 그렇다고 했고, 악몽은 꾼 적조차 없다고 했다. 그 말을 그대로 믿었다. 그렇게 괴로워지기 전에, 힘들기 전에 도망가라고 했을 때 그러겠다던 그의 말만 믿고 있었다. 겁이 많은 그가 절대 주희를 견뎌내지 못할 거라고만 생각했지 그 자체를 믿어 주지 못했다.

"니가 가장 행복한 꿈에 젖어 있을 때 가장 불행하게 만들고 싶었어. 그때 내가 그랬던 것처럼."

주희는 꿈에서 본 그 차가운 미소로 여리에게서 뒤돌아섰다.

여리의 의식이 희미해져 갔고, 주희의 모습도 주변의 소리도 아득하게 멀어져 갔다. 마치 우주에 있는 것처럼 몸이 아무런 감각도 없이 떠서 어디론가 떠가고 있는 것 같았다.

이럴 줄 알았으면 연말에 노르웨이로 놀러오라던 엄마 말을 들을 걸 그랬다. 사고 소식을 들으면 마음이 여린 엄마는 분명

다 당신 탓이라며 많이 울 텐데. 엄마 탓이 아니라고, 엄마 딸로 태어나 충분히 행복하고 고마웠다고, 사랑한다고 말해 주고 올걸 그랬다.

민정과 유진에게도 미안하다고, 그동안 고마웠다는 인사도 해두는 건데. 다음 생에 다시 친구 하자고, 그때는 내가 더 많이 챙겨 주고 잘해 주겠다고 약속하는 건데, 그것도 못 했다.

그리고 신우. 나도 사랑받고 사랑할 수 있는 사람이 된 것 같아서 너를 만나는 내내 행복했다고, 고마웠다고 말해 주고 싶었다. 처음에는 나중에 헤어지고 힘들까 봐, 나중에는 앞으로의 시간이 더 많으니 그때 더 잘해 주자는 생각으로 더 많이 사랑해 주고 표현해 주지 못한 게 마음에 걸렸다. 많이 사랑한다고 해주는 건데, 더 잘해 주는 건데.

아쉬움이 꼬리에 꼬리를 물고 이어졌다. 왜 이렇게밖에 살지 못했을까 하는 후회와 유산이라고는 아쉬움과 미안함밖에는 없다는 자괴감이 그 뒤를 이었다. 사람이 살아 있을 때는 모두 제각각이어도 죽는 순간에는 다 이런 마음이겠지. 아쉬움과 후회, 미안함과 자기가 떠난 후 남겨질 사람들에 대한 걱정이 몸 구석구석을 채워 숨을 쉴 때마다 아프고 저릿하겠지. 가장 기쁘고, 슬프고, 화나고, 감동했던 일들이 하나씩 생각날 테고, 그때 곁을 지켜 주던 사람들이 그리워질 테지. 그러면서 나는 이런 사람이었구나, 나는 이런 사람을 만나 이렇게 사랑하고, 이렇게 일하면서 살았구나. 그래서 아쉬움도, 후회도 많지만 그들 덕분에 난 참 행복한 사람이었구나 하며 마지막을 정리할 수 있는 거겠지.

주변의 소리가 아득해지는가 싶더니 가빠 오던 숨이 멎는 듯했고, 두근대던 심장도 점차 그 박동소리가 느려지더니 멈추는 듯했다. 더 이상 아무것도 느껴지지 않고, 더는 아무것도 생각할 수 없었다.

*

"정신 들어요?"

겨우 눈을 떴을 때, 알싸한 소독용 알코올 냄새가 코끝을 찔렀다. 유난히 밝은 형광등을 바라보던 여리는 천천히 눈을 끔뻑이다 옆을 돌아보았다. 낯익은 여자 스태프가 걱정스레 여리를 보더니 벌떡 일어나 의사와 간호사를 불러 왔다. 의사는 여리의 상태를 꼼꼼히 살피더니 여리를 보며 말했다.

"열은 많이 내렸네요. 그래도 혹시 모르니까 피 검사받고, 폐 엑스레이도 찍어요."

"아무렇지도 않아요. 그보다……."

"지금은 괜찮을지 몰라도 계속 괜찮고 싶으면 무조건 내 말대로 해요."

의사가 단호하게 말했다. 그리고 여리에게 뭔가 더 말할 게 있는 듯 쳐다보다 호출을 받고 다른 곳으로 뛰어갔다.

"물에 빠졌다가 의식 잃고 일어나면 2차 익수 올 가능성이 높아서 검사하는 게 좋아요."

간호사가 의사 때문에 냉랭해진 분위기를 누그러뜨리며 말했다. 여리는 검사를 받으며 스태프에게 자신이 어떻게 이곳으로 온 건지 물었다.

"공연 도중에 사고가 났어요. 장롱이 갑자기 왜 그랬는지는 몰라도 물이 가득차서 여리 언니 하마터면 죽을 뻔했어요. 119 아저씨들 와서 살았구나 했는데 병원 오는 사이에 다시 의식을 잃었어요. 진짜 큰일 나는 줄 알고 걱정했는데 깨어나서 다행이에요."

"……신우 씨는요? 그 사람은 괜찮아요?"

여리는 스태프와 함께 신우가 있는 병실을 찾아갔다. 신우가 입원해 있는 중환자실 앞에는 기자들과 스태프들이 몰려 인산인해를 이루고 있었다. 당장이라도 병실 안으로 들어가 신우를 보고 싶었지만 보호자인 우영이 면회를 막아 놓은 탓에 그럴 수가 없었다. 여리는 병실 밖 창으로 신우를 바라보았다. 그렇게 활기차고 기운 넘치던 사람이 마치 죽은 것처럼 병실 침대에 누워 있었다. 그게 모두 자신 때문이라 생각하니 눈앞이 아득하고 속이 다 내려앉는 것만 같았다.

"여리 씨, 잠깐 얘기 좀 하죠, 우리."

의사와 면담하고 병실로 온 우영이 여리에게 다가와 말을 걸었다. 두 사람은 병원 옥상으로 올라갔다. 우영은 벤치에 털썩 앉아 담배를 꺼내 물다가 여리를 보고는 다시 집어넣었다. 그는 여리에게 몸은 좀 괜찮냐고 물었다. 여리는 고개를 끄덕이며 조심스레 사고에 대해 자세히 이야기해 달라고 부탁했다.

우영은 한숨을 푹 내쉬며 사고 당시 상황에 대해 이야기하기 시작했다.

신우가 무대에서 떨어지고, 여리가 갇히면서 객석은 발칵 뒤집혔다고 했다. 더 이상 쇼가 아닌 사고라는 게 분명해진 것이다. 객석은 물론 피디와 우영, 모든 스태프들까지 모두 혼란스러운 가운데 무대는 물론 객석, 극장 안의 모든 조명이 한꺼번에 나갔다. 관객들 중 일부가 휴대전화의 불빛으로 출입구를 찾기 시작했고, 점점 더 많은 사람들이 출구 쪽을 향했다. 하지만 문은 열리지 않았다. 사람들은 점점 이성을 잃은 채 흥분하기 시작했고, 우영은 구조대에 신고했으니 잠시만 진정하고 기다려 달라고 부탁했다.

구조대와 구급대원들이 와서 출입문을 강제로 헐고 나서야 사람들은 극장 밖으로 빠져나갔다. 구조대원들은 무대 위 장롱을 부순 후, 여리를 무대 위에 눕혀 상태를 확인했다. 호흡이 일시적으로 멈춘 여리에게 구급대원이 몇 번인가 제세동기로 전기충격을 가했고, 여리는 물을 토해 내고는 다시 정신을 잃었다고 했다.

여리와 신우는 각각 응급차에 실려 병원으로 옮겨졌다. 우영은 피디와 스태프들에게 극장 수습을 부탁하고는 바로 택시를 타고 병원으로 와 신우가 검사받는 걸 지켜봤다고 했다.

"검사 결과 골절도 없고 뇌도 괜찮다는데 아직 의식이 없다네요."

우영은 걱정만큼이나 깊은 한숨을 내쉬었다. 그리고 조금만 더 늦게 병원으로 옮겼다면 위험했을지도 모른다며, 그나마 다행이라고 스스로 위로하듯 중얼거렸다. 우영의 말을 들으며 여리 역시 가슴을 쓸어내렸다. 의식이 없는 건 너무 갑작스러운 충격에 많이 놀라서 그럴 거라고, 여리 자신이 그러했듯 금방 잘 자고 일어난 것처럼 괜찮아질 거라고 믿고 싶었다.

"여리 씨나 신우나 둘 다 성인이고 내가 참견할 일이 아닌 건 아는데…… 신우 좋아하고 아끼는 사람으로서 난 신우가 조금 더 평범하고 즐겁게 연애하고 일했으면 좋겠어요. 그래서 여리

씨가…… 정리하고 떠나 줬으면 해요."

우영은 어렵사리 하려던 말을 꺼냈고, 여리는 그의 말을 가만 듣고 있었다. 신우가 더 즐겁고 행복하게 사는 걸 바라는 건 비단 우영만의 바람은 아니었다. 여리 역시 그 마음이 더 컸으면 컸지 다를 리 없었다.

여리는 힘이 들면 자신을 버리고 도망가라고 했고, 신우 역시 그러겠다고 했지만 그는 그러지 않았다. 여리는 물론 신우 자신을 속여 가면서까지 괜찮다고, 행복하다고 하다가 이런 사고까지 겪게 된 것이다. 여리는 망가져 가는 신우를 보고 싶지도, 볼 자신도 없었다. 그가 끔찍한 이 늪에서 도망가지 않는다면 자신이 그에게서 도망치는 수밖에 없다고 생각했다.

"주제 넘는다는 것도 알고, 재수 없다는 것도 아는데 부탁해요, 여리 씨."

우영은 여리에게 꾸벅 인사를 하고는 먼저 옥상을 내려갔다. 여리는 그제야 참고 있던 울음을 터뜨렸다. 놓아 주어야 할 사람이 한 명 더 생긴 것뿐인데, 그 시간이 다 되었을 뿐인데, 이런 이별은 겪을 때마다 아프고 낯설었다. 분명 여리가 놓아 주는 것임에도 불구하고 버려지는 듯한 기분이었고, 얼마나 더 어디까지 도망쳐야 이 잔혹한 아픔에서 벗어날 수 있을지 막막했다.

여기서 내려다보이는 저 많은 건물에 있는 사람들, 길을 오고 가는 사람들, 저 사람들은 잘도 사랑하는 사람을 만나고, 열렬히 사랑하다가 또 잘만 결혼해서 아이 낳고 잘 사는데, 자신은 첫 단추를 끼우는 건 고사하고 제대로 된 옷 한 벌 걸치지 못하는 것만 같았다. 여름에는 두꺼운 외투를 입고, 겨울에는 찬바람이 그대로 들어오는 듯한 얇은 천 하나를 걸치고 미친 척 돌아다니는 기분이었다.

신우를 만나 겨우 행복을 알게 되고, 자신도 꿈을 꿀 수 있는 사람이구나, 내일을 기대할 수 있는 사람이구나 하는 생각에 들뜨고 행복했는데 그 모든 걸 한순간에 내려놓고 그에게서, 행복에게서 도망쳐야 하다니 억울하고 분했다.

하지만 자신의 욕심을 채우는 것보다 그가 다시 그답게 살 수 있도록 하는 게 중요했고, 그를 영영 잃는 것보다는 그를 놓아 주는 게 더 견디기 쉬울 것 같았다. 죽을 듯이 아파도 이미 익숙해지고 면역된 아픔들로 인해 여리는 그럭저럭 살아갈 수 있을 것이다. 그렇게 시간이 흐르면 이 상처에도 딱지가 앉고, 새살이 돋을 터였다.

'아프지만 괜찮아. 외롭지만 괜찮아. 조금 쓸쓸하면 어때? 다 괜찮아.'

여리는 예전에 그러했던 것처럼 몇 번이나 자신을 속이고 다독여 보려 했지만 마음이 도무지 말을 듣지 않았다. 여리는 한참을 그 자리에 주저앉아 울고 또 울었다.

그렇게 며칠이 흘렀다. 신우가 깨어났다는 연락이 오기만 기
다리며 화장실에 갈 때조차 휴대전화를 손에서 놓지 않았지만,
며칠째 우영에게서는 아무런 연락도 없었다. 떠날 시간이 다가
오면 다가올수록 그가 깨어나지 않는 게 불안하고 조바심마저
났지만 어쩌면 그를 보지 않고 떠나는 게 나을 거라는 생각도
들었다.

그를 보면 다시 그가 욕심날 것이고, 그의 곁에 머무르고 싶
어질 게 뻔했다. 그의 곁에서 행복하겠지만 또 언제 갑자기 그
행복이 깨어질지 몰라 불안할 것이고, 그런 불안은 점점 두 사
람의 행복을 좀먹어 가기 시작할 것이다. 그러다 또 이런 일이
생긴다면 그때는 정말 서로 돌이킬 수 없는 상처를 입게 되겠
지. 결국 서로에게 상처만 남긴 채 헤어질 거라면, 그냥 이대로
행복했던 기억이 더 많은 지금 그와 헤어지는 게 서로에게 더
나을지도 몰랐다.

"니가 그렇게 봐도 나 안 무서워. 그 사람이 어떻게 될까 봐
그게 겁나지."

여리는 자신을 빤히 바라보고 있는 주희를 보며 그렇게 말
했다.

공포라는 게, 겁이라는 게 그러했다. 지키고 싶은 것이 있으면, 그것이 많으면 많을수록 그에 비례해 겁도 많아진다. 좋은 집에 돈이 많으면 도둑이나 강도가 가장 무섭고, 외모가 예쁘면 그 외모가 망가지는 거나 그를 노리는 사람들이 두렵고, 명예와 권력이 크면 그를 무너뜨리거나 빼앗으려는 사람들이 겁난다.

여리는 그게 자신이 사랑하고 아끼는 사람들이었고, 그들이 주희로 인해 다치거나 떠나갈까 봐 그게 두려웠다. 아빠는 사고였다고는 하지만 자신 때문에 엄마와 다투고 집을 나간 그 밤에 돌아가셨고, 엄마와 여진마저 그렇게 잃을 수는 없어 여리는 그녀들을 노르웨이로 떠나보냈다. 민정과 유진 역시 그녀에게서 떠났다. 잠시라고 했지만 영영 돌아오지 않는다고 해도, 그녀들을 탓할 마음은 없었다. 여리가 지키고 싶은 사람들 중 유일하게 여리 곁에 남았던 신우는 오히려 여리를 지키려다 다쳤고, 지금 의식을 잃은 채 병원에 누워 있었다. 지금 여리가 겁나는 건 주희가 아니라 신우였다. 그가 깨어나지 못할까 봐, 깨어난다고 해도 예전 같은 모습이 아닐까 봐 겁이 났다.

그때 전화벨이 울렸다. 신우가 깨어났다는 전화가 아닐까 기대했지만, 전화는 엄마에게서 온 거였다. 며칠 전 엄마를 보러 가겠다고 한 날 이후, 매일 들뜬 목소리로 전화를 하는 엄마였다.

"이번에는 진짜 오는 거지? 설처럼 온다고 해놓고 안 오는 거 아니지?"

"좀 믿어. 속고만 살았어? 오슬로에 오후 다섯 시쯤 도착할 거야."

"딸, 그냥 여기서 같이 살자. 거기 대충 정리하고"

"난 여기가 좋다니까 자꾸 그러네. 가서 얘기해요, 끊을게."

여리는 전화를 끊고 집 안을 둘러보았다. 모레 떠나기 전까지 청소도 해야 하고, 냉장고 정리도 해야 하고, 할 일이 많았다. 여리는 부엌으로 가 냉장고를 열었다. 밑반찬이 든 통을 싹 다 꺼내 음식물 쓰레기통에 비워 냈다. 된장과 고추장은 유통기한이 많이 남은 것 같아 그대로 두었다. 냉동실에 있는 김이나 잡곡들, 미숫가루는 그대로 둬도 괜찮을 것 같았다. 조기와 고등어는 당장 저녁에 굽든 조림을 하든 해치울 생각으로 꺼내 식탁 위에 올려두었다.

개수대에 담가 둔 반찬통을 뽀득뽀득 씻어 선반에 엎어 두고, 여리는 한숨 돌리며 식탁을 쳐다보았다. 달걀 한 판과 고기, 김치, 고등어와 조기, 양파와 파, 상추 깻잎 등 갖은 식재료들이 식탁을 가득 채우고 있었다.

여리는 팔을 걷어붙이고 달걀은 반씩 나누어 찜과 말이를 하고, 조기는 굽고, 고등어는 김치와 무를 넣고 졸였다. 민정이 사 왔던 고기는 제육볶음을 하고, 그래도 남은 채소들은 잘게 썰어서 밥과 함께 볶았다. 김치를 먹음직하게 썰어 내놓고, 상추와 깻잎은 깨끗이 씻어 물기를 털어 담았다. 남은 재료를 싹 다 요리하고 나니 넓은 4인용 식탁이 비좁을 만큼 음식들이 차려졌다. 여리는 씻어 둔 반찬통의 물기를 탈탈 털어 음식들을 담기 시작했다.

음식들을 담고 나서 설거지를 한 후 여리는 샤워를 하고 나왔다. 간편한 옷으로 갈아입은 여리는 집 앞으로 콜택시를 불렀고, 음식들이 담긴 쇼핑백을 양손에 든 채 택시를 타고 극장으로 향했다.

무대를 고치고 있던 스태프들과 피디, 우영이 여리를 보고 귀신이라도 본 듯 깜짝 놀란 표정을 지었다. 여리는 쇼핑백을 무대 위로 올려놓았다. 쇼핑백과 여리를 쳐다보는 사람들을 향해 여리는 덤덤히 "저녁을 너무 많이 만들어서요. 드시고 하세요." 했다. 그러지 않아도 배고프던 차라 스태프들은 승냥이 떼처럼 무대 가운데로 모여 여리에게 잘 먹겠다는 인사를 하고는 허겁지겁 먹기 시작했다.

오직 우영만이 여리를 못마땅한 듯 쳐다보았고, 이내 잠시 얘기 좀 하자고 사무실로 불렀다.

"못돼 먹은 시어머니 안 하고 싶은데 여리 씨가 자꾸……."

"그런 거 안 하셔도 돼요. 저 곧 떠나요. 음식은 냉장고 정리하다 보니 버리기에는 너무 아깝기도 하고, 저 때문에 다들 힘드셨을 텐데 맛있는 밥 한 끼 해드리고 싶어서 만든 거예요."

"……언제 떠나는데요? 아니, 여리 씨 말을 못 믿는 게 아니라 저라도 배웅 갈까 해서."

"모레 저녁 여섯 시 비행기로 떠나요. 배웅은 안 오셔도 돼요. 그만 가볼게요. 통은 그냥 알아서 버려 주세요. 그리고…… 우영 씨, 그동안 고마웠어요."

여리는 우영에게 꾸벅 인사를 하고는 사무실을 나갔다. 우영은 그런 여리를 보며 나지막이 한숨을 내쉬었다. 따지고 보면 여리의 잘못이 아닌데 여리를 쫓아 보내는 것 같아 미안했다. 순간 마음이 약해져 신우가 오늘 저녁 깨어났다는 소식을 전할까도 했지만, 우영은 이내 마음을 고쳐먹었다. 그 편이 신우를 위해서도, 어려운 결정을 내린 여리를 위해서도 좋았다.

다음 날 여리는 안방에 들어가 옷장 안에서 옷들을 끄집어내하나씩 개어 캐리어에 담았다. 속옷과 양말, 세면도구와 화장품을 넣고 비상약과 우산까지 꼼꼼히 챙겨 넣었다. 엄마가 가방을 보면 여기 다 있는 거 무겁게 왜 가져왔냐고 한소리 하겠지만, 정말 노르웨이는 엄마와 여진이만 보고 금방 떠날 거니까. 여기저기 혼자 돌아다니려면 이런 거 저런 거 다 필요할 것 같았다.

카메라와 다이어리, 지갑과 여권을 백팩에 넣고 나니 여기저기 깔려 있던 짐들이 그럭저럭 정리되는 것 같았다. 여리는 다용도실에서 천을 가져와 침대와 소파, 가구들을 하나씩 덮었다. 오래 집을 비울 테니 이렇게 해두고 가는 게 마음 편할 것 같았다. 전기와 가스, 수도는 내일 오전에 영업소에 전화를 걸어 정지시키면 되고, 우편물은 많이 올 것도 없지만 떠나기 전에 옆집에 부탁해 두고 가면 될 것 같았다.

여리는 청소기를 돌리고 집 안 구석구석 물걸레질까지 하고 나서야 소파 위로 쓰러지듯 누웠다. 그리고 거실과 부엌, 작은 방과 안방, 화장실까지 찬찬히 쳐다봤다. 서른 해 전에 이 집에서 태어났고, 지금까지 이 집을 오래 떠나 있었던 적은 단 한 번도 없었다.

집 안 곳곳에 여리가 살아온 모든 흔적이 있었다. 여진이와 싸우다 아빠에게 걸려 벌을 섰던 건 저쯤, 엄마와 아빠에게 처음으로 카네이션을 달아 드렸던 건 저쯤, 친구들이 놀러오면 같이 놀았던 건 저기 저쯤, 신우가 앉아서 마술 연습을 했던 건 저기, 텐트를 쳤던 건 거기서 세 발자국 옆, 신우가 잠이 잘 온다고 좋아했던 곳은 여기 이 소파였다.

백설 공주가 어쩌고 신데렐라가 저쩌고 툴툴대면서도 여리가 부탁하는 일은 뭐든 다 들어주고, 이곳에 앉아 쉬다 낮잠을 자는 걸 좋아했었다. 이불을 덮어 주러 갔다가 그 자는 얼굴이 너무 귀엽고 사랑스러워서 한참 바라보고 있으면 "관상용으로 하나 더 있었으면 좋겠지?" 하며 슬쩍 눈을 떴고, 부끄러워진 여리가 괜히 이불을 얼굴까지 덮어 버리면 이불 밖으로 슥 손을 뻗어 여리를 잡아당겨 안고는 했다.

여리는 신우의 모습을 떠올리며 쓸쓸하게 웃었다. 신우와 함께했던 지난겨울과 봄은 그렇게 따뜻하고 행복했었다. 겨울에는 봄이 되면 하고 싶은 것들을 생각하게 만들었고, 봄에는 여름을, 여름에는 가을을, 가을에는 다시 겨울을 기대하게 만들었다. 그렇게 오래오래 그와 많은 시간을 함께하고 싶었지만, 더는 그럴 수가 없었다.

계절은 절대 봄, 여름, 가을, 겨울로 순식간에 휙휙 변하지 않는다. 하루하루 더 따뜻해지거나 조금씩 추워지면서 봄에서 여름으로, 여름에서 가을로, 가을에서 겨울로 변해 가는 것뿐이다. 신우가 꼭 여리에게는 그랬다. 아주 멀리 떨어져 있는 타인에서, 서로 의식하는 사이로, 조금 편한 친구로, 그리고 친구에서 연인이 되었다. 하루하루 따뜻해지던 시기를 지나 지금은 다시 조금씩 추워지는 시기에 다다라 있었다. 다시 친구로, 서로 안부 물을 수 있는 사이로, 타인 같은 사이로 변해 가겠지만, 그와 함께했던 소중한 시간을 영영 잃어버리는 건 아니었다. 한참 시간이 흐른 후에, 아줌마와 아저씨가 되어서 서로 달라진 모습에 편하게 웃으며, 어느 한 군데 꼬이지 않은 반가운 인사 한 마디 "잘 지냈어? 좋아 보이네." 할 수 있다면 그것으로도 충분할 것 같았다.

*

　병실에 걸린 시계를 빤히 보던 우영은 고민하다 휴대전화를 들고 병실 밖으로 나와 여리에게 전화를 걸었다.

"신우가 깨어났어요."

　신우가 깨어났다는 걸 끝까지 숨길까도 했지만, 여리가 조금이라도 편하게 떠나려면 역시 알려주는 게 좋을 것 같았다. 여리는 안도의 한숨을 내쉬었고, 우영은 조심히 가라는 말로 통화를 끝낸 후 무거운 얼굴로 병실로 돌아왔다.

"형, 여리한테 전화 좀 해봐. 몸은 좀 어떤지."

"어? 어어. 안 그래도 방금 해봤어."

"뭐래?"

"괜찮대."

"그럼 여기로 오라고 해. 아니다, 내가 전화해 봐야지."

"안 돼!"

아무 생각 없이 휴대전화를 집어 들던 신우는 다급히 쫓아와 휴대전화를 빼앗아 가는 우영을 어이없다는 듯 보았다.

"야, 너 더 쉬어야 돼. 전자파가 얼마나 몸에 나쁜지 알지, 어?"

신우는 우영을 수상하게 쳐다보았다. 그저께 의식을 차리자마자 간단한 검사를 마치고 병실로 돌아와 여리를 찾았더니 여리가 누구냐고 되묻지를 않나, 대꾸할 가치도 없어 빤히 쳐다보았더니 자기도 큰 쇼크가 와서 며칠 내내 왔다 갔다 한다며 어설프게 눙치며 넘어갔고, 어제는 여리도 충격이 큰 모양인지 집에서 쉬고 싶어 한다며 전화조차 못 걸게 했다. 병실 밖에도 못 나가게 하고, 휴대전화도 전자파가 회복에 해롭다며 치워 버리곤 했었다. 그저께와 어제까지는 그냥 그런가 보다 넘어갔지만, 오늘은 그냥 넘어갈 수 없었다.

"형, 똑바로 말해. 속였다가는 형이고 뭐고 나 형 다시 안 봐."

"이게 다 지 위해서 그랬더니 뭐? 형이고 뭐고?"

"나 위해서 여리한테 언제 뭘 어떻게 왜 했는지 다 불어."

"야, 이 의리 없는 놈아. 여자 하나 때문에 칠 년을 동고동락한 형을 배신하…… 하겠네!"

장난스럽게 넘어가려던 우영은 자신을 매섭게 노려보는 신우의 눈빛에 움찔했다. 칠 년 가까이 신우를 알아 왔지만, 그가 자신을 이렇게 보는 건 처음이었다. 원래도 무표정하면 부리부리한 눈에 불만 많은 듯한 볼이며 입술이 좀 무서워 보였지만, 지금 이 얼굴 앞에서는 그 얼굴이 순둥이처럼 느껴질 정도였다. 그렇게 당하고도 아직 정신을 못 차린 건지, 그렇게 당하면서 정신을 아예 놓아 버린 건지 알 수 없었다. 신우는 링거주사를 뜯어내고, 우영 쪽으로 다가왔다. 우영은 저도 모르게 꿇어앉아 여리에게 떠나 달라고 얘기한 것과 여리가 오늘 여섯 시 비행기로 떠난다는 걸 줄줄 읊어 댔다. 옷을 갈아입으려고 옷장으로 갔을 뿐인데 의외의 수확을 얻은 신우는 어이없어하며 이야기를 듣다가 우영을 밀어내고 옷장 문을 열었다.

사고 당시 입고 있었던 수트라도 있을 줄 알았는데, 옷장은 텅텅 비어 있었다. 말없이 우영을 쳐다보자 그는 움찔 놀라 불길해서 그냥 태워 버렸다고 했다. 신우는 우영을 아래위로 훑어보다 "벗어." 라고 말했다. 우영은 영문을 몰라 신우를 쳐다보다 결국 반강제로 옷을 빼앗겼다.

우영의 옷으로 갈아입으며 신우는 자신이 입고 있던 환자복을 우영에게 던져 주었다. 절대 이런 건 안 입는다고 바락바락 떼쓰던 우영은 다른 환자들의 시선에 주섬주섬 환자복을 꿰어 입기 시작했다.

신우는 휴대전화와 우영의 바지 주머니에 있던 지갑을 확인하고는 병실을 나섰다. 우영은 환자복을 입은 채 그 뒤를 쫄래 쫄래 따라갔다.

"세상의 반은 여자고, 그 반 중에 괜찮은 여자들이 팔 할이 넘어요. 정신 좀 차려!"

"형이나 정신 차려. 형이 무슨 내 엄마야? 왜 형이 이 연애 반댈세 하는 건데?"

"개똥밭에 굴러도 이승이 낫다고, 너 진짜 골로 가고 싶어?"

"개똥밭에 구르지도 않고 골로 가지도 않아. 이것 좀 놔!"

신우는 우영의 손을 뿌리쳤고, 우영은 신우의 힘에 밀려 복도 벽에 잠시 붙었다 다시 돌아왔다. 우영은 끝까지 신우를 쫓았지만, 그가 로비에 도착했을 때 신우는 이미 택시를 타고 떠난 후였다.

신우는 초조하게 시계를 봤다. 막히지만 않으면 여리가 떠나는 걸 붙잡을 수 있을 것 같았다. 그녀를 놓칠까 봐 조급하던 마음은 조금 진정되는 듯했지만, 자신에게 말도 하지 않고 떠날 생각을 한 여리가, 아니 떠날 생각을 했다는 것 자체에 화가 났다.

그녀가 어떤 마음으로 그를 떠나려고 한 건지 짐작이 가지 않는 건 아니었다. 우영의 말이 아니었어도, 자기 때문에 신우가 다쳤다는 죄책감에 괴로워하다 그를 떠나 주기로 마음먹었을 것이다. 하지만 그건 절대 자신을 위한 선택도, 배려도 아니었다. 정말 그를 배려했다면 이렇게 일방적으로, 그것도 제3자에게서 이별을 통보받는 일은 없었을 테니까.

이번 일을 겪으면서 충격을 받지 않았다면 거짓말일 것이다. 정말 죽을지도 모른다는 생각에 두려웠고 겁도 났다. 하지만 그래서 더더욱 여리 곁을 떠날 수가 없었다. 이런 끔찍한 공포에서 그녀를 지켜주고 싶었다. 이 마음이 얼마나 오래 지속될지 지금 당장은 알 수 없었다. 애써 태연한 척 넘겨 보려 해도 자꾸만 고개를 쳐드는 불안함에 서로에게 상처만 남기고 헤어질지도 모른다. 하지만 그때 이 여자를 만나지 말걸, 떠나는 그녀를 붙잡지 말걸, 하고 후회하는 것보다 지금 그녀를 잡지 않는 게 더 큰 후회로 남을 것 같았다.

무언가에 두려움을 느끼는 건 지키고 싶은 다른 무언가가 있기 때문일 것이다. 그를 잃을까 봐 두려워하지만 그를 이겨 낼 자신이 있다면 두려워할 필요도 겁낼 필요도 없었다. 솔직히 말하면 주희를 이겨 낼 자신은 없었다. 하지만 주희로부터 여리를 끝까지 지켜 낼 자신은 있었다. 자신이 해야 할 것과 하지 않아도 좋을 것을 구분하고, 다시 할 수 있는 것과 할 수 없는 것을 정리하고 나자 모든 건 명료해졌다. 주희는 신우의 힘으로 어찌할 수 없었지만, 주희로부터 여리를 지키는 건 그가 해야 하고 그가 할 수 있는 일이었다. 그 말이라도 여리에게 꼭 전해 주고 싶었다.

그 시각, 여리는 공항 의자에 홀로 쓸쓸하게 앉아 있었다. 곧
출발할 시간이 다가오고 있었다. 여리가 자리에서 일어나려는
데 전화가 걸려 왔다. 여리는 내심 신우가 아닐까 하고 휴대전
화 화면을 보았지만, 화면에 뜬 것은 그가 아닌 민정이었다. 잠
시 연락하지 말자고는 했지만 떠난다는 말은 해야 할 것 같아
공항으로 오는 지하철 안에서 유진과 민정에게 문자를 보냈고,
민정은 몇 시 비행기냐며 조심히 갔다 오라고 답장을 보내 왔
었다. 주고받을 이야기는 아까 문자로 다 했었는데 무슨 일일
까? 그새 또 무슨 일이 생긴 건가 싶어 여리는 불안한 마음으로
전화를 받았다.

"무슨 일 있어?"

"아니. 가기 전에 목소리라도 듣고 싶어서. 미안해, 여리야. 그
망할 계집애 때문에."

"아니야, 내가 미안하지. 별일 없는 거지?"

민정은 별일 없다며 직접 가보지도 못하고 이렇게 보내서 미
안하다고 사과했다. 옆에 있던 유진이 언제 다시 오는 거냐고
물어보라고 민정에게 시키는 소리가 들렸다. 여리는 1년이 될
지 2년이 될지 잘 모르겠다고 답했다.

"그 망할 년 때문에 진짜…… 죽은 년을 또 죽일 수도 없고."

민정은 답답한 듯 중얼거렸고, 옆의 유진이 수많은 영화를 봤어도 대륙횡단 하는 귀신은 못 봤다며 노르웨이까지는 못 따라 갈 거라고 여리를 안심시켰다. 비록 얼굴은 못 보지만 이렇게라도 마음 써주고, 기분을 풀어 주려 애쓰는 민정과 유진이 고마웠다.

"나 다음 시나리오 니 얘기 써도 되니? 정말 오싹하고 재밌는 멜로가 될 것 같은데."

민정의 전화를 아예 빼앗은 유진이 여리에게 물었다. 여리는 끝이 이렇게 끝나는 영화를 누가 보러 오겠냐며 힘 빠진 목소리로 대꾸했다. 유진은 이런 유감스러운 엔딩이 아니라 남자 주인공이 공항으로 달려와 여자 주인공을 붙잡고, 두 사람이 끌어안고 키스하는 해피엔딩으로 만들 거라고 했다. 옆에서 듣던 민정이 어지러워 쓰러질 정도로 식상하다며 혀를 찼다.

많은 드라마와 영화의 엔딩에서 그런 장면들이 연출되고는 하지만 실제 현실에서는 보기 드문 장면이었다. 공항으로 부리나케 달려오는 건 범죄를 저지르고 외국으로 튀려는 사람을 잡으러 오는 검찰, 경찰 혹은 원한관계를 가진 사람들이 태반이었고, 간혹 짝사랑하는 상대의 출국 소식을 듣고 뒷북을 둥둥 울리며 오는 사람들도 있기는 하나 워낙 가족과 선후배, 동기들이 많아 고백은커녕 기껏 가놓고 기둥 뒤에 숨어 훔쳐보는 게 다였다. 경찰, 검찰, 원한관계, 짝사랑 중인 그들이 서로 끌어안고 키스를 나눌 일은 전무후무했다. 수갑을 채우거나 땅에 메다꽂거나 머리끄덩이나 옷자락을 잡고 늘어지거나 기둥을 부여잡고 울기나 하겠지.

여리는 출국장 게이트 앞에 줄지어 서 있는 사람들을 물끄러미 바라보았다. 서로 몇 번씩이나 안았다가 눈물바람으로 헤어졌다가 다시 끝줄로 돌아가 그 일을 되풀이하는 커플, 아들과 부인을 배웅하면서 연신 한숨을 몰래 쉬는 예비 기러기 아빠, 배낭을 메고 유럽여행을 할 생각에 부풀어 끼니 잘 챙겨먹고 몸조심하라는 부모의 얘기는 귓등으로 듣고 있는 대학생까지 다들 저마다 가족이 있고, 연인이 있고, 친구가 있는데 여리는 자신만 혼자인 것 같아 괜히 씁쓸해졌다. 그나마 이렇게 전화로나마 배웅해 주는 유진과 민정이 있어 다행이었다.

신우는 공항에 내리자마자 공항 로비로 달렸다. 노르웨이라면 분명 독일이나 영국, 체코 공항을 경유해 갈 테지만 셋 중 어디를 먼저 가야 할지 헷갈렸다. 독하게 혼자 떠나는 여자니 독일부터 가보자는 생각으로 달리려는데 누군가 신우의 옷자락을 잡아당겼다. 우영이 여기까지 쫓아온 건가 싶어 휙 돌아보니 민정과 유진이 어설픈 변장을 한 채 그를 보고 있었다. 안 그래도 마음이 급한데 이러고 있을 시간이 없었다. 꾸벅 인사를 하고 다시 올라가려는데 덩치 좋은 민정이 그를 꽉 잡아챘다. 버럭 소리를 지르려던 신우에게 유진은 조용히 하라는 사인을 보내고는 여리에게 물었다.

"너 몇 번 게이트에 있어?"

"나? 11번. 갑자기 그건 왜?"

"점이나 쳐주려고."

유진은 대충 둘러대고는 여리가 듣지 못하도록 음소거로 돌려놓고 신우에게 11번 게이트로 가라고 알려주었다. 신우는 고마워하며 아까보다 진심을 담아 두 사람에게 인사한 후 11번 게이트로 달렸다.

"너 거기 꼼짝 말고 있어. 니 얘기 멜로로 끝나나 호러로 끝나나 보자."

유진이 하는 말의 의미를 몰라 되물으려던 그때, 전화 너머로 탑승 수속을 알리는 안내 방송이 들렸다. 유진은 후다닥 전화를 끊었고, 민정과 유진이 공항까지 온 건가 하는 생각에 여리는 끊긴 휴대전화를 들고 주변을 둘러보았다.

프랑크푸르트행 비행기가 곧 출발한다는 안내 방송이 흘러나왔다. 그때까지 민정과 유진을 기다리던 여리는 역시 헛된 기대를 한 건가 싶어 자리에서 일어나 출국장 입구로 걷기 시작했다.

"진짜 독한 여자 맞네."

익숙한 신우 목소리에 여리는 걸음을 멈췄다. 잘못 들은 거라고 생각했다. 오늘 갓 깨어난 사람이 여기에 있을 리 없었다. 너무 원하고 바란 나머지 환청을 들은 거겠지. 여리가 다시 걸음을 뗐을 때, 누군가 여리의 손목을 확 낚아채 돌려세웠다.

"독한 여자라고 인정해 주니까 칭찬 같아? 왜 듣고도 그냥 가?"

신우였다. 그의 목소리, 그의 얼굴, 특유의 말투까지 여리 앞에 서 있는 건 틀림없는 신우였다.

"엄마랑 동생만 보고 올 거면서 가방은 뭐 이렇게 크냐? 너도 들어가겠다. 언제 와?"

"안 와."

"장난해?"

신우의 목소리에 주변에 있던 사람들이 여리와 신우를 흘끔 쳐다보았다. 여리는 애써 무덤덤하게 신우를 보았다. 이렇게라도 보고 갈 수 있어서 다행이었다. 며칠 사이 해쓱해지기는 했지만 여전히 기운 넘치는 신우를 보니 조금은 더 편하게 그를 떠날 수 있을 것 같았다.

"미안해."

"뭐가? 말도 안 하고 도망가는 거? 도망가면서 나 위해서 떠나는 척하는 거?"

여리의 미안하단 말에 신우는 저도 모르게 울컥했다. 그렇게 비꼴 생각은 아니었는데, 너를 끝까지 지켜주고 싶다고, 그럴 각오도 되어 있고, 감당할 자신도 있다고 말할 생각이었는데, 마치 끝을 선언하는 듯한 여리의 사과가 귀에 거슬렸다.

"하나도 안 변했지. 미안하다고 말하면서 자기 갈 곳 가는 거."

"그러게……."

그때 프랑크푸르트행 비행기의 탑승 안내를 알리는 방송이 다시 들려왔다. 여리는 눈물을 참으려 잔뜩 굳은 얼굴로 신우에게 말했다.

"갈게. 잘 있어."

여리는 게이트를 통과해 출국장으로 나갔고, 신우는 그녀를 쫓아가다 그 자리에 멈춰 섰다. 하고 싶은 말이 있었는데, 바보처럼 쓸데없는 말만, 상처 주는 말만 하다 이렇게 어이없이 보내 버리고 말았다.

신우에게서 돌아서자마자 눈물이 흘렀지만 여리는 눈물을 닦지도 고개를 숙이지도 않았다. 그에게 울고 있다는 걸 들켜 버리고 나면 정말 떠나지 못할 것 같았다. 탑승 게이트에 완전히 들어오고 나서야 여리는 눈물을 닦아 냈다. 그때 휴대전화가 울렸다. 신우였다. 받지 말까 했지만, 그에게 하지 못한 말을 해야 했다. 깨어나면 다시 해주고 싶던 말, 그동안 고마웠다고 말해야 했다. 그보다 더 하고 싶은 사랑한다는 말과 보고 싶을 거라는 말은 철저히 숨긴 채. 하지만 여리가 말을 꺼내기도 전에 그가 먼저 말을 꺼냈다.

"혼자 있으면 뒤에 누가 업힌 거 같고, 자려고 누우면 누가 보는 거 같고, 불안해서 잠도 안 오고 무서워. 차가 갑자기 날 향해 달려들지는 않을까, 멀쩡히 있던 것들이 머리 위로 떨어지지는 않을까 겁도 나."

"그런 일…… 이제 없을 거야."

"나 니 얘기한 건데 너는 내 얘기처럼 듣잖아. 니가 그런데 나는 어떨 것 같아?"

"……."

"니가 그렇게 떠나면 나는 또 어떨 것 같냐고? 돌아와. 우리 그냥 같이 아프고 같이……."

"신우야, 난 이제 그만 아프고 싶어. 그리고 신우 니가 아픈 것도 싫고. 미안해. 그동안 많이 고마웠어."

여리는 끝내 사랑한다는 말은 하지 못했다. 아니, 안 했다. 떠나면서 하지 말아야 할 말들이 세 가지 정도 있는데 그 중 하나가 사랑한다는 말, 또 한 가지가 잊지 않겠다는 말, 마지막 한마디는 다음을 기약하는 말이었다. 여리는 그 모두를 억지로 삼켜 냈다. 사랑한다고 말하고 싶었고, 오래오래 잊지 않겠다는 말도 해주고 싶었고, 나중에 다시 만나자는 말도 하고 싶었지만 그 모두 속으로 삭혀 냈다.

내가 사랑하고 사랑받았다는 사실, 그거면 충분했다. 아쉬울 정도로 짧기는 했지만 그래서 더 거짓이나 위선이 비집고 들어갈 일도 없었고 진심이 비틀어지는 일도 없었다. 그거면 되었다고 생각했다. 아픔이야 견디고 견디면 무덤덤해지고, 기억도 잊고 또 잊으면 흐릿해질 터였다.

여리는 배터리를 아예 빼버리고 게이트로 나갔다.

신우는 하늘에 떠가는 비행기를 보고 있었다. 쉬익 하는 소리와 함께 활주로를 떠나 구름 위를 떠가고 있었다. 신우는 허탈한 얼굴로 창가에 서서 비행기를 바라보다 털썩 의자에 앉았다. 정말 이렇게 끝나는 건지, 이렇게 끝내도 되는 건지 스스로에게 물었지만 답은 없었다.

자신의 자리에 앉은 여리는 휴대전화를 꺼내 신우의 번호를 지웠다. 몇 번이나 그의 사진들도 지우려 했지만 차마 지우지는 못했다. 조금은 이대로 두고 있어도 괜찮겠지, 그 정도는 괜찮겠지 했다.

"이모, 울지 마. 사탕 줄까?"

옆자리에 앉은 여자애가 막대사탕을 내밀며 말했다. 여리는 억지로 웃어 보이며 손바닥으로 눈물을 슥슥 닦아 냈다. 아이는 여리를 안타까운 듯 쳐다보다가 스케치북에 우는 얼굴과 웃는 얼굴을 그리더니 우는 얼굴에 커다랗게 엑스 표를 했다. 그리고 웃는 얼굴에 하트를 그려 주며 막대사탕을 얹어 여리에게 건넸다.

"동그라미가 아니라 하트네?"

"응! 동그라미 두 개가 겹치면 하트야. 왕왕 잘하는 거."

여리는 아이의 말에 웃으며 스케치북을 건네받았다. 사탕을 보니 사고가 나던 날, 신우가 사주었던 사탕과 초콜릿이 떠올랐다. 여리는 가방에서 사탕과 초콜릿을 한 움큼 꺼내 스케치북 위에 얹고는 남는 공간에 그림을 그려 아이에게 다시 건넸다. 아이는 방긋 웃으며 배꼽인사를 했고, 여리는 아이의 머리를 쓰다듬어 주었다.

"여리야, 마음대로 돌아다니면 안 된다고 했잖아."

좌석 여기저기를 살피던 남자가 여리 옆자리에 앉은 아이를 보고는 한달음에 달려왔다. 여리는 흔치 않은 자신의 이름을 부르는 남자의 목소리에 깜짝 놀랐다. 남자의 얼굴이 어딘가 낯이 익기는 한데 어디서 마주쳤는지 잘 기억이 안 났다.

"아무것도 모르면서. 이 자리 맞단 말이야. 삼촌 바보 똥개 멍게 이쑤시개!"

아이가 빽 소리를 지르자 기내의 사람들이 남자를 흘긋흘긋 쳐다보았다. 남자는 난감해하며 티켓과 자리를 확인하더니 이내 표정이 굳었다. 아이의 말대로 자신이 다른 자리에 가서 헤매다가 온 게 분명했다. 남자는 민망해하며 자리에 앉았고, 그를 빤히 보던 여리는 그제야 이 남자가 누구인지 알 것 같았다. 의사 가운이 아닌 차림이라 바로 알아보지 못했지만, 지난번 응급실에서 검사 안 받고 가면 고소할 것 같던 그 의사가 틀림없었다. 그렇게 똑똑한 척하더니 가운에 똑똑한 약을 발라 놨는지 벗고 나니 어수룩한 구석이 있었다.

여리는 피식 웃었고, 남자와 눈이 마주쳤다. 여리는 남자의 시선을 최대한 자연스럽게 피하며 창을 열고 창밖을 보는 척했다.

"혹시 강여리?"

여리는 옆을 돌아보았다. 이쑤시개, 아니 아이의 삼촌과 눈이 마주쳤다. 자기가 본 환자를 다 기억하기라도 하는 걸까? 아니, 그러면 이렇게 반말을 찍찍 해도 되는 건가 싶어 여리는 그를 뚱하니 바라보았다. 남자는 그런 여리를 보더니 싱긋 웃었다.

"몸은 좀 괜찮은 거야? 그때 얼마나 놀랐는지."

"왜 반말하세요? 의사면 의사지 환자한테 막 말 놔도 돼요?"

"아, 나는 너도 나 아는 줄 알고. 나 기억 못 하려나? 같은 동아리였는데. KINO 19기 안선재."

키노라면 고등학교 때 여리가 가입했던 영화 동아리 이름이었다. 남자를 찬찬히 살펴보자, 그제야 조금 변하기는 했지만 예전의 그의 얼굴이 보이는 듯했다. 주희의 남자친구였던 선재였다.

저번 사고 때는 주희 때문에 죽을 뻔한 걸 살려 주더니, 이번에는 주희에게서 벗어나려고 오른 비행기 안에서 맞닥뜨리다니 이런 인연도 없겠다 싶어 헛웃음이 나왔다. 선재와 여리 사이에 앉아 있던 선재의 조카는 두 사람을 번갈아 쳐다보다 여리를 보며 생긋 웃었다.

"이모가 그 여리였구나. 나도 그래서 여린데. 이모 이름이 여리라서 다행이야. 바보나 똥개였으면 안여리가 아니라 안똥개됐을 거야."

아이의 말에 여리가 영문을 몰라 쳐다보자 아이가 씨익 웃으며 말했다.

"삼촌이 무조건 이 이름으로 지어야 예쁘게 큰다고 빡빡 우겨서 지은 이름이야, 내 이름. 엄마아빠 말로는 삼촌 첫사랑이었……."

선재는 급히 어린 조카의 입을 막았지만, 이미 나올 말은 다 빠져나온 이후였다. 여리는 아이의 말을 되새기다 어이가 없어 실소를 터뜨렸다. 아이가 오해하고 있는 것이 분명했다. 선재가 좋아했던 건 여리가 아닌 주희였다. 입학하는 날부터 선재를 좋아했던 주희는 수학여행을 떠나던 그날 아침, 드디어 선재에게 고백을 받았다며 좋아했고, 천사 모양의 펜던트를 보여 주며 자랑했었다. 여리는 펜던트를 생각하니 다시 먹먹해져 어색한 미소를 지었다.

"여행 가는 거야?"

"뭐 비슷해요. 선배는요?"

"난 여리 때문에. 아, 이 꼬맹이. 얘는 엄마아빠랑 떨어져서도 잘 지내는데 형이랑 형수가 보고 싶다고 하도 원을 해서. 교수님 심부름 가는 김에 데려다 주고 오려고."

여리는 자신의 옆에 앉은 작은 여리를 보며 웃었다. 그런 여리를 보며 따라 웃던 선재는 여리와 눈이 마주치자 멋쩍은 듯 얘기했다.

"지금 와서 이런 말 하기 뭣하지만 나 너 좋아했었어. 이 꼬맹이가 말해 버려서 김은 팍 샜지만."

작은 여리는 놀라울 것도 없다는 듯 계속 그리던 그림을 그렸지만 여리는 멈칫했다. 이건 말이 안 되었다. 어떻게 자신을 좋아했다면서 자신과 가장 친한 주희에게 고백을 할 수가 있었을까. 예나 지금이나 장난기라고는 찾아볼 수도 없는 얼굴로 참 뻔뻔하게도 거짓말을 하는구나 했다. 빨리 비행기가 떠서 잠자는 척이나 했으면 좋으련만 비행기는 이륙 시간이 한참 지났음에도 여전히 바닥에 딱 붙어 있었다.

"알고 있었으려나?"

"……잘 알죠. 선배가 주희한테 펜던트 주면서 사귀자고 한 것도, 주희 그렇게 떠나고 얼마 안 돼서 괴로워하다 전학 간 것도. 우리가 이제 깜빡깜빡하는 나이라는 것도 다 아는데, 그래도 이건 아니잖아요?"

"자, 잠깐만. 주희가 그렇게 된 건 마음 아팠지만 전학은 아버지가 지방으로 발령받아서 간 거였어. 그런데 내가 주희한테 사귀자고 했다고?"

선재는 마치 기억상실이라도 걸린 사람처럼 여리에게 반문했다. 여리는 대꾸할 가치도 없어 그냥 빤히 보기만 했다. 선재는 뭔가를 골똘히 떠올리는 듯하더니 낮게 "아." 하는 소리를 냈다. 집 나갔던 기억이 이제야 돌아왔나 보다. 여리는 기가 차서 아예 창밖으로 고개를 돌렸다.

"주희가 오해했을 수도 있었겠다."

여리는 어린 조카고 뭐고 쏘아붙여 주려고 다시 몸을 홱 틀었고, 선재는 담담히 그때 상황을 얘기했다.

1학년들이 수학여행을 떠나는 그날 아침, 선재는 고심해서 고른 펜던트와 편지를 들고 여리가 타고 있는 버스를 찾았다고 했다. 하지만 여리는 보이지 않고, 그를 알아본 주희가 그 쪽으로 다가왔다. 주희는 선재가 들고 있던 선물상자를 보고는 그게 뭐냐고 물어봤다. 마침 수업 시작을 알리는 종소리가 들렸고, 선재는 주희에게 상자를 건네며 여리에게 전해 달라고 부탁하려 했다. 그 모습을 교실에서 구경하고 있던 선재의 반 친구들이 놀려 대기 시작했다. 선재가 오랫동안 동아리 후배를 좋아하고 있다는 걸 알고 있던 친한 친구들은 지원사격을 해주겠다며 운동장으로 뛰쳐나왔다. 그때 여리가 교실에서 나오고 있었고, 괜히 짓궂은 친구들한테 여리가 들볶이는 게 싫었던 선재는 주희에게 잘 부탁한다고 말하고는 친구들을 따돌리고 교실 안으로 들어갔다고 했다.

여리도 그 모습은 기억하고 있었다. 늘 얌전하고 점잖던 선재가 잔뜩 시뻘게진 얼굴로 주희에게 뭔가를 주고는 도망가듯 교실로 들어가던 모습을 보며 저 선배에게 저런 모습도 있구나 했었다.

"제대로 설명은 못 했지만 편지 보면 당연히 너한테 줄 거라고 생각했었거든."

선재는 오해받아도 싼 짓을 했다며 허탈하게 웃었다.

주희는 선재의 선물을 받자마자 그 자리에서 포장지를 뜯어 펜던트를 꺼내 보고는 여리에게 자랑했었고, 여리는 오랜 짝사랑에게서 고백받은 주희를 진심으로 축하했었다. 상자와 포장지 사이에 편지가 있었을 거라는 생각은 전혀 하지 못했다. 아니, 그게 주희가 아닌 자신의 것일 거라고는 상상조차 못 했다.

"AnG, EL. 안선재 & 강여리 Endless Love. 지금 생각하면 유치해서 오글거리지만 그때는 그거 생각하고 나 천잰가 봐 했었는데 바보였지. K를 G로 착각하는 바람에 강여리가 아니라 갱여리가 됐잖아. 그래서 잘 안 된 건가? 대놓고 웃어도 돼. 얘도 웃잖아."

두 사람 사이에 앉아 삼촌의 이야기를 들으며 키득대며 웃던 작은 여리는 아주 깔깔대며 웃기 시작했다. 선재는 비행기에서 그렇게 크게 웃으면 기장 아저씨가 내리라고 한다며 조용히 하라고 주의를 주었다.

"실은 아까 공항에서 너 봤었어. 같은 비행기일 줄은 몰랐지만. 여리야, 모든 건 때가 있고, 그때를 놓치면 참 아깝고, 창피하고 그렇더라. 상대는 난감해하거나 화만 내고. 내가 10년 만에 한 고백처럼. 살면서 후회를 안 할 수는 없지만 가능한 적게 후회하면서 살 수 있지는 않을까."

선재는 쉬 하고 싶다는 작은 여리를 데리고 화장실에 갔고,

여리는 선재의 말을 다시 곱씹었다. 선재의 말대로 그 펜던트가 원래 주희가 아닌 여리 자신의 것이었다면, 주희의 펜던트를 자신이 가져왔기 때문에 자기 대신 그녀가 죽었다는 오해를 풀 수 있지 않을까?

하지만 이내 지금 와서 그게 다 무슨 소용일까 싶었다. 그동안 그 오해 때문에 빼앗긴 자신의 지난 십 년을 돌려달라고 할 수도 없었고, 그녀 때문에 상처 입고 여리를 떠나간 사람들이 다시 돌아오는 것도 아닌데. 어쩌면 이 이야기를 그녀가 듣는다면 다 가진 년, 못된 년이라고 더 자신을 싫어할지도 모른다는 생각도 들었다. 귀신은 나이도 안 먹고 철도 안 드는 걸까.

주희가 '사춘기 여자애'에서 조금만 커도 좋을 텐데, 라는 생각이 들었다. 여리 자신도 그때를 지나왔지만 그 시기의 여자애를 어떻게 달래고 이해시킬 수 있을지 도저히 알 방법이 없었다.

여리는 나지막이 한숨을 내쉬며 창밖을 바라보았다. 거기에 주희가 서 있었다. 여리가 깜짝 놀라 그녀를 보자 주희는 무표정하게 여리를 보다 사라졌다. 역시 더 미움을 받게 된 게 틀림없는 듯했다. 잠시 후 화장실에 갔던 작은 여리와 선재가 돌아왔다. 작은 여리는 비행기가 안 뜬다며 발을 동동거렸다.

그때, 비행기 안의 불이 한꺼번에 모두 꺼졌다. 사람들은 갑작스레 벌어진 상황에 웅성거렸다. 옆에 앉아 있던 선재의 조카는 무섭다고 울었고, 선재는 아이를 안아 달랬다. 몇몇이 휴대전화를 꺼내 불빛을 비춰 보려 했지만, 그 역시 얼마 안 가 꺼져버렸다. 여리의 치맛단에 차가운 물이 뚝뚝 흘러내렸다. 여리가 위를 올려보니 머리 위에서 자신을 차갑게 바라보고 있는 주희가 보였다. 선재 쪽을 돌아보니, 그는 주희가 보이지 않는 듯 아직 보채고 있는 어린 조카만 어르고 있었다.

"내려."

주희가 차갑게 말했다. 여리는 영문을 몰라 멍하니 주희를 쳐다보았다. 그녀는 여리의 손목을 휙 잡아 일으켜 세우더니 통로 쪽으로 끌어당겼다. 여리는 주희에게 끌려 비행기 출입문까지 왔다.

"손님, 여기서 이러시면……."

여리와 주희를 제지하려던 스튜어디스는 주희를 위아래로 훑어보더니 말을 잃었다. 주희는 스튜어디스와 문을 번갈아 보았고, 그녀는 덜덜 떨며 출입문을 열고는 그 자리에서 기절했다. 공항의 밝은 빛이 열린 문을 통해 들어왔다. 여리는 주희를 바라보며 물었다.

"다 버리고 떠나겠다고 했잖아. 왜 그것까지 못하게 해?"

"……나는 너 미워하고 원망해도 니가 그러는 건 싫으니까.

이대로 가면 너 평생 나한테 그럴 거잖아. 보내 줄 때 가. 언제 다시 찾아갈지 모르겠지만."

여전히 차갑게 말하는 주희였지만, 확실히 서슬 퍼런 독기는 없었다. 잠시 망설이던 여리는 열린 문으로 나갔다.

그럴 리 없다고 생각하면서도 혹시 공항 어딘가에 신우가 있지 않을까 했지만, 그는 보이지 않았다. 그렇게까지 매달리고 붙잡는 걸 끝까지 매정하게 뿌리쳐 놓고 무슨 심보인지, 여리는 스스로가 염치없이 느껴져 씁쓸하게 웃었다.

주희가 완전히 자신을 놔준 거라는 생각은 하지 않았다. 오해가 풀렸다고 해도, 그것과는 상관없이 여리의 곁을 맴돌며 그녀를 괴롭힐지도 몰랐다. 하지만 더 이상 그녀 때문에 아니, 그녀의 죽음에 대한 죄책감과 두려움으로 모든 걸 포기하고, 외면하며 평생을 원망과 미움만으로 살고 싶지는 않았다.

신우를 붙잡고 싶었다. 자존심이고 염치고 그런 건 지금 중요치 않았다. 정말 지켜야 할 단 하나를 위해 나머지를 다 버릴 수 있는 게 자존심이라면, 지금 여리의 자존심은 신우였다.

여리는 무작정 공항 로비를 달려 나가 택시를 잡아탔다. 택시 기사에게 신우가 사는 동네 이름을 말한 후, 겨우 가쁜 숨을 몰아쉬며 창밖을 바라보았다.

그를 다시 붙잡지 못한다고 해도, 그에게 하지 못했던 그 말들이라도 하고 싶었다.

　사랑한다는 말도, 오래오래 잊지 않겠다는 말도 그를 위해서 하지 않는다고 했지만, 실은 여리 자신을 위해 하지 않았던 건지도 모른다. 그 말을 내뱉고 나면 정말 오래오래 그가 마음에 박혀 있을 것만 같아서, 한참이 지나도 잊지 못할 것 같아서. 결국 사랑하니까 떠나준다고 하면서도, 헤어지는 순간마저 내가 덜 무너지고 덜 아프려고, 그를 위하는 척하며 끝까지 자신밖에 챙기지 않았던 것이다.

　신우의 집 앞에 내려 대문간에 쪼그리고 앉아 그를 기다렸다. 신우에게 전화를 걸어 봤지만, 신호음만 갈 뿐 그는 전화를 받지 않았다. 한참이 지나 주변이 깜깜해져 올 무렵, 이쪽으로 걸어오는 발걸음 소리가 들렸고, 이내 소리가 멈추었다. 신우가 눈을 끔뻑이며 한참 그녀를 보다가 조심스레 물었다.

　"너도 귀신이야?"

　신우가 그렇게 묻는 것도 무리는 아니었다. 그렇게 매정하게 떠날 때는 언제고, 프랑크푸르트로 날아가고 있어야 할 사람이 자기 집 대문간에 앉아 있으니.

　"왜 왔어? 그렇게 독하게 떠날 때는 언제고."

　"……매달리려고."

"뭐?"

여리의 말에 신우가 어이없다는 듯 반문했다. 자신이 그렇게 매달리고 붙잡을 때 탈탈 털어 내고 가던 사람과 동일인물이 맞나 싶을 정도로 어안이 벙벙했다.

"염치없고 뻔뻔한 것도 알고, 머리 어떻게 된 것도 아니야. 그래도 얘기 듣다가 열 받으면 욕해도 되고, 한 대 정도는 때려도 맞아 줄게. ……나 너 안 떠나고 싶어. 니가 행복하고 안 다치고 즐겁게 살았으면 좋겠는데, 나도 네 옆에서 같이 그렇게 살고 싶어. 힘들고 무서우면 도망가라고 했지만 니가 아예 겁 상실하고 튼튼하게 쭉 내 옆에 있어 줬으면 좋겠어!"

여리는 마지막 말까지 내뱉고는 고개를 푹 숙였다. 신우는 아무런 말도 없었다. 신우의 마음이 이해되지 않는 것도 아니었다. 입장 바꿔 여리가 신우였다고 해도 자신을 헌신짝 버리듯 떠났던 사람이 다시 되돌아와 매달린다면 황당하고 어이없을 터였다.

신우는 깊은 한숨을 내쉬었다. 열 마디 말보다 그 한숨 속에 더 많은 이야기들이 담겨 있는 것 같았다.

"너 진짜 못됐다. 조금 예쁜 거 믿고 성격 더럽지, 술 마시면 옷 다 잡아 뜯는 야한 주사 있지, 1년 365일 할로윈도 아니고 귀신들 찾아오지. 남자친구 농노처럼 부려먹지, 그래놓고 하루

아침에 버리고 도망가지. 도망갔다가 돌아와서 사람 완전 바보 만들지."

신우의 말에 여리는 한숨을 내쉬었다. 역시 돌이키기에는 너무 늦어 버린 듯했다. 거짓 없는 진실이라고 해도 그것을 이토록 무지막지하게 던져 대는 건 거짓보다 더 아프고 힘들게 만들 뿐일 텐데. 그를 다시 붙잡아야 한다는 생각에 끝까지 이기적으로 굴었다.

"미안해. 내가 쓸데없이 찾아와서 이상한 말만 늘어놓고."

많이 사랑했고, 오래오래 기억하겠다는 말은 끝내 하지 못했다. 이미 자신 때문에 지친 사람에게 오래오래 잊지 않겠다는 말은 저주나 악담이 될 뿐이었다. 너무 늦지 않은 걸 거라고, 진심이면 통할 수 있을 거라고 믿었던 게 어리석게 느껴졌다.

그대로 캐리어를 끌고 그를 지나쳐 가려는데 그가 여리의 손목을 잡았다.

"그만 도망가. 도망갈 데도 없으면서."

여리는 걸음을 멈추었고, 신우는 뒤에서 그녀를 안았다.

"행복하고 안 다치고 즐겁게 겁 상실하고 살 테니까 쭉 내 옆에서 살아. ……내가 아니면 누가 니 옆에 있겠냐?"

젤소미나가 했던 것처럼 아련하고 아름다운 '내가 아니면 누가 저 사람 곁에 있겠어요?'는 아니었지만 그래도 들었다. 평생 듣지 못할 줄 알았는데 가장 듣고 싶었던 사람에게서 들었다. 코끝이 시큰해지는가 싶더니 눈앞이 부옇게 흐려졌다.

여리는 뒤돌아 신우를 물끄러미 바라보다 그에게 안겨 펑펑 울었다. 그를 다시 이렇게 안을 수 있다는 게, 그가 다시 따뜻하게 안아 준다는 게 너무나 따뜻하고 포근해서 눈물이 멈추지 않았다.

"그만 울고. 물 먹은 개구리 소리 내봐."

신우가 여리의 눈물을 슥슥 닦아 주더니 그렇게 말했다. 여리는 여전히 눈물이 그렁그렁한 눈으로 피식 웃었다. 하고 간 짓이 괘씸해 반성의 시간도 오래 주려고 했지만, 계속 이렇게 울게 내버려 뒀다가는 여리가 쓰러질 것 같았다.

"어서 해. 너 생각할수록 괘씸해서 벌 한 1200개 정도 줄 건데 이게 그 첫 번째니까."

여리는 진지하게 자신을 쳐다보는 신우를 보며 눈물을 닦아 냈다. 개구리 소리를 내려고 입술을 모으고 볼에 바람을 넣는 순간, 신우의 입술이 그녀의 입술 위로 맞닿았다. 빵빵하게 불어 넣었던 바람이 스르르 빠져나갔고, 여리는 그의 입술을 받아들였다.

깨어나야 할 시간이 정해져 있고, 늘 차디찬 현실 앞에 무력한 꿈이 아니라, 분명 지금 자신에게 일어나고 있는 현실의 행복하고 달콤한 시간이었다.

*

　비행기에서 내리기 직전, 주희는 여리에게 말했다.

　"오해는 풀렸어도 너 아니면 내가 살았을 거란 사실은 안 변해. 잊지 마."

　그렇게 말하는 주희는 낯설면서도 익숙했다. 고집스러우면서도 서늘한 얼굴은 지난 10년 동안 보아 온 얼굴이었지만, 그 안에는 욕심 많고 약한 척은 절대 하지 않던 사고 전의 주희 모습도 어려 있었다.

　지난 십여 년 동안 여리에게 있어 그녀는 공포 그 자체였다. 늘 함께 있던 친구가 하루아침에 보이지 않게 된 것이 두려웠고, 언제부턴가는 보이지 않아야 할 그녀가 보이기 시작하면서 무서웠다. 그런 그녀가 여리 자신은 물론 그녀 주변의 사람들에게 나타나 괴롭힐 때마다 그녀로 인해 사람들과 하나둘씩 멀어져야 한다는 게 쓸쓸했고, 그들에게 미움과 원망을 받는 것 또한 두렵고 무서웠다. 모두에게서 멀어지면 버려지거나 원망을 듣는 일이 없을 거라 생각하며 점점 혼자가 되었고, 그 혼자라는 고독과 외로움이 또 견딜 수 없을 만큼 두려웠다.

어쩌면 지키고 싶고, 갖고 싶고, 유지하고 싶은 그 모든 욕심이 그녀를 더 무섭고 두려운 존재로 만들었는지도 모른다. 그것이 두려워 언제부턴가 모든 걸 버리고 포기하며 살았다. 나쁜 버릇일수록 빨리 몸에 베이고 쉽게 떨쳐 낼 수 없는 것처럼 조금만 겁먹는 순간이 오면 그렇게 했다. 하지만 신우는 차마 그렇게 버리고 포기할 수가 없었다. 결국 그녀가 주는 공포를 극복할 수 있게 만드는 것도 지키고 싶고, 갖고 싶은 그 욕심이었다.

언제 다시 주희와 마주칠지는 알 수 없었다. 오늘이 될지, 1년 후가 될지, 그보다 더 오랜 시간이 흐른 뒤가 될지, 그때 여리의 곁에 신우가 있을지 없을지도 몰랐다. 하지만 미리부터 겁먹고 도망칠 필요는 없었다.

그보다는 지금 그녀의 눈앞에 있는 사람과 흘러가고 있는 이 시간을 허투루 놓치지 않는 게 더 중요했다. 유난히 길고 추웠던 겨울을 지나 겨우 봄이 찾아드는 듯했다.

(끝)

작가 후기

　전 무척이나 겁이 많은 사람이에요.

　귀신도 무섭고, CSI 같은 범죄 수사물에 나오는 시체도 겁나고, 한밤중 깜깜한 골목길은 물론이고, 여럿이 같이 있다가도 누가 갑자기 툭 치면 으악! 하고 비명도 잘 질러요. 그런 제가 연애 이야기이기는 하지만 오싹한 공포가 가미된 소설을 잘 쓸 수 있을까 고민도 많이 했습니다.

　이야기를 쓰면서 사람들에게, 그리고 저에게 가장 많이 물어봤던 건 "뭐가 제일 무서워?"라는 질문이었어요. 엄마, 아빠, 직장 상사, 귀신, 범죄자 같은 어떤 대상도 많았고, 돈 없는데 배고플 때라든가, 무의미하게 하루하루 보내다가 퀵 죽을 것 같을 때라든가 하는 어떤 상황을 이야기 하는 사람도 많았습니다.

　피하고 싶은데 차마 피할 수도, 외면할 수도 없는 순간, 사람,

일. 그 모든 게 무섭고 두려운 공포가 될 수 있겠구나 싶었습니다. 당사자가 아니면 절대 이해할 수 없는 공포이기에 외로움과 쓸쓸함까지 더해져 힘들겠다고.

공포가 아닌, 그런 외로움과 쓸쓸함에 초점을 맞추고, 그를 달래고 위로해 줄 수 있는 이야기를 써보자고 생각했는데, 얼마나 잘 살렸는지는 잘 모르겠네요.

책이 나오기까지 신경 써주신 은행나무와 늘 제 편에서 응원해 주고 힘주는 가족, 친구들, 그리고 든든한 언니들 고맙습니다. 덕분에 겁 많고 소심한 제가 이렇게 사는 것 같아요.

100일도 채 남지 않은 2011년, 곧 쌀쌀한 겨울이 올 것 같은데 모쪼록 좋은 사람들과 따뜻한 시간들로 가득 채울 수 있었으면 좋겠습니다. 모두, 고맙습니다.

김영은

오싹한 연애

1판 1쇄 인쇄 2011년 11월 9일
1판 1쇄 발행 2011년 11월 16일

원　작 · 황인호
지은이 · 김영은
펴낸이 · 주연선

책임편집 · 정종화
편집 · 이진희 김준하 박은경 오가진
디자인 · 정혜욱 홍세연
마케팅 · 장병수 김한밀 오서영
관리 · 김두만 구진아 성혜진

도서출판 은행나무
121-839 서울특별시 마포구 서교동 384-12
전화 · 02)3143-0651~3 ｜ 팩스 · 02)3143-0654
등록번호 · 제 10-1522호(1997. 12. 12)
www.ehbook.co.kr
ehbook@ehbook.co.kr

ISBN 978-89-5660-556-2 03810